COLLECTION 14/18

UN PIED DANS CHAQUE MONDE

Wab Kinew

Un pied dans chaque monde

ROMAN

Traduit par Eva Lavergne

David

Illustration de la page de couverture : Jay Soule
Maquette et mise en pages : Anne-Marie Lemay-Frenette
Révision linguistique : Sara-Lise Rochon
Photographie de l'auteur : Rachael King
Photographie de la traductrice : Luba Markovskaia

Catalogage avant publication de Bibliothèque et Archives Canada

Titre : Un pied dans chaque monde / Wab Kinew; traduit par Eva Lavergne.
Autres titres : Walking in two worlds. Français
Noms : Kinew, Wab, 1981- auteur. | Lavergne, Eva, 1982- traducteur.
Collections : 14/18.
Description : Mention de collection : 14/18 | Traduction de : Walking in two worlds.
Identifiants : Canadiana (livre imprimé) 20230534902 |
Canadiana (livre numérique) 20230534929 |
ISBN 9782895979609 (couverture souple) |
ISBN 9782895979616 (PDF) |
ISBN 9782895979623 (EPUB)
Classification : LCC PS8621.I54 W3514 2023 | CDD jC813/.6—dc23

L'édition originale en langue anglaise de ce roman de Wab Kinew, *Walking in Two Worlds*, a été publiée en 2021 chez Tundra Book Group, une filiale de Penguin Random House Canada Limited. La présente édition en langue française est publiée dans le cadre d'une entente avec Tundra Book Group.

This translation published by arrangement with Tundra Book Group, a division of Penguin Random House Canada Limited.

Nous remercions le Gouvernement du Canada, le Conseil des arts du Canada, le Conseil des arts de l'Ontario et la Ville d'Ottawa pour leur appui à nos activités d'édition.

Canada

Conseil des arts du Canada | Canada Council for the Arts

ONTARIO ARTS COUNCIL
CONSEIL DES ARTS DE L'ONTARIO

Ontario

Ottawa

Les Éditions David
269, rue Montfort, Ottawa (Ontario) K1L 5P1
Téléphone : 613-695-3339 | Télécopieur : 613-695-3334
info@editionsdavid.com | editionsdavid.com

Dépôt légal (Québec et Ottawa), 4e trimestre 2023

Aux élèves de l'école secondaire
de Pelican Falls First Nations

Au fil de mes visites à votre école à travers les années, j'ai vu bien des choses auxquelles vous devez faire face dans le cadre de vos années d'études secondaires loin de chez vous – de bonnes et de moins bonnes choses. Mais surtout, j'ai vu avec quel courage vous les affrontez.

J'ai entamé l'écriture de ce livre en pensant que vous trouveriez agréable de lire un récit qui représente ce que nous sommes, d'où nous venons et à quelles réalités vous êtes confrontés.

Ando-bawaajigek – Poursuivez vos rêves !

« Nous ne voulons pas créer deux mondes, mais marcher ensemble dans un seul et même monde : nous ne pourrons nous comprendre les uns les autres que si nous demeurons conscients du fait que chacun est unique et si nous cultivons un respect mutuel pour cette unicité. »

SÉNATEUR MURRAY SINCLAIR

Glossaire des termes en langue anishinaabemowin (anishinaabe/ojibwé) et guide de prononciation

Anama'edaa (*a-nom-a-yé-TA*) : Prions.

Anishinaabe (*a-ni-chine-NA-bé*) : Ojibwé ou autochtone

Baakinan (*bok-in-NONE*) : Ouvre !

Bagonegiizhigok (*bog-oh-né-KICH-ig-ôk*) : éclaircie (« trou dans le jour »)

Binesi (*bin-NÉ-si*) : oiseau-tonnerre

Eniwek igo kiga'onji-pimaadiz ndiwe'igan (*É-niwèk I-goké-gon-dji-pi-MA-tizz in-té-WÉ-gone*) : Par mon tambour, tu vivras quelques instants de plus.

Koukoum (*COUK-om*) : grand-mère

Mishi-pizhiw (*mi-SHI-pi-tchou*) : Dans la culture anishinaabe, un être surnaturel souvent décrit comme une « panthère d'eau » ou un « grand lynx » aquatique.

Nameg (*na-MEIK*) : esturgeons (au pluriel)

Ni-noonde-pimaadiz (*ni-nôn-dé-pi-MA-tizz*) : Je veux vivre.

Onizhishin Anishinaabe Aking (*o-NICHE-ichine a-ni-chine-NA-bé A-king*) : Le territoire anishinaabe est magnifique.

Onjine (*ÔN-djin-né*) : Ce que tu fais aux autres, d'autres te le feront en retour.

Patai'itiwin (*pott-TAÏ-it-tii-win*) : Ce que tu fais aux autres, d'autres le feront à tes enfants.

Waawaate (*WA-wa-té*) : aurores boréales

1

Bugz était à son meilleur et Bugz était à son pire. Elle créait la vie et elle détruisait des mondes. Elle semblait invincible, mais ne connaissait que la défaite. Étant autochtone, elle n'était nulle part « à sa place ». Elle avançait pleine d'une confiance absolue, mais ne parvenait pas à faire taire la petite voix en elle qui disait : « Ce n'est rien, c'est juste la fin du monde. » De plus d'une façon, Bugz était comme tout le monde… jusqu'à ce qu'elle retourne dans le Floraverse. Là, chaque geste qu'elle posait était vu par des spectateurs et spectatrices du monde entier, qui l'adulaient ou bien la détestaient.

Camouflée par la noirceur totale, Bugz pressa son corps contre un cèdre, frôlant le danger d'encore plus près. Il était rare qu'elle se cache dans le monde virtuel du Floraverse. Hormis sa célébrité, son apparence elle-même la distinguait de tous les autres avatars : une « peau » conçue sur mesure pour un physique d'athlète épousait ses formes ainsi peintes en noir, rose néon et vert fluorescent. L'ensemble empruntait à la fois aux armures moulantes des superhéros de science-fiction et aux tenues des danseuses de pow-wow aux motifs brodés. Les dessins floraux qui accentuaient son maillot étaient un hommage à l'art du perlage, dans lequel ses ancêtres anishinaabeg[1] étaient passés maîtres. Son ventre était si découvert qu'il aurait fait sourciller plus d'une de ses tantes, chez elle, dans la réserve. Ces femmes plus âgées prêchaient la modestie. Pourtant, la mère de Bugz, elle, voyait les choses d'un autre œil. Chaque fois qu'elle entendait réciter un de ces enseignements qui condamnent le corps des femmes pour ce qu'il est, elle prenait la défense de sa fille en disant : « Ça, ce n'est rien d'autre qu'un point de vue colonialiste. »

---

1. En langue anishinaabemowin, le « g » marque le pluriel.

Bugz rejeta ses cheveux de côté avant de se pencher d'un peu plus près au-dessus de sa proie. Sa visière à affichage tête haute jetait un reflet rosé sur ses pommettes tandis qu'elle étudiait ses cibles. À l'écran, un flot de commentaires envahissait sa vision périphérique. Elle ne portait absolument pas attention au fil de clavardage, du moins pas pour le moment. Son champ de vision se rétrécit, se transforma en tunnel pendant qu'elle se préparait à un combat titanesque, un combat qu'elle n'avait aucune intention de perdre. D'ailleurs, voilà plusieurs heures qu'elle avait désactivé sa fonction de localisation afin que personne ne divulgue son plan dans le fil de discussion. Elle s'avança de quelques centimètres encore vers la lisière des cèdres et entendit les cris qui provenaient d'en bas. Ses cinq cents ennemis y étaient. À cinq cents contre une, la perspective de l'emporter l'excitait d'autant plus.

— Nous avons travaillé trop fort et combattu trop longtemps pour nous contenter d'autre chose que la victoire !

Bugz reconnut l'imposant guerrier de 2,5 mètres qu'on venait d'entendre crier : Alpha. Une cicatrice lui scindait le visage en deux, vestige d'une vieille bataille. Ses yeux vairons – l'un brun et l'autre vert – faisaient penser à ceux d'un chien husky qui aurait échappé à sa captivité pour retourner à l'état sauvage et qui serait devenu le chef d'une meute de loups. Bugz connaissait les antécédents d'Alpha sur le Web. Il avait commencé son ascension dans le Floraverse en massacrant le clan de joueurs qui l'avait accueilli alors qu'il était novice. Malgré sa férocité, il restait le numéro 2 aux yeux des fans du Floraverse, selon les classements. Bugz prit une profonde et lente inspiration en se rappelant que c'était elle, la numéro 1.

Elle remarqua que tous les partisans d'Alpha réunis devant lui arboraient sur un bras le symbole Ø, en guise d'hommage à leur chef balafré. Ils s'appelaient les SANS:Clan, ces cinq cents loups d'une meute qui n'en était pas une, un clin d'œil au massacre perpétré par Alpha contre son équipe d'origine. Les rangs du SANS:Clan comptaient un méli-mélo des meilleurs soldats et mercenaires du Floraverse. Bugz étudia leur artillerie : des pistolets massifs, des canons laser et le dernier cri des épées à énergie que la cryptomonnaie permettait d'acheter. « Pas mal, se dit-elle. Mais rien de vraiment spécial. »

— Ça fait des années que nous parcourons le Floraverse pour réclamer ce qui nous appartient de droit ! proclama Alpha.

Bugz, toujours dissimulée, leva les yeux au ciel.

— Les ressources, les créatures, les armes dont nous avons besoin pour dominer le Monde des esprits : tout cela nous revient de plein droit. Ce sont des hommes qui ont conçu ces technologies, des hommes qui ont perfectionné la chaîne de blocs numériques. Et quoi ? Tout ça serait dorénavant dirigé par une femme ? Pas question ! Nous allons le lui reprendre !

Bugz étudiait Alpha, de même que la fixité du regard de ses disciples.

— Nous allons lui livrer combat. Impossible qu'elle ait le dessus… c'est nous qui devons gagner, encore et toujours !

La foule hurla son approbation.

« Dégueu ! » Bugz recula de nouveau derrière le cèdre. Elle haïssait les SANS:Clan. Ils harcelaient les femmes qui participaient au jeu, diffusaient des contenus sexistes et bannissaient carrément les joueuses qui voulaient faire partie de leur groupe.

« Moi qui croyais que la RV et la RA[2] promettaient un monde *meilleur* », murmura Bugz en elle-même. Sur son écran de visualisation, le fil de clavardage explosa de commentaires. « Eh bien, l'amélioration constante des technologies ne fait pas de nous de meilleures personnes », raisonna-t-elle.

Une fois de plus, elle jeta un coup d'œil au champ de bataille depuis sa cachette, afin de jauger combien de membres de SANS:Clan s'y trouvaient. Pour le moment, ils étaient exactement quatre cent quatre-vingt-dix-neuf à encercler Alpha, toujours suspendus à ses lèvres. Il criait en s'adressant à ses troupes pour les motiver à aller se battre.

— Cette lâche de Bugz veut vous voler vos vies ! Elle veut vous voler vos armes ! Elle veut vous forcer à ressusciter pour repartir à zéro, après vous avoir fait perdre tout ce pourquoi vous vous êtes battus…

2. RV : réalité virtuelle. RA : réalité augmentée. (Note de la traductrice)

Alpha marqua une pause, question d'augmenter l'effet dramatique.

— Mais est-ce que vous allez vous laisser faire ?

— NON ! rugit la foule.

— Est-ce que nous allons nous battre ? gueula Alpha.

— OUI ! lui répondit la foule.

— Est-ce que nous allons gagner ?

— OUI !

— C'est ce soir que nous lancerons notre attaque surprise ! conclut Alpha, poing en l'air.

— OUAAAAIS ! répondit la foule en levant ses armes au ciel et en se donnant des tapes dans les mains.

On se mit à scander le nom d'Alpha.

Conseil de pro : on n'annonce pas une attaque surprise avant de la lancer.

Bugz fit un clin d'œil à son public en ligne. Des millions de ses abonnés la suivaient depuis leur propre dispositif d'affichage tête haute, pour ceux qui se trouvaient dans le Floraverse, ou depuis leur téléphone personnel, pour ceux qui naviguaient dans le monde réel. Bugz s'accroupit, se préparant à bondir hors de sa cachette. Elle sentit la sueur perler entre ses sourcils – dans la vraie vie. Le fil de clavardage se mit à bourdonner de commentaires.

« Ahh, qu'est-ce qui me prend d'être toute tendue ? » Elle rejeta ses cheveux en arrière précipitamment, se redressa et sortit de l'ombre.

— Hé, bande de ratés ! Par ici !

Quelques-uns des abonnés de Bugz avertirent la horde des SANS:Clan qu'une attaque était imminente. Les guerriers qui avaient vu les avertissements détachèrent leur regard d'Alpha et se mirent à scruter l'horizon. Ils furent les premiers à la voir. Bugz – le spectre, la légende, la jeune prodige – leur apparaissait dans toute sa fierté et son assurance. Comme un lanceur de javelot, elle tira de derrière elle une lance à la pointe enflammée, qu'elle brandit. Son maillot moulant en fut baigné de lumière. Elle prit soin de bien viser puis lança le projectile, qui décrivit un long arc plané avant d'atterrir en plein milieu de la foule. Elle resta un moment debout sur un pied, admirant le lancer qu'elle venait de faire tandis que le projectile éclaboussait de flammes crépitantes la horde de soldats du SANS:Clan.

En un instant, des dizaines de soldats s'étaient évaporés dans l'éther.

Bugz vient d'éliminer S3reum.

Bugz vient d'éliminer Nigel_Chevalier.

Bugz vient d'éliminer xx.GFguerilla.xx.

Des dizaines d'autres identifiants se mirent à clignoter puis à disparaître dans le ciel.

Les blessés se bousculaient en tous sens.

— Vous n'êtes que des lâches ! s'écria Alpha. Arrêtez de courir ! Nous avons ce que nous voulions. L'ennemie est là, devant nous. L'heure est au combat !

Bugz se tenait sur un promontoire, observant le carnage et la confusion en contrebas, non sans une certaine fierté. Elle vit qu'un des membres des SANS:Clan la fixait du regard, cloué sur place. Elle rit. Bugz avait l'habitude de ce genre de réaction. Il arrivait souvent que des joueurs figent en sa présence, tels des préados devant leur première idole.

— Attrapez-la ! hurla Alpha.

Les quelque quatre cent cinquante survivants des SANS:Clan foncèrent alors vers la pente tandis que Bugz prenait ses jambes à son cou vers les montagnes.

Avant qu'elle n'ait pu atteindre sa pleine vitesse, des rayons laser et des tirs de mitrailleuse se mirent à pleuvoir autour d'elle. Déjà qu'éviter les salves d'une mitrailleuse n'était pas chose facile, Bugz devait esquiver les tirs croisés de plusieurs armes automatiques à la fois. À sa façon de bouger, on l'aurait crue capable de ralentir le temps. Pourchassée par un tsunami de mitraille et de faisceaux, elle se fraya un chemin parfait entre les tirs.

Mais devant une telle puissance de feu s'abattant sur elle, vint un moment où Bugz ne trouva plus aucun chemin praticable, aucun mouvement qui lui permette de ne pas finir criblée de balles et de lasers. À cet instant, la fenêtre de clavardage de sa visière se trouva inondée de jurons et d'expressions en lettres capitales.

d@rcy987 METS-TOI À L'ABRI !

doux_douce #!@& c'est pas vrai !

Porselyn B@rdel de m#$% !

Le système d'autocensure du Floraverse arrivait à capter sur le vif l'inquiétude des fans qui suivaient Bugz en temps réel. Tous et toutes aspiraient à se battre avec autant de force qu'elle et à se mouvoir avec autant de grâce. Mais personne, dans tout le Floraverse, ne possédait de telles aptitudes surnaturelles. C'est pourquoi on ne pouvait que suivre Bugz de loin, tout en s'imaginant être à sa place.

Le nombre de vues se mit à grimper au compteur ; cette bataille entre la plus grande guerrière du Floraverse et le clan le plus impitoyable qui ait pu exister attirait plus de spectateurs que jamais dans l'histoire de ce jeu. Pourtant, l'avalanche de tirs qui se rapprochait laissait présager une fin de match prématurée. D'ici une milliseconde environ, les lasers, les balles et les lances convergeraient vers Bugz pour l'éviscérer.

Mais juste comme le premier rayon laser allait l'atteindre, Bugz traça un zigzag dans les airs, d'un bref mouvement de la main. Instantanément, les racines des arbres environnants sortirent de terre et s'épaissirent jusqu'à former un bouclier derrière elle. Il ne fallut qu'une fraction de seconde aux lasers et aux balles pour transpercer cette barrière organique, mais c'est tout le temps dont Bugz avait besoin. Au moment où la mitraille oblitérait la matière végétale, Bugz avait gagné un pas et décrivait de nouveau des arabesques parfaites au milieu du chaos.

Son écran de clavardage explosa de pièces d'or, de fleurs et de bagues en diamant : ses fans la couvraient de présents, inspirés par sa virtuosité. Bugz avait la faculté de se tapir dans un coin pour ensuite les stupéfier en opérant une fuite impossible. Les fans achetaient ces cadeaux virtuels avec de l'argent ou de la cryptomonnaie et Bugz, comme n'importe quel joueur recevant un cadeau dans le Floraverse, recevait un micropaiement chaque fois qu'un fan lui offrait un présent virtuel. Bugz jeta un coup d'œil à son solde : elle venait de gagner suffisamment d'argent pour acheter une voiture neuve.

Derrière elle, Alpha hissa sur son épaule un canon géant, complètement démesuré. On aurait dit un moteur d'avion, qui projetait un éclat bleu et blanc à partir de là où se serait trouvée la turbine.

Alpha visa et fit feu : l'explosion massive d'énergie incinéra une énorme parcelle de forêt et cracha du shrapnel sur le flanc de la montagne où se terrait Bugz.

Alors que l'explosion menaçait d'atteindre Bugz, le ciel s'ouvrit et une bête semblable à un aigle noir géant poussa un cri vers la terre. L'animal descendit en piqué vers Bugz, l'attrapa entre ses serres et l'emporta vers les nuées. Un second coup de canon à énergie vint arracher une grosse portion du flanc de montagne, déclenchant une avalanche. Les premiers rangs des guerriers SANS:Clan furent ensevelis sous les décombres, tandis que le reste de l'armée battait en retraite au pied de la montagne en attendant l'accalmie.

Dirigeant l'oiseau-tonnerre, Bugz franchit le sommet du massif.

Monff Comment tu fais pour avoir une TELLE CHANCE ?
BhadBhab Échappée belle !
****-Fifille-**** Incroyable !

La fenêtre de discussion débordait encore une fois de commentaires de fans, depuis les hourras (en réaction aux derniers rebondissements dans le théâtre de guerre) jusqu'aux habituelles remarques désobligeantes ou carrément haineuses du type auquel font toujours face les joueuses. Sans oublier les sempiternelles publicités.

DerkWerk C'est de la triche !

Yalta187 L'action positive à son meilleur.

ManTan1997 Gagnez un nouveau téléphone, envoyez-nous un MP[3] pour découvrir comment !

Bugz ne s'en souciait pas, toute son attention étant monopolisée par l'idée d'installer un piège à l'intention de la horde qui gagnait du terrain. D'un geste de la tête, elle signifia à l'oiseau-tonnerre la trajectoire de vol en arc qu'elle voulait lui faire suivre. Par le pouvoir de la pensée, les paupières closes, elle appela à elle toutes les autres formes de vie présentes sur le territoire.

---

3. MP : message privé. (Note de la traductrice)

2

— Mais comment elle fait? se demanda Feng à haute voix.

Même s'il se trouvait entouré de ses frères de clan, qui étaient tous bloqués momentanément dans leur poursuite de Bugz en raison de l'éboulement, il n'avait adressé sa question à personne en particulier. L'assistante virtuelle de Feng en déduisit que c'était à elle de répondre et surgit sur l'écran d'affichage tête haute. Une vidéo générée par l'utilisateur démarra : il s'agissait d'un tutoriel expliquant le fonctionnement du Floraverse.

La jeune voix qui doublait la narration des scènes idylliques tirées du Monde des esprits dit :

Le Floraverse diffère des autres mondes virtuels créés avant lui.

Le téléphone de Feng faisait jouer la version anglaise de la vidéo à même la visière et traduisait simultanément en mandarin pour ses écouteurs. Feng scruta le champ de bataille en ignorant à moitié les prouesses du logiciel de traduction.

Plutôt que de permettre à ses utilisateurs de bâtir leur environnement à l'aide d'outils et à partir de matériaux bruts tels que le minerai ou le bois, le moteur de jeu qui simule et schématise le Floraverse se base sur le vivant, tout ce qui se meut ou qui pousse…

Feng balaya cette vidéo pour passer à la suivante, tout en commençant son ascension des blocs rocheux laissés par l'avalanche. Cette seconde vidéo avait pour titre : BUGZ, LA CONSPIRATION. L'animateur à l'écran entonnait :

D'innombrables joueurs souhaiteraient exploiter le Floraverse, mais ce qui distingue Bugz, c'est qu'elle vit « en symbiose » avec le Floraverse. Au point où elle semble capable de faire naître tout ce qu'elle veut de son imagination.

Feng sentit une de ses bottes glisser soudainement dans une crevasse. Il trébucha, puis reprit pied tandis que la narration continuait :

> Nul ne sait comment elle s'y prend, exactement. Mais sa méthode, quelle qu'elle soit, a pour résultat d'avoir fait d'elle la meilleure joueuse que ce jeu ait jamais connue.

Feng, qui courait à présent en gravissant la pente accidentée, passa à la vidéo suivante dans la liste de lecture. Après un décompte publicitaire de deux secondes pour annoncer un nouveau téléphone, une autre vidéo débuta, celle-ci intitulée : PALMARÈS DES DIX MEILLEURES CRÉATIONS DE BUGZ. On vit apparaître le même narrateur que dans la vidéo précédente.

> Alors que le joueur moyen s'efforce de se bâtir un arsenal comprenant quelques armes ainsi qu'un animal à utiliser comme monture pour ses déplacements, Bugz, elle, depuis ses tout débuts dans le Floraverse, est passée maître dans ces deux domaines. Elle est tout simplement la meilleure de tous les temps. Pas question qu'elle enfourche une mule ; elle chevauche des êtres surnaturels ! Selon la rumeur, son identité autochtone y serait pour beaucoup : elle serait directement branchée sur

l'inconscient collectif de ses ancêtres. Son arme la plus redoutable n'est ni un fusil ni un poignard, mais sa capacité à rassembler à ses côtés toutes les créatures virtuelles et à en créer de nouvelles qu'aucun autre joueur n'aurait pu imaginer.

— Salut, fan de Bugz numéro 1 ! lâcha un membre de SANS:Clan en s'adressant à Feng.

Il s'appelait Joe ; il accompagna sa remarque d'un sourire moqueur.

— Je t'ai vu figer sur place après être tombé, quand tu as vu qu'elle te regardait dans les yeux.

Joe fit un battement de cils.

— Je sais, tu es amoureux d'elle. Mais tu cours plus vite quand tu ne visionnes pas de vidéo !

— Ta gueule, rétorqua Feng en riant.

Il balaya l'écran pour fermer la fenêtre de vidéo et se mit à courir plus vite. Il se réjouissait de savoir qu'un frère de clan pour qui il avait de l'estime l'avait observé : c'était flatteur même si ça venait avec une brimade. Feng fonça tête baissée pour rattraper ses compagnons.

3

Bugz ne devait son statut de légende qu'à sa dernière bataille et cette fois-ci, elle savait que le défi était de taille. Ce n'est pas tout d'avoir du talent et de la confiance en soi, quand on est en si flagrante infériorité numérique. La meute enragée qui était à ses trousses avait d'abord eu pour objectif de s'emparer de ses richesses mais maintenant, après l'embuscade qu'elle leur avait tendue, les SANS:Clan cherchaient sûrement à prendre leur revanche. Ce qui veut dire qu'ils ne se contenteraient pas de la battre au jeu… ils allaient aussi vouloir l'humilier.

— Là, en bas ! dit-elle en désignant une direction avec ses lèvres tendues, à la manière traditionnelle anishinaabe.

Il y avait là un lac qui s'étendait au pied de la montagne et couvrait tout l'horizon. L'oiseau-tonnerre prit de la vitesse pour aller survoler le lac à un peu plus d'un mètre au-dessus de la surface. Les premiers soldats de la horde SANS:Clan apparaissaient au sommet du pic montagneux. Le reflet du géant ailé scintillait sur l'étendue d'eau près de laquelle Bugz et l'oiseau-tonnerre voltigeaient. Au-dessus d'eux, le clair de lune et le ciel étoilé donnaient un éclairage magique aux environs, et cette atmosphère amplifiait chacun des mouvements des combattants au sol.

Les rayons laser volaient tout autour et les balles des armes à feu perçaient les vagues. Ce lac, qui était son camp de base, Bugz l'avait surnommé le lac des Torches, en partie à cause de la façon dont les étoiles et les lunes venaient danser sur l'eau. Cela lui rappelait quand son père lui avait enseigné la pêche à la torche, quand elle était petite. Maintenant, avec cette apocalypse militaire qui lui tombait dessus, le nom du lac prenait une tout autre signification. Les balles traçantes renvoyaient leur reflet vers les cieux et les lasers faisaient briller leur lumière jusque sous la surface de l'eau avant qu'elle s'y disperse et disparaisse dans l'oubli.

L'oiseau-tonnerre vira de nouveau vers la montagne tandis que Bugz, qui avait sauté de son dos, plongeait droit vers les profondeurs du lac.

— Suivez-la sous l'eau ! commanda Alpha à ses troupes, qui atteignaient les rives du lac.

Certains soldats déballaient de leur sac à dos des sous-marins personnels compacts et des équipements de plongée, puis pénétraient sous les vagues à la poursuite de leur cible. D'autres assemblaient et lançaient des navires de combat pour pister Bugz depuis la surface. À bord de l'un d'eux, qui était équipé d'un canon massif, Alpha se dirigea vers un point où il prévoyait la voir émerger. Les faisceaux de nombreux projecteurs et lampes de poche balayaient frénétiquement la surface du lac, toujours à la recherche de Bugz – mais en vain. Alpha et sa garde rapprochée ne pouvaient rien distinguer à travers le noir des vagues, à part le reflet des lumières. Cinq minutes s'écoulèrent, et l'excitation faiblit ; enfin, un silence de mort s'abattit sur les eaux tranquilles.

C'est alors qu'on entendit un grondement venant des profondeurs.

La fréquence radio qui connectait entre eux tous les membres de SANS:Clan revint à la vie en crépitant.

— Elle va ressortir ! avertit un des hommes parti en éclaireur à bord d'un des submersibles.

— Tout le monde ! Braquez vos viseurs sur la cible ! hurla Alpha à la ronde.

Il localisa sur la carte le signal radio qui clignotait et pointa du doigt la zone correspondante sur le lac. Le vrombissement devint plus fort.

— Faites-nous une mise à jour ! gueula Alpha dans son micro, d'une voix qui trahissait une pointe de nervosité.

Mais les ondes radio gardaient le silence tandis que le volume du grondement ne faisait qu'augmenter.

Soudain, le lac mugit. Les eaux se mirent à écumer et s'écartèrent pour laisser sortir un gigantesque serpent qui s'élança vers le ciel. Il poussa un cri semblable au rugissement d'un lion. Cette créature féroce au corps couvert d'écailles bondit haut dans les airs en dessinant une grande roue sur fond de voûte étoilée. Les soldats SANS:Clan restèrent figés dans une stupeur admirative, et nul ne bougea pendant plusieurs secondes alors que la bête poursuivait ses pirouettes en arc au-dessus du paysage.

Le serpent, atteignant le plus haut point de sa trajectoire, se retourna pour faire face aux soldats, lentement d'abord mais bientôt avec une vitesse terrifiante et toujours s'accélérant. Il n'arrêtait pas de pousser des cris. À cet instant, il montra son visage aux mercenaires : sa tête était celle d'une panthère colossale, couronnée de deux cornes menaçantes. Certains des soldats durent croire qu'ils voyaient le diable en personne – avec des dents de tigre préhistorique. D'autres reconnurent la créature autochtone mythique, celle peinte sur les parois rocheuses, dont l'image revenait souvent à l'écran lors de vidéos tutorielles. Dans un cas comme dans l'autre, les soldats étaient pétrifiés.

— FEU ! s'écria Alpha en chargeant son canon à énergie.

Un à un, les membres de SANS:Clan s'activèrent. Sauf qu'ils tiraient dans les airs, ce qui ne servait strictement à rien. Avant qu'aucun d'eux ne puisse braquer sa lunette de tir sur la panthère à corps de serpent, c'est elle qui frappa. On la vit foncer sur un des navires de combat, prête à encorner les soldats à bord. Ceux qui se trouvaient en travers de son chemin furent fauchés comme de l'herbe sous les lames d'une tondeuse. L'animal emporta la carcasse du navire vers les eaux profondes. Des dizaines d'identifiants de joueurs volèrent vers le ciel à mesure que les guerriers SANS:Clan quittaient le Monde des esprits. Il y eut un nouveau moment de silence avant que le léviathan refasse surface sous un autre navire et l'enserre entre ses mâchoires, le secouant d'un côté puis de l'autre dans les airs tel un chien s'amusant avec un bâton.

Ce léviathan s'appelait Mishi-pizhiw, sans doute la plus intimidante des créations de Bugz.

Mishi-pizhiw fit un bond au-dessus de l'eau pour aller s'écraser de tout son poids sur un bataillon important du SANS:Clan. Plus d'une centaine d'identifiants s'évaporèrent dans le ciel. En un instant, alors que les contours de cette bataille se redessinaient, Bugz avait pour ainsi dire mis le SANS:Clan dans sa poche.

— Battez en retraite ! cria Alpha en se précipitant sous l'eau quelques secondes à peine avant que les nageoires dorsales de Mishi-pizhiw, qui étaient affûtées comme des lames de rasoir, fendent en deux son embarcation.

Le remous que cela produisit vint submerger le canon à énergie d'Alpha, qui clignota mollement, s'allumant et s'éteignant à quelques reprises avant de couler dans le lac pour ne jamais en ressortir. Un des navires qui subsistaient repêcha Alpha d'entre les vagues afin que lui et les autres membres survivants de SANS:Clan puissent regagner la rive.

Une fois Alpha sain et sauf sur le bateau, Bugz l'entendit crier à l'adresse de ses abonnés :

— Ceci n'est pas une retraite, nous ne faisons que marquer une pause ! Nous triompherons, encore et toujours !

4

Maintenant que sa horde était démantelée, Feng aida son équipage et d'autres survivants de SANS:Clan à accoster. Il vit par-dessus son épaule la bête aquatique qui fonçait dans sa direction. Ni lui ni ses frères de clan n'avaient aperçu Bugz, qui, juste en face d'eux, agitait son épée d'obsidienne... Ils en prirent conscience enfin lorsque roulèrent les premières têtes. De nouveaux identifiants montèrent vers les cieux.

Feng trébucha en tentant de descendre du navire d'un bond et tira quelques coups de feu aveugles derrière lui. À quatre pattes sur le sol boueux de la rive du lac des Torches, il s'efforça tant bien que mal de recharger son fusil, prononçant de ce fait quelques jurons entre ses dents.

— Rassemblement sur le flanc opposé de la montagne ! ordonna un des hommes de main d'Alpha qui portait ce dernier, blessé, sur ses épaules à la manière d'un pompier.

Feng effleura le Ø en relief scarifié sur son bras.

— Eh bien, c'est donc vrai qu'Alpha se laisse facilement emporter !

Joe sourit à sa propre blague ringarde tandis qu'il courait en direction des soldats battant en retraite.

Feng, qui peinait à se relever, remarqua une paire de chaussures noires luisantes juste devant lui. Un blason ornait l'empeigne, comme on le voit sur les mocassins traditionnels anishinaabeg. Il s'agissait d'un motif désormais familier dans le Floraverse : une fleur rose néon entourée de feuilles d'un vert fluorescent. Il leva les yeux vers ce qui se trouvait au-dessus des souliers : des hanches, un torse et des épaules bien découpés.

— Bugz ? demanda Feng en la regardant dans les yeux.

Sa voix avait donné l'impression d'un moine visité par le Tout-puissant. Il frissonna, puis relâcha son souffle.

— Arrête de me regarder avec de grands yeux. Ça me met mal à l'aise.

Avant même d'avoir terminé sa phrase, Bugz avait déjà plongé la moitié de son épée dans le crâne virtuel de Feng.

Vous avez été éliminé par Bugz. Aucune résurrection n'est possible à ce stade.

Les mots clignotèrent sur la visière de Feng. Impuissant, il regarda Bugz s'éloigner en courant et trucider à bout portant cinq de ses frères de clan. D'un seul coup, Feng venait de perdre tout ce qu'il avait investi dans sa vie virtuelle : des années de son temps, et tout son argent. Mais il ne ressentait ni rage ni frustration. Il ne pouvait s'empêcher d'admirer avec quelle perfection Bugz passait de technique en technique, amputant ainsi sans effort apparent les rangs du SANS:Clan de nombreux soldats.

5

Bugz remonta la montagne abrupte à la poursuite des membres du clan qui prenaient la fuite. Mais cette fois, les habitants de la forêt couraient à ses côtés : élans, ours et wapitis piétinaient les soldats SANS:Clan tandis que des animaux plus petits faisaient équipe pour les mettre en pièces à leur manière quasi bédéesque. Une scène particulièrement embarrassante allait faire l'objet de vidéos virales : on y voyait un membre du clan se faire terrasser par une bande de lapins et d'écureuils. Même les racines et les vignes grimpaient la pente à toute vitesse pour envelopper les plus lents des guerriers en fuite, les attrapant puis les suffoquant, trouvant en ces avatars (aussi appelés

« versonas ») un engrais idéal. Mishi-pizhiw prit sa forme animale terrestre : celle d'une panthère géante avec des écailles de serpent diamantin le long de sa colonne vertébrale. Il se joignit à la chasse un moment, mais retourna tôt vers le lac : l'issue de la bataille était déjà décidée.

Bugz pourchassait les cinquante derniers soldats SANS:Clan lorsqu'un vaisseau spatial capta son attention en atterrissant près du sommet. Les SANS:Clan planifiaient une évacuation. Ils voulaient s'en sortir vivants, parce qu'ils tenaient à la battre.

— Je crois bien que mon « robot » pourra s'occuper d'eux à partir d'ici, dit-elle à ses fans en ligne.

Elle donna ses directives à l'assistant virtuel :

— Tire pour tuer, mais ne les poursuis pas dans l'espace. Surveille le lac des Torches jusqu'à mon retour.

L'intelligence artificielle prit les choses en main, et les cadeaux d'or et de diamant inondèrent la fenêtre de clavardage. Là-dessus, Bugz retira son casque RV et secoua sa tignasse pour qu'elle soit placée comme elle l'aimait : la séparation juste au-dessus d'un œil, qui se trouvait ainsi encadré par ses cheveux bruns. Elle était de retour dans le monde réel.

Bugz vit la silhouette de son frère, Waawaate, dans l'embrasure de la porte. Il se tenait là, immobile, un grand sourire sur le visage.

— Salut, la nerd. Viens manger.

Il se retourna aussitôt, laissant planer l'invitation. Bugz ramassa un sac de croustilles laissé à moitié vide sur le plancher de sa chambre en désordre, puis se précipita à la suite de son frère pour aller souper à la table familiale.

UN AN APRÈS

6

— Alors, mesdames et messieurs…

La voix du présentateur du pow-wow retentit dans les haut-parleurs de l'impressionnant système de son.

— La jeune femme que voici nous rend tous très fiers de par son talent sur le Web, dans ce qu'on appelle la « réalité virtuelle ». Et aujourd'hui, comme elle vient d'une famille bien enracinée dans la tradition du pow-wow, elle a choisi de redonner à sa communauté, à la manière traditionnelle anishinaabe. C'est pourquoi elle ouvrira la danse avec sa tenue à clochettes pour un premier tour de piste, après quoi toutes les autres danseuses *jingle*[4] junior se joindront à elle pour les trois dernières rondes.

« Ça y est, je fais une crise d'anxiété », pensa Bugz. Il lui arrivait souvent d'avoir cette impression quand elle se trouvait hors du Floraverse. Bugz faisait de son mieux pour n'en rien laisser paraître, là, dans sa robe à clochettes – une robe noire aux motifs perlés roses et verts, le tout accentué par des franges faites de cônes métalliques légers et clinquants. Elle se repassait en mémoire les nombreuses femmes anishinaabeg qu'elle avait connues jusqu'ici… quelle élégance ! Elle se rappelait leur allure digne, leur beauté, leur calme. Exactement comme sa mère. Même si elle-même s'appliquait à projeter cette image extérieurement confiante, son mental clic-clic-cliquetait comme une roue de fortune où tournaient en boucle ses pires insécurités. Elle allait bientôt danser devant toutes ces personnes, en solo. « Il y en a combien, mille ? » Elle sentait sur elle tous les regards réunis dans

4. *Jingle* signifie « à clochettes » ou « à cônes clinquants ». Le bord des jupes des danseuses est en effet orné de clochettes coniques en feuilles de métal mince, anciennement du cuivre, qui tintent au mouvement de la jupe. (Note de la traductrice)

l'arène du pow-wow. Est-ce qu'ils étaient fixés sur ses bourrelets ? Bien sûr que sa mère lui avait menti, tout à l'heure, quand elle avait dit à Bugz qu'elle était superbe dans ses regalias. « J'ai l'air d'être grosse. Je me sens grosse. Je suis grosse. »

« Oh, génial, voilà que je commence à transpirer. » Le monologue intérieur de Bugz reprenait en force : une vraie alerte rouge. Elle s'en voulut de ressentir si intensément le besoin de projeter une image d'extrême assurance. « Il faut bien que les grands-mères aient de quoi être fières, non ? » N'empêche, la transpiration était bel et bien palpable. Sous ses aisselles, le long de son dos. Une sueur chaude, collante. « Joli dégât ! »

— Mesdames et messieurs, dans notre culture, la tradition du pow-wow veut que quand l'un ou l'une de nous reçoit un don, comme c'est le cas de cette jeune femme talentueuse, on soit appelé à redonner aux autres, sous la forme d'une cérémonie du don et en commanditant une édition spéciale du pow-wow, comme celle-ci. Bien entendu, nous l'avons tous vue grandir et participer aux danses dans la robe de *jingle*, la tenue de guérison...

« Évidemment, il fallait que les présentations durent une éternité. C'est comme ça chaque fois. Il n'y a rien qui fasse plus plaisir à un présentateur de pow-wow que de donner des détails en long et en large à propos des enseignements propres à la culture autochtone, en remerciant chaque brin d'herbe présent par des prières, et même en expliquant le sens de ses blagues vieux jeu. »

— Eh oui, mesdames et messieurs, la voie du pow-wow nous appelle à...

« Je me trompe, ou est-ce que la voie du pow-wow nous appelle simplement à chanter et à danser ? Pourquoi toute cette parlote ? Et qu'est-ce qui me prend d'être aussi négative, tout d'un coup ? Un peu de pensée positive ! En tout cas, au moins je porte du noir. Ma sueur ne sera visible pour personne. À moins que mon maquillage se mette à couler... dégueu ! Si au moins j'avais mon téléphone sur moi, pour voir de quoi j'ai l'air. »

— Alors nous allons maintenant demander aux chanteurs du Lodge Pole de nous faire leur chant de *jingle*…

Boum !

Le son du tambour-mère retentit dans les haut-parleurs, et son écho résonna dans toute la réserve (la « Rez », pour les intimes), puis partout jusqu'aux confins de l'univers. Les joueurs de tambour adoptèrent un rythme plus rapide et le chanteur principal poussa une première note claire et nette, que reprirent la demi-douzaine de chanteurs assis à ses côtés autour du tambour, lui renvoyant l'onde de choc. Bugz reconnut immédiatement de quel chant il s'agissait : c'était le chant original de la danse des clochettes, un chant « de médecine » reçu en rêve par son peuple plusieurs générations en arrière.

Bugz se mit aussitôt sur la pointe des pieds et commença à danser. En un instant, elle sentit sa nervosité et ses craintes se dissiper, emportées par les vagues sonores des dizaines de cônes métalliques cousus à sa robe. Les projecteurs qui entouraient l'arène – des luminaires comme on en trouve sur les terrains de baseball – se réfléchissaient dans un million de directions sur les petits cônes clinquants qui se balançaient et s'agitaient en suivant chacun des mouvements de Bugz. Ses pas marquaient un double temps rapide qui accentuait les contours de la mélodie chantée. Une main à la taille et l'autre tenant un éventail de plumes d'aigle pomarin, elle perdait de vue tous ses soucis, ramenant son focus au plus profond de l'instant unique qu'elle était en train de vivre. Adieu les doutes, adieu la foule de regards plantés sur elle… elle était seule avec le tambour. Pour une fois, Bugz cessa même de penser au Floraverse et à son téléphone.

Dans son esprit, Bugz se transforma en cette jeune visionnaire qu'elle avait été au moment où elle avait reçu la robe à clochettes, il y a si longtemps. « La danse de guérison. » Bugz scruta les estrades et vit les autres danseuses, qui attendaient de se joindre à elle. La plupart de ces jeunes femmes avaient fait la route des pow-wow et dansé tout l'été de concours en concours. Bugz avait même des cousines qui gagnaient leur vie de cette façon : les paiements de la voiture et le loyer étaient assurés par les prix gagnés lors de ces concours. Mais tandis qu'elle sentait sur elle le sourire fier des Aînés assis dans une section d'estrade qui leur était réservée, Bugz savait qu'ici, dans ce coin de pays anishinaabe, porter la robe à clochettes avait une signification plus profonde. Dans ce cas-ci, c'était plus que de la danse… ça s'apparentait davantage à une religion. Les gens d'ici croyaient encore que les danseuses qui revêtaient cette robe pouvaient guérir les malades. Ils faisaient encore des offrandes de tabac aux danseuses de *jingle*, dans une forme de prière pour que leurs proches puissent se libérer de l'alcoolisme. Ils racontaient encore comment cette danse allait guérir leur nation de sa gueule de bois post-coloniale. Et c'est pour tout cela que Bugz dansait : pour sa famille, pour son peuple, pour ce mode de vie ancestral.

On sonna les coups d'honneur, des coups de tambour encore plus forts qui venaient appuyer le rythme du chant, et Bugz brandit son éventail en plumes d'aigle haut dans les airs. Elle le montra d'un côté puis de l'autre en suivant la musique, comme si elle balayait toute la souffrance et la maladie de sa communauté dans une direction, boum,

boum, boum, puis élevait leurs esprits dans l'autre direction, boum, boum. À la fin des coups d'honneur, elle maintint quelques instants l'éventail dans les airs. Ses clochettes avaient fini de s'agiter en tous sens, la plume d'aigle dans ses cheveux avait cessé de danser avec la brise, et l'expression sur son visage s'était figée alors qu'elle prenait pleinement conscience de son héritage. À cet instant précis, Bugz était en paix. Elle ne projetait plus l'image d'une femme forte, d'une Anishinaabe forte ; elle ne faisait que laisser briller la lumière de son esprit sur toutes celles et tous ceux qui l'entouraient.

Au moment où les chanteurs assis autour du tambour-mère entamaient un nouveau chant, plus d'une vingtaine de jeunes danseuses en robes à clochettes sortirent du périmètre pour se diriger en dansant vers le centre de l'arène, chacune dans son style particulier. Toutes respectaient les mêmes pas de base, mais tout comme leurs regalias se distinguaient par des couleurs et des motifs qui mettaient en relief leurs personnalités contrastées, leurs mouvements reflétaient l'unicité du caractère de chacune. Ainsi réunies, ces femmes firent déferler sur les spectatrices et spectateurs une vague invisible de fierté. Les applaudissements montèrent aussitôt.

— Mesdames et messieurs... vous aimez ce que vous voyez ? Faites-le-leur savoir !

« Évidemment, le présentateur ne pouvait laisser passer un beau moment sans se sentir obligé d'y apposer sa marque personnelle. » Dans la tête de Bugz, le monologue intérieur se remettait en marche, mais dans la partie de son esprit dédiée au pow-wow, c'est la fonction « pilote automatique » qui prenait le dessus : sur ce mode-là, elle allait pouvoir danser jusqu'aux dernières notes du chant sans interférence, au sommet de sa forme. Pour les cinq minutes restantes, toute son anxiété fut mise au rancart.

Bugz jeta un coup d'œil à la tribune du présentateur, du côté est de l'arène, et aperçut ses parents. Ils se tenaient debout au même endroit où ils s'étaient trouvés il y a douze ans, quand Bugz était entrée pour la première fois dans le cercle, lors d'une cérémonie où sa communauté l'avait accueillie dans l'arène du pow-wow pour sa toute première danse, la suivant du regard pas à pas. Son père, Frank Holiday, en jeans et casquette de baseball, bombait son large torse et souriait encore plus largement. Sa mère, Summer, se tenait à la droite de son mari, arborant un sourire attendri – de ceux que Bugz avait vus dans des vidéos de parents émus de voir bébé faire ses premiers pas. Bugz étudia sa mère : l'image même de la royauté anishinaabe. Summer portait un manteau à motif Pendleton et un chapeau de cowboy blanc ; à son cou pendait un sifflet d'aigle superbement décoré de perles de verre.

Bugz posa son regard sur le sifflet, qui était sculpté dans l'os d'une aile d'aigle à tête blanche. C'était un objet cérémoniel sacré pour ceux qui suivaient la voie du pow-wow et respectaient le mode de vie traditionnel anishinaabe. Bugz avait hâte que sa mère lui lègue le sifflet. Il lui faisait tellement envie qu'elle s'en lécha carrément les lèvres, dans un réflexe de faim : une faim qu'elle avait toujours ressentie pour cet objet, aussi loin qu'elle pût se souvenir. Peut-être d'ici une année ou deux...

La mère de Bugz ressemblait à une princesse anishinaabe, mais pour son peuple elle était beaucoup plus qu'une simple figure de proue. Elle gouvernait la communauté à titre de cheffe élue. Toutes les trois minutes, on voyait quelqu'un se faufiler à travers la foule pour venir lui serrer la main. Bugz, qui dansait encore, fit un tour sur elle-même et renvoya leur sourire à ses parents, se remémorant une vieille histoire qu'on lui avait racontée, une histoire du temps de leurs premières fréquentations. À l'époque, sa mère s'était demandé si elle devait vraiment prendre le nom de famille de Frank ou si ça ferait une blague trop ridicule.

« Cheffe Summer Holiday, vacances d'été ! » songea Bugz. Bon choix. Sa mère menait certainement une vie à la hauteur de ce nom : cool au possible.

Alors que les dernières mesures du chant résonnaient dans l'arène, les vingt-cinq jeunes femmes qui y étaient assemblées agitèrent chacune leur éventail à bout de bras. Le tambour marqua la fin du chant et les danseuses finirent en synchronie telles des gymnastes effectuant leur réception : une armée de femmes anishinaabeg venues guérir la nation.

7

Plus tard ce soir-là, après que Bugz eut fini de distribuer des prix et des cadeaux reçus lors de cette édition spéciale du pow-wow, elle tomba sur un groupe de jeunes femmes en regalias et grand châle à franges – la tenue chamarrée des danseuses était encore plus brillante et flamboyante dans ses couleurs et son perlage. Chacune d'elles avait les cheveux tirés serré en arrière et tressés de manière différente des autres. Bugz étudia leur maquillage.

— Mon Dieu, c'est vraiment fou, ton édition spéciale, Bugz !

Stormy, la meneuse de cette petite troupe, avait à peine détaché le regard de son téléphone en prononçant ces mots.

— Je n'ai jamais vu une édition spéciale où quelqu'un faisait don d'une voiture en guise de prix !

— Bien, en fait, ça s'est déjà vu, une fois, à New Town.

Cette correction était une courtoisie de la meilleure amie de Stormy, Chalice, qui parlait elle aussi en regardant son téléphone.

— Mais cette fois-là, c'était différent : c'était une tombola. Bugz a remis une voiture pour récompenser la meilleure danse ! Je vous jure, j'aurais mieux fait de m'inscrire comme danseuse des clochettes !

— Merci, dit Bugz en se tortillant les lèvres. J'imagine que… c'est ce qu'il y a de chouette avec ce que je fais en ligne. Ça me permet de faire des trucs cool dans la vraie vie.

Bugz se demandait ce que ces filles lui voulaient. Elles ne lui adressaient jamais la parole à l'école, étant donné qu'elles étaient un peu plus vieilles qu'elle. Bugz jeta un œil à son téléphone puis revint au petit groupe féminin qui l'entourait. « Comment font-elles toutes pour être si minces ?

Est-ce que les filles minces se tiennent entre elles exclusivement ? » Bugz laissa son regard s'attarder sur leurs formes sveltes. Une pensée la traversa alors : voilà ce à quoi devraient ressembler les femmes anishinaabeg. « Du moins, c'est de ça que nous avons l'air dans *Pocahontas* et dans les films. » Bugz fixait un point au sol, devant elle, perdue dans ses pensées. « On ne voit jamais une princesse cherokee rondelette dans les films d'animation. »

— Ouaouh, Bugz, t'es vraiment trop jolie dans le Floraverse ! sourit Stormy.

Bugz leva les yeux et vit sa propre versona qui la regardait tel un miroir dans le panneau de verre translucide de 17 centimètres que Stormy tenait dans sa main. Le regard de Stormy s'était adouci, maintenant qu'elle s'adressait à Bugz à travers le filtre de son avatar dans le Floraverse. Bugz fit une mini-prière pour remercier le téléphone d'avoir ainsi intercédé. Cette fenêtre sur la réalité augmentée que chacune d'elles habitait par l'entremise de sa versona, ça agissait comme une corde de sécurité qui connectait Bugz à un état dans lequel elle pouvait se sentir un peu plus à son aise.

Bugz prit à son tour son téléphone, ce petit panneau de verre d'une taille similaire alimenté par une UCT[5] dissimulée dans la montre qu'elle portait au poignet. La vitre s'anima, montrant le filtre de la versona de Stormy juste devant elle. Tout ce qui se déroulait en arrière-plan continuait de se faire sans interruption tandis que Bugz regardait l'avatar. « Elle est aussi belle dans la vraie vie que dans le Floraverse », pensa Bugz. Stormy sortit sa vapoteuse, lorgna vers Chalice, puis de nouveau vers ses pieds, et le téléphone de Bugz reproduisit chacun de ces gestes en version réalité augmentée. Il y avait synchronie parfaite entre la Stormy réelle et la virtuelle. Même quand Bugz échappa son téléphone, une maladresse pour laquelle elle souhaita intérieurement mourir sur-le-champ, l'appareil montra la versona de Stormy sans aucune faille durant la fraction de seconde que dura la chute, comme un portail culbutant sur un univers secret.

Bugz ramassa son téléphone et étudia rapidement l'apparence des autres filles. Toutes portaient

---

5. UCT : unité centrale de traitement. (Note de la traductrice)

des tenues pour versonas achetées chez un influenceur célèbre et retouchées superficiellement. À travers son téléphone, Bugz pouvait voir une Arianna aux cils plus longs, une Arianna aux lèvres plus pulpeuses et une Arianna tatouée sur tout le visage. « Des novices. » Aucune joueuse digne de ce nom ne se serait laissé surprendre en train de porter une « peau » aussi fraîchement sortie de chez le détaillant ! Une vraie joueuse savait confectionner elle-même le maillot de son avatar, comme Bugz l'avait fait.

De nouveau, Stormy hocha la tête en signe d'approbation – quoique distraitement – vers la versona de Bugz. Après des années à maudire ses bourrelets et à examiner son profil devant le miroir, Bugz avait consacré une quantité ridiculement importante de ressources au perfectionnement de sa versona à taille de guêpe. Stormy pencha son téléphone légèrement pour apprécier les formes de la Bugz numérique, puis le laissa pendre complètement au bout de son bras, levant le regard vers la Bugz du monde réel. Bugz se sentit mise à nu. Il lui tardait de regagner le Monde des esprits, le plan le plus élevé de la réalité virtuelle dans le

Floraverse : là, elle serait libre des attaches qui la liaient encore, même en réalité augmentée, à son emplacement réel.

— Tu peux me regarder à travers ton téléphone, si tu veux, dit Bugz.

Stormy replaça son téléphone devant elle et retrouva du même coup le sourire. Elle tira une longue bouffée de sa vapoteuse. Elle souffla la vapeur de combustion vers ses mocassins, faisant une œillade à ses amies avant de reposer son regard sur Bugz. Elle demanda :

— Alors ? Comment va ton frère ?

« Oh, maintenant je comprends pourquoi elle est venue me parler ! » songea Bugz. « Mon Dieu, comment peut-on avoir des cils aussi parfaits ? On dirait les cils d'un chameau du désert : assez longs pour vous prémunir contre les tempêtes de sable. »

— Waawaate ? Il va bien, réussit à siffler Bugz.

Elle observait les jeunes femmes attroupées là et prenait mentalement des notes en vue d'améliorer sa propre apparence numérique. Elle continua :

— Il doit être en train de se préparer pour son numéro spécial. Je crois que c'est ce soir.

— Il n'y a pas de doute, nous avons vraiment hâte de voir ça ! Ton frère est un danseur *tellement* talentueux…

Stormy continuait elle aussi d'observer minutieusement l'apparence de Bugz à travers son téléphone.

— Et tellement mignon, en plus ! ajouta Chalice.

— Dégueu ! dit Bugz pour stopper les filles dans leur lancée.

L'une d'elles émit un sifflement admiratif comme ceux qu'on entend dans les films.

— Arrête ça !

Stormy venait de la couper un peu trop net.

— Tu es au courant qu'on n'est pas censé siffler après la tombée de la nuit.

— Ne me dis pas que tu crois à ces histoires.

Chalice leva les yeux au ciel pour faire plus dramatique, puis roula de nouveau des yeux vers son téléphone. Du bout de son pouce, elle balaya des dizaines d'images, de vidéos et de textos sur son écran transparent.

— Bien, on dit que si quelqu'un siffle sous les aurores boréales, elles l'enlèveront et le feront disparaître, répondit Bugz.

— Alors, comme le prénom de ton frère signifie « aurore boréale »… ça veut peut-être dire que *lui*, il viendra m'enlever ! dit Chalice dans un rictus, en feignant de siffler une fois de plus.

— Chut ! fit Stormy en s'éventant. Ne déconne pas avec ça. Même si tu n'y crois pas, au moins ne fais pas exprès de siffler un soir de pow-wow. Sinon, c'est ma *koukoum* qui va venir nous crier dessus !

— C'est vrai que ta grand-mère fait peur, avoua Bugz.

— Et sans plus tarder, nous allons maintenant accueillir les danseuses du châle catégorie junior.

La voix du présentateur avait retenti dans la noirceur du cercle externe de l'arène, où se tenaient les jeunes femmes.

— Bon, on dirait bien qu'il faut y aller.

Stormy tira un autre nuage de sa vapoteuse et le souffla dans l'air au-dessus d'elles. Elle modifia l'affichage de son téléphone, pour en faire un miroir. Elle jeta un coup d'œil à ses sourcils et au contour de ses yeux, toucha le bouton RA dans un coin de l'écran et vit son visage se transformer sous le filtre du Floraverse.

— Parfait !

— Salue Waawaate de notre part ! dit Chalice avec un sourire dont l'émotion ne se sentait pas dans son regard.

— Oh mon Dieu, Chalice ! Ne sois pas si primaire ! dit Stormy en agitant la tête pour désapprouver de son amie. C'est évident qu'elle va mentionner notre conversation à son frère.

Les danseuses du châle se mirent à rire en chœur et se dirigèrent vers l'arène du pow-wow.

8

— Tu t'es fait de nouvelles amies ?

Waawaate marchait vers Bugz dans ses regalias de danse de l'herbe, avec de longues franges flottant comme des touffes d'herbe des Prairies sur ses épaules et le long de ses bras et de ses jambes. De son bandeau perlé tombaient aussi deux cordes de perles qui faisaient deux anneaux, des tempes jusqu'au milieu du front, entourant ses yeux. Il portait la houppe « iroquoise » en longs piquants de porc-épic par-dessus ses cheveux tressés. Bugz s'étira le cou pour mieux regarder son frère, qui s'était arrêté à côté d'elle. Il avait hérité de la grande taille de leur père et de la beauté de leur mère. Bugz se demanda un instant de quoi elle avait hérité, elle, mais se rappela vite à l'ordre contre ce genre de pensée : elle devait reconnaître que jusqu'ici, elle se débrouillait plutôt bien dans la vie.

— Tu devines bien que ces filles n'essaient aucunement d'être mes amies, dit Bugz en riant. En fait, c'est fou comme elles sont en *amourrr* avec toi !

Elle avait accentué la consonne en battant des sourcils, dans une parodie cartoonesque de l'adoration.

— Arrête, rétorqua Waawaate en souriant.

— Oh mon Dieu, ça te fait super plaisir, en fait ! Je me trompe ?

— Pourquoi ça ne me ferait pas plaisir ?

— Parce que ! Elles veulent juste se servir de toi pour se rapprocher de moi et de mon argent. Voilà pourquoi.

Ils se mirent à rire de concert. Bugz aurait bien aimé pouvoir être aussi détendue quand elle était parmi d'autres personnes. Elle leva son téléphone devant son visage et se mit à étudier le monde qui l'entourait. Elle activa sa versona et entreprit d'arranger ses cils et sa chevelure un peu plus à la façon de Stormy.

Waawaate l'interrompit :

— Allons plus près du cercle de chant.

Bugz suivit son frère en maintenant le téléphone en face d'elle, jusqu'à l'attroupement qui s'était formé autour des chanteurs. Waawaate se tenait près d'une femme, une étrangère pour eux. Bugz l'observa brièvement, remarqua son teint, ses yeux de biche et ses vêtements chers quoique discrets. Bugz se retourna pour faire face au tambour-mère et murmura du coin des lèvres à son frère :

— C'est qui, elle ?

— Je crois que c'est la nouvelle docteure. Elle vient juste d'emménager dans la réserve, dit Waawaate tout en filmant sur son téléphone une captation en direct des chanteurs.

Leur père vint se joindre à la foule autour du tambour juste au moment où le chant prenait fin. Il salua Bugz et Waawaate d'un hochement de tête.

— Vous voulez que je vous ramène à la maison bientôt ?

— D'accord, répondit Bugz.

— Je crois que je vais rester un peu après mon numéro.

Waawaate resserra les attaches de sa houppe en prévision de ses quelques minutes sous les projecteurs.

— Ouais, tu as intérêt à rester. Il ne faudrait pas décevoir tes fans, dit Bugz en grimaçant.

— Ses fans? Toi aussi, alors, tu es célèbre sur Internet, maintenant? demanda leur père.

— Des «fans», papa, fit Bugz avec un geste rapide des lèvres vers les danseuses du châle, qui quittaient l'arène.

Les jeunes femmes n'arrivaient pas à dissimuler leurs œillades répétées en direction de Waawaate.

— Oh! fit son père en riant. Eh bien, dans la tradition, on est censé danser pour le peuple, et puisqu'elles font partie du peuple...

Bugz regarda son père d'un air embarrassé. Elle remarqua aussi que Waawaate se frottait la cuisse.

— Qu'est-ce qui se passe?

— J'ai mal à la hanche. J'espère pouvoir faire mon numéro jusqu'au bout.

— C'est sûrement le fait de tourner dans la tête de toutes ces filles qui te fatigue autant! ajouta le paternel en riant de sa propre blague.

Bugz leva les yeux au ciel en se cachant derrière son téléphone.

— Nan, ne t'en fais pas. Je devrais m'en sortir, grogna Waawaate.

— Et maintenant, accueillons notre danseur junior pour un numéro spécial de la danse de l'herbe !

La voix du présentateur se réverbérait dans la nuit.

— C'est à moi.

Waawaate entra dans le grand cercle. La nouvelle femme médecin vint au-devant de Bugz et son père.

— Bonjour, dit le père de Bugz en lui tendant son poing fermé, façon hip-hopeur, pour un salut « sanitaire ». Vous devez être la docteure Turukun.

— Bonjour. Je m'appelle Liumei. Comment allez-vous ?

— Plutôt bien, merci. Je suis Frank Holiday, et elle, c'est ma fille, Bugz. Heureux de faire votre connaissance.

— C'est un plaisir de vous rencontrer également. Bugz, tu danses merveilleusement bien, dit Liumei dans un regard qui détaillait toute la tenue à clochettes de Bugz. Qu'est-ce que représentent les motifs de ton costume ?

— En fait, on dit « regalias », la corrigea Bugz, ce qui fit plisser des yeux son père, bien que presque imperceptiblement. Les costumes, c'est pour les clowns. Nous, on porte des regalias.

— C'est vrai, dit Liumei. Je suis habituée que tout le monde se trompe à propos de ma propre culture, également. Je suis vraiment désolée. Je n'aurais pas dû dire « costume ».

— Pas de souci.

Le père de Bugz s'interposa :

— Alors, comment trouvez-vous la vie au village ?

— Bien, c'est une très belle communauté que vous avez. Tout le monde est super gentil. La famille chez qui j'ai été hébergée pendant les premières semaines m'a emmenée à la pêche ! dit Liumei en jetant un regard à la ronde. Et pour être parfaitement honnête, je ne m'attendais pas à ce que je vis ici. C'est différent des réserves que j'ai vues aux nouvelles.

— Ma femme fait un travail admirable ; elle crée beaucoup d'emploi dans la communauté. Et nos gens ont toujours été fiers de leur culture. Alors les nouvelles sont bonnes.

Un petit essaim de mouches entoura les projecteurs au-dessus de leurs têtes, ce qui sembla accentuer le malaise qui s'installait dans la pause de conversation.

— C'est votre première fois dans un pow-wow ? demanda Frank.

— Non, j'y suis allée quelques fois pendant mes années d'université, répondit Liumei avec un peu trop d'empressement.

Bugz sentait bien que Liumei mentait. « Comment se fait-il que les adultes mentent aussi souvent ? » Une femme brillante, indépendante – que l'on traiterait de la même manière même si elle admettait qu'elle n'avait jamais vu de pow-wow de sa vie – se sentait malgré tout obligée de raconter un petit mensonge. « Bizarre. »

— Cool. Ça vous plaît, l'herbe ?

— Quoi ? fit Liumei, interloquée.

— La danse de l'herbe. Mon fils s'apprête à faire son numéro.

— Il est très doué, dit Bugz en souriant.

Elle l'aimait bien, cette Liumei : elle appréciait ses tentatives d'adaptation dans ce contexte nouveau pour elle.

— Il faut bien porter attention au détail des mouvements. Il va répéter chaque geste symétriquement, d'abord à gauche, puis à droite quelques mesures après, expliqua le père de Bugz en fixant du regard le centre de l'arène. Ça symbolise l'équilibre qu'on doit maintenir entre toutes les choses dans l'univers.

9

— Et maintenant, celui qui fait la fierté de notre communauté, Waawaate Holiday, va interpréter pour tous et toutes un numéro spécial ! Mais d'abord, il a souhaité faire une démonstration d'adresse sur une chanson assez compliquée. Nous verrons bien qui va gagner ce duel : le danseur ou les joueurs de tambour ! Ça y est, nous avons le signal.

Sur ce, un nouveau groupe de joueurs de tambour entama un chant inédit, et encore plus rapide que celui qui avait accompagné la chorégraphie de Bugz. Waawaate se mit à faire des mouvements de pieds en toupinant vers la gauche, ce qui soulevait les longues franges de ses regalias et les faisait tournoyer dans les airs. On entendit résonner le tambour d'un coup d'honneur puissant, et Waawaate s'arrêta net, marqua une pause juste assez longue pour laisser les franges aller au bout de leur élan, puis reprit le mouvement giratoire en sens opposé. La foule clama son approbation. Bugz jeta un coup d'œil aux danseuses du châle et vit que chacune d'elles brandissait son téléphone. Elles étaient en train de faire une diffusion en direct de son frère. « Je me demande combien d'abonnés elles ont… »

Alors qu'on frappait de nouveau des coups d'honneur, Waawaate se mit à faire des mouvements de plus en plus près du sol, réalisant presque un grand écart tout en roulant des épaules au rythme de la musique. Entre deux temps forts, il se releva, pivota sur lui-même et repartit en direction opposée, s'accroupissant et fléchissant les jambes de plus en plus.

Bugz eut un regard pour son père et s'aperçut qu'il avait l'œil humide.

— Hé, papa, tu pleures ?

Frank demeura silencieux l'espace d'une seconde.

— Je crois bien que oui...

Bugz adorait l'honnêteté de son père. Elle était au courant du rôle de mâle alpha qu'il avait joué quand il était jeune : il avait été athlète étoile, major de promotion et, d'après certaines rumeurs qui étaient parvenues aux oreilles de Bugz, il avait eu par moments une attitude un peu rustre. Mais l'homme qu'elle voyait aujourd'hui était d'âge mûr, il jouait un rôle de soutien auprès de sa femme aux ambitions de leader et, selon toute apparence, il était bien en contact avec ses propres émotions.

— Je trouve ça beau de voir le garçon que j'ai élevé depuis qu'il était tout bébé faire l'apprentissage de ce style de vie. Et le faire avec autant de talent.

Waawaate faisait du surplace, à la façon des coureurs. Des spectateurs descendaient à toute vitesse des gradins pour venir déposer à ses pieds des billets de 20 et de 50 dollars. En réponse, il donnait des coups de mocassins dans les billets, qui volaient en l'air, et cela faisait rugir la foule encore plus fort. Encore plus de gens se précipitèrent vers lui pour déposer de l'argent.

— Voir mes enfants danser, ça me donne l'impression que notre culture va survivre pour encore une génération, confia Frank avant de marquer une pause afin d'absorber pleinement la vue de son fils qui cartonnait dans l'arène. Ces mouvements-là, par contre, il me les a bel et bien volés !

Bugz admirait les efforts que faisait son père pour redonner à la conversation un ton joyeux et léger. N'empêche qu'elle ne put résister :

— Papa, dit-elle avec un énorme sourire, tu n'as jamais été aussi bon danseur.

Son père l'attira à lui pour la serrer contre son cœur. Au même moment, le groupe au tambour s'arrêta sur un temps de manière imprévisible, et Waawaate termina sa danse en synchronie parfaite avec la fin de la pièce surprise. Pour donner de l'emphase à sa maîtrise de la chanson, il prit la pose avec les deux bras tendus vers la gauche tel un lutteur professionnel allumant la foule.

— Hiii chaaa ! hurla Waawaate en direction du ciel.

La foule répondit encore plus fort qu'elle ne l'avait fait de toute la soirée.

10

Feng tomba brutalement sur le tapis du dojo virtuel, terrassé par un géant lourdaud surnommé « le Béhémoth », aux biceps tatoués du symbole Ø. Le Béhémoth suivit Feng après cette mise au tapis, lui enserrant les jambes par la même occasion. Feng roula sur le côté et poussa par terre de ses mains dans une tentative passionnée de s'échapper en glissant ses hanches en direction opposée à son adversaire. Peine perdue. Le Béhémoth, qui tenait encore en grippe les jambes de Feng, s'élança vers l'avant tel un joueur de baseball glissant jusqu'au marbre. Un rapide tour sur lui-même, et voici qu'il se tenait à califourchon sur Feng en train de suffoquer. La victoire n'était qu'une formalité, en apparence. Quelques secondes encore, puis Feng quitta le jeu d'un tapement de doigt sur une touche afin d'éviter la strangulation complète de sa versona.

Le combat avait eu lieu au centre d'entraînement des SANS:Clan, un gymnase pour les arts martiaux en tous genres logé dans un hangar pour avions au sein du complexe que possédait le clan dans le Floraverse. On y voyait défiler d'innombrables membres du clan qui s'entraînaient ensemble en vue de la revanche contre Bugz, qui était prévue pour bientôt.

Feng et le Béhémoth reprirent leur position de départ sur le tapis et se cognèrent les jointures amicalement. Cette fois, Feng anticipa la charge de son adversaire et s'étira le plus possible par-dessus lui. Au moment où le géant fonça vers lui, Feng lui poussa la tête vers le bas et l'écrasa sur le tapis. Il pivota et saisit le dos du Béhémoth, le tenant dans une prise de contrôle improvisée. Le colosse se débattait.

— Allez, tape sur la touche ! La touche ou tu te couches !

Le Béhémoth fit des roulades de côté : une, deux, puis trois fois, luttant pour se défaire de l'emprise de Feng. Mais il ne faisait qu'aider ce dernier à resserrer l'étau encore davantage. Finalement, il tapa sur la touche d'échappement et Feng le relâcha aussitôt.

— C'est bon, très bien travaillé, les gars ! Venez vous placer en cercle pendant une minute !

La voix d'Alpha grondait comme le tonnerre dans tout l'espace d'entraînement. Il s'assit sur le tapis tandis que les autres soldats SANS:Clan venaient former des cercles concentriques autour de lui, leurs versonas suintantes de transpiration virtuelle.

— Récapitulons de nouveau notre plan de match. La dernière fois, nous avons commis l'erreur de lancer toutes nos forces sur elle d'un seul coup. Nous avons vu qu'elle est capable de déployer d'infinies ressources contre nous si nous sommes rassemblés en un seul point. Ce coup-ci, nous allons disperser notre attaque et la forcer à se battre sur deux fronts à la fois. Elle ne pourra pas gérer les deux.

Alpha décrivit dans le détail son nouveau plan d'attaque, truffant son discours d'obscénités et de commentaires sexistes. Ce niveau de langage faisait toujours grincer des dents Feng, qui n'en parlait pourtant jamais à quiconque dans l'espoir de mieux se fondre dans le groupe.

Après cette séance de stratégie, Feng alla s'asseoir au bord du tapis pour se relaxer aux côtés de quelques membres du clan.

— Est-ce que c'est arrivé à l'un de vous de déménager très loin de là d'où vous venez ? demanda Feng.

— Nan. Dans quel sens ? grogna le Béhémoth.

— Je quitte la Chine.

— T'es sérieux ? demanda son ami Joe.

— Ouais, répondit Feng. Je suis déjà dans l'avion à l'heure où on se parle. Le Wi-Fi à bord est un peu n'importe quoi. C'est la seule raison qui explique que tu m'as battu pour une ronde, Béhémoth !

— Si c'est ce que tu aimes te faire croire ! gloussa son partenaire d'entraînement.

— Tu pars vivre où ? demanda Joe.

— Chez ta mère, dit le Béhémoth en riant bêtement.

— Ta gueule ! rétorqua Joe en lançant un gant de boxe à son camarade déplaisant. Eh bien, qu'est-ce qui s'est passé, alors, Feng ? Il me semble que tu étais le super pisteur pour la Chine, le défenseur maniaque qui répétait toujours combien l'Occident, c'est « le mal », dit Joe, qui prononça les deux derniers mots en faisant le geste des guillemets avec ses doigts, pour plus d'effet.

— Oh, mais je vous trouve toujours aussi paresseux ! dit Feng en riant. Et j'adore la Chine ; mon avis là-dessus n'a pas changé, dit-il en se mordant la lèvre inférieure. C'est juste, peut-être, le parti qui la dirige que j'aime moins.

Il se gratta la nuque.

— Qu'est-ce qui s'est passé ? demanda Joe.

Feng avala. Il se pencha plus près du duo qui s'était blotti à ses côtés.

— Bon. D'accord, mais vous n'en parlerez à personne. Promis ?

Joe et le Béhémoth eurent vite fait d'acquiescer.

— Alors… commença Feng, scrutant la pièce comme s'il s'apprêtait à ne pas révéler ce qu'il avait sur le cœur. Je suis parti parce que ma famille pense que je pourrais bientôt finir victime de disparition forcée.

— Qu'est-ce que tu veux dire, « disparition forcée » ? demanda le Béhémoth.

— Mon frère ! s'exclama Joe. J'ai lu ça sur un forum. Ça veut dire qu'il serait kidnappé par le gouvernement. Une arrestation secrète. C'est bien ça, Feng ?

Feng fit oui de la tête.

— Pour quel motif ?

— Pour faire partie des SANS:Clan, je suppose.

— C'est pas vrai ! dit Joe, dont l'expression faciale était celle d'un enfant en train de déballer le plus gros cadeau de Noël au monde. Enlevé par le gouvernement pour avoir été membre de SANS:Clan. C'est trop cool !

Feng jeta des regards à la ronde, inquiet que des curieux dans le dojo aient été attirés par l'excitation de Joe.

— Du calme, mon gars. C'est tout sauf cool.

— Donc, raconte ce qui s'est passé ! le pressa Joe, tout enthousiaste.

— J'ai eu la visite de représentants du Parti, commença Feng en scrutant ses amis, dont la réaction lui semblait jusqu'ici décevante. Ils m'ont fait signer ceci, continua-t-il en leur montrant une capture d'écran holographique dans les airs : c'était une entente portant sa signature tout en bas. Ça dit qu'il y a toute une liste de choses que je n'aurai plus le droit de faire, y compris visiter le Floraverse. Et ça énumère les fautes que j'ai commises.

— La liste doit être longue ! rigola le Béhémoth. Laisse-moi voir, dit-il en faisant lui-même une capture visuelle du document et en zoomant du bout des doigts pour le regarder de plus près. J'avais raison, la liste est longue : responsable d'actes subversifs, sympathisant terroriste, mauvais lutteur…

— Quoi ? demanda Feng, surpris.

— …dort encore avec une veilleuse…

— Ta gueule.

— Alors tu quittes la Chine pour nous ! s'exclama Joe. T'es un vrai de vrai soldat, toi.

— Je n'avais pas tellement le choix. La prochaine étape, c'était de me réveiller dans une drôle de pièce, menotté à un lit et forcé d'apprendre par cœur des chants qui glorifient le Parti… déballa Feng avant de soupirer. Mon oncle voulait m'éviter ça, alors soudainement, je me suis retrouvé dans un avion vers la Turquie, puis j'ai pris une correspondance qui, cette fois, me fait traverser l'Atlantique.

— Eh bien, tu sais ce que dit souvent Alpha : R.N.N.S. Rien ne nous séparera ! ajouta le Béhémoth. Et aussi : « Frères avant tout. » Alors fais-nous savoir si tu as besoin de notre aide.

— N'hésite pas, enchaîna Joe.

— Je n'ai pas d'hésitation non plus.

Le traducteur automatique de Feng trébucha, pour une rare fois, sur cette phrase. Bien entendu, cela échappa à l'attention de Feng, parce que son téléphone lui présentait l'entière conversation en mandarin, sa langue natale. Mais le logiciel se reprit aussitôt et redonna une réponse intelligible en anglais standard populaire au bénéfice de ses frères de clan.

— SANS:Clan pour la vie ! confirma Feng. Vous avez toujours été derrière moi, les gars. Même quand je n'avais plus personne pour me soutenir, pas même mes parents.

— Tu l'as dit, mon ami. Frères pour la vie, dit le Béhémoth tandis que les trois amis se cognaient les jointures. Allez, on remet ça !

Il roula sur son dos comme un chien qui veut se faire caresser la bedaine. Feng se remit debout, puis fit la roue au-dessus des jambes de l'autre. L'entraînement au combat reprenait.

11

Bugz et Waawaate étaient affalés sur un canapé dans le salon de la maison familiale. Ils se partageaient la chaleur d'une couverture au motif Pendleton, faisant chacun défiler du contenu sur son écran de téléphone alors que le téléviseur bourdonnait en arrière-plan, laissé pour compte. La demeure de leurs parents, même si elle était plus vaste que la plupart des maisons de la réserve, avait en commun avec celles-ci d'avoir le même plancher de linoléum. L'endroit sentait le cèdre et la cuisine maison. De la viande braisée, pour être exact.

Bugz entendit son père crier depuis la cuisine, où il gardait un œil sur un rôti de viande d'orignal baignant dans une mijoteuse.

— Les jeunes, décrochez de vos écrans. Le souper est presque prêt.

Bugz et Waawaate échangèrent un regard : d'un commun accord silencieux, ils décidaient d'ignorer leur père. Après encore cinq minutes de navigation du bout des pouces, ils virent leur mère surgir dans le salon.

— Allons, les enfants, n'exagérez pas. Votre père a dit que le souper était prêt.

Leur mère faisait de son mieux pour prendre un air sérieux.

— C'est *toi* qui *exagères* ! dit Waawaate en singeant le ton de voix aigu de sa mère et en gesticulant pour la taquiner.

Bugz rigola. Leur mère ne put s'empêcher de sourire.

— Quand même, je suis sérieuse. Venez manger.

— Est-ce qu'on pourrait juste emporter nos assiettes ici ? demanda Waawaate.

Il s'était levé, mais avait une posture raide. Bugz remarqua qu'il boitillait comme s'il venait de se cogner l'orteil. Elle repensa au pow-wow et à sa douleur à la hanche.

— Non, votre père a mis beaucoup d'efforts dans ce repas. C'est lui seul qui a pris l'animal, mais c'est ensemble que nous allons le manger, répondit leur mère.

— Rectification, dit Waawaate en souriant. C'est l'animal qui s'est donné à nous. C'est ce que disent les Aînés. Papa, tout ce qu'il a fait, c'est de se pointer au bon endroit au bon moment.

Leur père rit de bon cœur.

— Tu viendras dans le bois avec moi la prochaine fois ; après ça, on verra si tu trouves l'expérience tellement facile.

— Ça doit l'être : même toi, tu en es capable.

Waawaate entoura d'un bras les épaules de son père en lui renvoyant son sourire.

— Va chercher les bols, monsieur le survivaliste, fit leur père.

Bugz, qui avait déjà les bols en main, s'approcha de son père et de son frère. Elle se délectait de cet amour filial tandis que son père servait le ragoût à la louche. La vapeur qui en montait embrouilla la surface de son téléphone, qu'elle venait de sortir de sa poche.

— Franchement, Buggie, tu pourrais lâcher ton gadget ne serait-ce que deux secondes ? demanda sa mère, qui s'était déjà attablée.

— Désolée, maman.

Bugz glissa l'appareil dans sa poche, posa un bol sur la table et le poussa doucement vers sa mère. Elle posa le second bol en face d'elle et s'assit.

— *Anama'edaa*, prononça son père.

La mère de Bugz récita une brève prière en ojibwé, remerciant les esprits, la Terre mère et le Créateur pour le repas qu'ils allaient manger – et oui, également, elle remercia l'animal d'avoir donné sa vie pour soutenir la leur. Une fois qu'elle eut fini, tous se jetèrent sur leurs bols avec appétit.

— Comment vont les choses avec le projet de nouvelle école, chérie ? demanda le père de Bugz à sa femme.

— Pas mal, mais on a un pépin avec le gouvernement, qui nous demande de faire une nouvelle évaluation des besoins.

Bugz mastiquait la viande tendre et la savourait tout en écoutant parler sa mère. Elle adorait la viande d'orignal, le plus fin des gibiers sauvages, selon elle. Sa mère poursuivit :

— Ça n'a aucun sens. Pratiquement tous les jeunes vivent dans la réserve, et pourtant Bugz et Waawaate doivent prendre l'autobus pour fréquenter l'école de la ville.

— Plus ça change, plus c'est pareil, grommela Frank. Quoi qu'on en dise, ce que les jeunes Anishinaabeg apprennent à cette école-là ne leur est pas d'une grande utilité.

— En tout cas, le but, c'est justement ça : ouvrir une école qui fonctionne pour *nous*.

— Moi, je ne vois pas le but d'aller à l'école tout court, ajouta Waawaate. La plupart de nos devoirs, on les fait en ligne.

— Je dois te reprendre, dit Frank entre deux bouchées. Tu es *censé* faire la plupart de tes devoirs en ligne. Mais à ce que je sache, tu n'as encore rien fait jusqu'ici.

La remarque fit sourire tout le monde à table.

— J'en ai fait une *partie*, avoua Waawaate avant de se remettre à rire.

— Waawaate a raison, dit Bugz quand elle eut fini de rigoler. On n'a qu'une période par jour où on travaille vraiment tous ensemble dans la classe de notre titulaire. Le reste du temps, c'est chacun pour soi, avec les devoirs en ligne et les tutoriels vidéo sur nos téléphones.

— Les choses ont bien changé, tu sais, dit Frank en soulevant son bol pour en boire le contenu jusqu'à la dernière goutte. Quand nous étions jeunes, votre mère et moi, tous nos cours avaient lieu dans une grande salle qui réunissait tous les élèves. On y passait la journée. C'était comme ça tous les jours. Puis, quand nous étions rendus en douzième année, boum ! l'école a fermé ses portes. Vous vous imaginez un peu ? Personne n'a eu de collation des grades.

— On a quand même obtenu notre diplôme, rectifia Summer.

— Dans un sens, ouais, mais c'était un semblant de collation des grades. Tu vois ce que je veux dire, répondit Frank. Aucune fête n'a été organisée, et ni toi ni moi n'avons mis les pieds sur un podium. De toute façon, la première pandémie a tout chamboulé. Et les deux suivantes, encore plus.

— Merci pour le cours d'histoire, papa, lança Waawaate dans un rictus. Et tous les biens et services coûtaient moins d'un dollar, pas vrai ?

— L'école, au fond, n'est rien d'autre qu'un entrepôt pour enfants, dit Bugz. Il n'y a pas assez de profs pour enseigner les matières sérieusement. Tout ce qu'ils font, c'est nous empêcher de traîner dans la rue ou à la maison, pour que nos parents puissent aller travailler.

— Mais l'école, ce n'est pas juste les matières au programme, intervint Summer, soudain sérieuse. Il y a l'aspect social, aussi. Les jeunes, vous êtes rivés à vos téléphones et vous ne vous impliquez pas assez dans la communauté. L'école, ça sert au moins à ça : vous faire mettre le nez dehors, rencontrer du monde, connaître qui habite en ville. Ça vous fait changer d'air.

— La différence, dit Bugz, c'est que ceux qui habitent en ville peuvent tous rentrer chez eux après l'école et travailler de là-bas, tandis que nous, qui venons de la Rez, devons rester à la bibliothèque ou dans le réfectoire pour faire nos devoirs, puisque nous ne vivons pas à une distance de marche raisonnable.

— N'empêche que vous et ces jeunes de la ville, vous avez sûrement bien d'autres choses en commun, dit Frank en souriant, convaincu qu'il venait de marquer des points de sympathie qui allaient immortaliser le moment dans la mémoire de ses enfants.

— Ouais, comme le fait de nous ennuyer à mort et de passer quatorze heures par jour à fixer notre téléphone, rouspéta Waawaate avec bonhomie.

— Waawaate… fit Summer d'un ton sévère.

— Désolé.

Waawaate se redressa sur sa chaise.

— Je voulais dire : quatorze heures par jour, sauf les mardis et les jeudis, quand je joue au basketball. Ces jours-là, c'est treize heures.

Bugz ne put s'empêcher d'éclater de rire. Son grand frère avait toujours été sa source de divertissement favorite.

Après le souper, elle hissa son sac d'école sur son dos, franchit le seuil de la maison et plongea dans le Floraverse.

12

Bugz était assise au centre d'un cercle de pierres, un site pas très éloigné de sa maison, dans la réserve, bien que pour n'importe qui d'autre, le lieu aurait pu faire penser à une autre planète, une autre ère. Ce lieu sacré occupait une clairière dissimulée dans une forêt dense. Le lichen et la mousse témoignaient des générations durant lesquelles ces pierres avaient résidé en cet endroit. C'étaient des roches de tailles variées, mais les blocs formant le cœur des anneaux concentriques étaient plus gros que de larges valises. Des roches et des cailloux plus petits s'empilaient autour d'elles, arrondissant les contours du pétroforme.

Bugz imaginait ses ancêtres bâtisseurs de ce monument. Quand elle était petite, ses parents lui avaient montré comment déposer du tabac en offrande avant un orage, pour remercier les oiseaux-tonnerre. Plus tard, ils l'avaient emmenée à ce nid d'oiseau-tonnerre, où l'on venait rendre hommage aux esprits-tonnerre qui protégeaient le territoire.

Du regard, Bugz explora la lisière de la forêt qui délimitait la clairière. Ses doigts tapotaient délicatement la mousse autour d'elle, ses yeux complètement absorbés dans les images que leur offrait son casque de réalité virtuelle. L'appareil maintenait son téléphone devant ses yeux, mais scannait en même temps son cerveau, traduisant ses pensées en actions dans le Monde des esprits, à l'intérieur du Floraverse.

Pour l'heure, sa versona nageait dans les profondeurs du lac des Torches. Elle n'avait qu'à penser à accélérer pour que son avatar fasse de puissants mouvements de pieds dans les eaux virtuelles éclairées par la lune. Puis elle pensa à une sirène et sa versona serra ses jambes l'une contre l'autre pour se propulser vers l'avant à la manière d'un dauphin, prenant encore plus de vitesse. La majorité des joueurs n'arrivaient qu'à initier des mouvements simples, comme la marche ou la course, car leurs connexions neuronales étaient encore à la traîne, comparées à celles de Bugz, l'éternelle virtuose. Elle, elle savait comment raccourcir la distance entre la pensée et le geste – du moins dans le Floraverse.

Tandis que son moi virtuel descendait et descendait vers les sombres confins du lac, quelque chose prenait forme devant elle : la simulation d'un cercle de pierres géant, semblable au nid d'oiseau-tonnerre où elle était assise dans le monde réel. Sauf que la version numérique de cet anneau de mégalithes en ruine abritait un tout autre type d'être surnaturel. Bugz expira, rejetant un essaim de bulles d'air qui flottèrent vers la surface du lac et, au même moment, une énorme paire d'yeux rouges s'ouvrit. Une bouche écailleuse fit un sourire. Et soudain, la silhouette noire de Mishi-pizhiw bondit vers l'arrière telle une écrevisse, puis décrivit un cercle en nageant à la rencontre de Bugz.

— Salut, beauté ! dit Bugz.

Elle s'agrippa solidement aux cornes de Mishi-pizhiw tandis qu'il l'entraînait vers le pétroforme. Quand elle lâcha prise, Bugz se laissa doucement aller vers le centre du cercle de pierres. Ses yeux se révulsèrent, signe qu'elle entrait en transe. Son état de transe s'intensifiait à mesure qu'elle s'approchait du centre. Comme son corps se déposait dans ce lit aqueux, on vit bientôt l'électricité la traverser de part en part et jusque derrière ses yeux devenus vitreux.

Au centre du cercle de pierres virtuel, le fond du lac ondula puis disparut de façon soudaine, laissant à sa place un portail vers le monde réel. Si Bugz n'avait pas été seule, tout observateur dans le Floraverse l'aurait trouvée là, assise au milieu du nid de Mishi-pizhiw, regardant au-dessous d'elle le reflet de son moi réel et du nid d'oiseau-tonnerre dans le miroir que formait le portail. Les deux mondes, désormais communicants, étaient les deux côtés d'une même médaille. Bugz ressentait une énergie inouïe, un pouvoir. Non pas le pouvoir comme elle s'imaginait que le ressentaient les présidents ou les gens riches, mais un pouvoir comme elle l'avait ressenti pendant la cérémonie de danse du Soleil : quelque chose de plus grand que n'importe quel individu.

Bugz secoua la tête, encore épatée devant le fait que cet incroyable site spirituel anishinaabe, un site ancestral, puisse avoir sa réplique dans le monde virtuel qui nous avait donné l'intelligence artificielle et la *blockchain*. Elle se souvenait de sa première incursion ici, de comment elle avait découvert qu'elle pouvait ressusciter son moi virtuel directement dans le Monde des esprits, sans être obligée de passer par la RA pour recommencer péniblement du début.

Bugz prit une poignée d'argile au fond du lac. Elle souffla dessus, créant des volutes d'eau et de minuscules particules de sable virtuel. Ce petit tourbillon se mit à tourner rapidement et devint une hachette, une hache, puis enfin un tomahawk gigantesque. Bugz inspecta l'arme et baissa la tête. Tout d'un coup, un éclair descendit du ciel pour s'écraser dans les profondeurs du lac. L'éclair frappa le tomahawk, ce qui lui donna un fini bleu argenté : l'objet étincelait de cette nouvelle énergie dont il était imprégné.

— C'est comme la hache de Thor ! murmura Bugz en elle-même.

Elle s'assura que ses fonctions vidéo et microphone étaient désactivées. Elle coupait toujours son direct avant de venir ici. Il était important que ce lieu demeure secret. Si d'autres devaient découvrir la source de son succès dans le Floraverse, Bugz savait qu'ils tenteraient de la plagier – et cela aurait pour conséquence de diluer le pouvoir de cette source.

Bugz jeta le tomahawk par terre au fond du lac et en fabriqua un autre. Il y avait des années de cela, elle avait créé Mishi-pizhiw et plusieurs de ses alliés en ayant recours au même processus. Fabriquer des armes ne lui donnait pas autant de joie que donner vie à ces bêtes mythiques : ça, c'était l'œuvre qui ranimait véritablement la vision du monde anishinaabe alors qu'on la croyait morte... mais créer ces armes, c'est ce qui payait les factures.

Une heure s'était écoulée, et elle réunit dans un filet quelques dizaines de ces mégahaches avant de remonter à la nage vers la surface.

13

Un VUS noir rutilant dévalait une vieille route non pavée, soulevant derrière lui un nuage de poussière rouge. Les tons d'ocre paraissaient plus vifs dans les chauds rayons de soleil de cette belle journée d'été. Un mince film couleur de brique s'était accumulé sur la surface du véhicule. La climatisation vibrait doucement à l'intérieur ; c'est la tante de Feng qui conduisait, en silence. Le paysage explosait de couleurs à travers les vitres teintées, qui en diminuaient un peu l'intensité. Les lots agricoles, encore verts, laissaient place à un terrain plus sauvage : des boisés, des ruisseaux, des marécages. Après un trajet de plus de deux heures depuis l'aéroport, ils s'approchaient enfin de la réserve. Feng fronçait les sourcils devant son téléphone.

— Tu sais, tu me fais penser au prince de Bel-Air, lança Liumei en souriant, pour mettre fin au silence.

— Quoi ? demanda Feng, qui restait focalisé sur l'écran de verre dans sa main.

— Eh bien, comme il avait des ennuis, sa famille a pris peur et a décidé de l'envoyer vivre chez sa tante dans une ville appelée Bel-Air…

À en juger par son expression, Feng ne saisissait absolument pas à quoi elle faisait référence. Il soupçonnait son outil de traduction automatique de s'être fourvoyé une fois de plus. Le fait que sa tante lui parlait en anglais l'irritait.

— *The Fresh Prince of Bel-Air*, c'est le titre de la chanson thème de cette série. C'est Will Smith qui rappait pour l'occasion.

Aucune réaction.

— Will Smith, ça ne te dit rien ?

— Le président ? Oui, j'en ai entendu parler, dit Feng qui détacha finalement les yeux de son écran. Je croyais qu'il n'était connu du public qu'à cause de certains mèmes.

Sa tante s'esclaffa.

Feng eut aussi un petit rire et leva son téléphone à bout de bras à travers le toit ouvrant. Quand il vit que l'écran indiquait toujours le message d'erreur « position introuvable », son front se rida encore davantage. L'endroit n'était pas géolocalisé, ça le rendait perplexe.

— Où est-ce que tu m'emmènes ?

— Je te l'ai dit. La réserve s'appelle Biiwaabik, dit sa tante. Ça signifie « métal » dans la langue locale, et c'est en raison du fer qui est contenu dans le sol. C'est brillant, tu ne trouves pas ?

Feng acquiesça et offrit un sourire forcé avant de se remettre à faire glisser son pouce sur son écran lumineux.

— Hé ! Mets ça un peu de côté et parlons plutôt.

— D'accord.

Feng tapait du pied sur le plancher du véhicule.

— Je comprends que ce soit un gros changement pour toi de débarquer ici…

Feng prit un air vaguement renfrogné.

— … mais j'ai dit à ton oncle que je prendrais soin de toi. En plus, je pense que ça te plaira de vivre ici. La nature est magnifique et…

Feng voyait bien que sa tante cherchait une façon de livrer la deuxième moitié de sa phrase avec diplomatie.

— … ça te donnera l'occasion de réfléchir à ce qui s'est passé.

— Tu es au courant de quoi ?

— Juste du fait que tu as eu quelques… démêlés.

— Des démêlés ?

Feng sentit qu'un feu s'allumait en lui. Il posa son regard sur sa tante. Elle se mordait la lèvre inférieure et regardait droit devant elle. Feng savait qu'elle voulait éviter son regard, mais il ne se détourna pas. Le VUS continua de rouler sur quelques centaines de mètres avant que Liumei poursuive :

— Tu as tenu des propos désobligeants sur notre peuple.

Feng posa les yeux sur la route devant eux.

— Ce n'est pas de ma faute s'il y a des gens qui sont incapables de laisser aller le passé.

— Et par là, tu veux dire ta mère et ton père, également ?

La question attisa son feu intérieur.

— Au moins, on m'a permis d'aller à l'école… ailleurs qu'à la mosquée, je veux dire.

— Je suis désolée, Feng… dit Liumei en agitant la tête d'une manière qui laissa deviner à Feng qu'elle pesait différentes réponses possibles, avant d'ajouter : ce n'est pas dans une école qu'on t'a envoyé, mais dans un centre de rééducation. On t'a lavé le cerveau.

— J'aurais subi un lavage de cerveau dans les deux cas.

Feng se mit à naviguer de nouveau sur son téléphone, le regard noir. Puis ses traits se détendirent.

— Tu te souviens de ça ?

Feng tendit l'appareil pour montrer à Liumei une photo d'elle, de dix ans plus jeune, le visage bariolé de larmes. La piètre qualité de la photo témoignait de son âge et de la distance avec laquelle elle avait été prise.

— D'où sors-tu ça ?

— Tu te souviens de quand tu vivais chez nous ? Un soir, tu es rentrée à l'appartement de mes parents en courant, dit Feng en inclinant l'appareil vers lui pour examiner l'image. Je t'ai entendue claquer la porte. Et ensuite, bam ! bam ! bam ! de grands coups qui venaient de l'autre côté de cette porte.

Il zooma sur l'image lentement.

— C'est là que je suis sorti de mon lit en catimini et que j'ai pris cette photo, conclut-il en réinclinant l'écran vers Liumei.

Sa tante prit soudain un air sérieux. Elle se concentra sur la route devant elle.

— J'ai supplié les autorités de ne pas m'emmener, dit-elle en secouant la tête lentement. Tes parents leur ont promis de me dénoncer si je prenais part à quelque autre « activité subversive ».

Elle parut fixer un point précis au loin.

— J'ai quitté la Chine une semaine plus tard.

— C'est là que les problèmes ont commencé pour mes parents.

Feng avait voulu terminer cet échange par une ponctuation douce : un point d'orgue plutôt qu'un point final catégorique. Il sentait le regard de sa tante qui était fixé sur lui, et lui regardait par la vitre, percevant toujours le ronron des pneus en fond sonore.

— Je me rappelle, quand j'étais enfant, tu t'appelais Aaliyah, dit Feng en se retournant vers elle. Tu as pris le prénom Liumei alors que tu vivais encore avec nous dans le Xinjiang.

Sa tante fit oui de la tête.

— J'avais envie de mieux m'intégrer.

— Avec raison, sans doute, dit Feng avec douceur.

— Non, ce n'était pas sain. Faire semblant d'être quelqu'un d'autre n'est pas sain.

— Mais tu n'as jamais repris ton nom d'origine.

— Je suis fière de qui je suis – de qui nous sommes.

Feng avait remarqué une pointe de désespoir dans la voix de sa tante au moment où elle s'était reprise.

— Mais une fois que j'ai commencé à fréquenter l'école sous ce nom-là, puis passé mon diplôme en médecine, puis entrepris ma pratique... C'est trop dur de revenir à l'ancien nom, maintenant.

Feng l'étudiait du coin de l'œil.

— Tous ceux qui ont fui ont une raison. Ou une excuse. Une histoire. J'espère que tu n'es pas devenue comme eux.

Feng se demanda s'il avait dépassé les bornes avec sa tante. Il se demanda s'il lui devait des excuses, mais décida de ne rien ajouter.

— Je ne suis pas de ces étrangers qui se fichent du Xinjiang. C'est toujours là que sera mon chez-moi, dit Liumei avant de ralentir le débit de ses mots. Même si je devais ne jamais y retourner.

Elle parut contempler ses propres paroles.

— Je suis désolé, offrit Feng en lorgnant vers ses chaussures sport. Je disais ça à la légère.

Ils roulèrent sur un profond nid-de-poule, ce qui donna à Feng un haut-le-cœur. Environ un mètre plus loin, les roues du véhicule reprirent contact avec le sol bruyamment.

Feng vit sa tante jeter un coup d'œil au rétroviseur, puis il regarda dans son miroir latéral. Il ne pouvait y voir que le nuage de poussière rouge qui traînait derrière eux. Sa tante reprit la parole :

— Notre famille avait toujours prévu de quitter le Xinjiang. Nous aurions sans doute mieux fait d'agir plus tôt, pour ton bien. Mais te voilà à présent.

— Mon oncle aurait dû me laisser aller à Beijing.

— Feng, je pense que tu ne saisis pas à quel point les choses ont changé pour nous. J'ai moi-même vécu l'époque où nous étions libres de pratiquer notre religion et de parler notre langue. Aujourd'hui, nous parlons tous mandarin.

— Je ne vois pas ce qu'il y a de mal à parler le mandarin.

— Il n'y a rien de mal à ça, mais nous avons aussi notre langue.

— Eh bien, maintenant, nous pouvons aussi parler anglais, dit Feng en agitant son téléphone pour souligner le fait qu'il pouvait s'en servir pour traduire leur conversation en simultané. Alors qu'est-ce que ça peut faire ?

— Ce n'est pas bien, c'est tout, dit Liumei. Le Parti contrôle tout ce que les gens font, toutes leurs allées et venues, et peut leur permettre ou leur interdire de quitter leur domicile.

Feng soupira.

— Là-dessus, crois-moi, je ne m'obstine pas avec toi.

Il tourna les yeux vers la campagne qui défilait à travers la vitre.

— Mais pourquoi faut-il qu'on m'empêche d'aller vivre plus près de Beijing, au cœur de l'action ? Pourquoi m'exiler ici, au milieu de nulle part ?

Sa tante se passa la main dans les cheveux.

— En tout cas, je n'avais pas l'intention de te faire vivre un trajet aussi intense, dit-elle avant de prendre une profonde inspiration. Mon frère – ton oncle – et moi, tout ce que nous voulons, c'est que tu voies que la vie, ce n'est pas juste… les trucs que tu fais en ligne.

Feng eut une pensée pour ses frères de clan. La terre rouge défilait, ainsi que des milliers d'arbres, et ni lui ni sa tante ne prononcèrent un mot de plus.

Feng s'intéressait à un point géographique situé juste au sud d'où ils se trouvaient présentement. Plus ils s'en approchaient, plus l'écran de son téléphone s'illuminait, plongeant son visage dans une lueur cuivrée. À l'écran, la fenêtre ouverte sur le Floraverse montrait une fontaine d'énergie qui jaillissait vers le ciel en cet endroit plus au sud, juste derrière le boisé. C'était un spectacle extraordinaire, qui ne ressemblait à rien de ce qu'il avait vu jusque-là en mode réalité augmentée.

— Ouah… chuchota Feng.

Il essayait de comprendre ce que pouvait être cette source d'énergie qui crachait de la lumière vers le ciel au milieu de la forêt. L'instant d'avant, il n'aurait même pas su que cet endroit existait et pourtant, tout d'un coup… les pensées de Feng étaient entièrement consumées par le mystérieux phénomène.

14

— Les haches Infinity coûtent un quart de bitcoin chacune, dit Bugz en référence au dernier modèle de tomahawk qu'elle planifiait de mettre en vente.

Elle venait de s'adresser à une amazone de très grande taille – un peu plus de deux mètres ! –, qui se tenait en face d'elle au sommet d'un époustouflant plateau de pierre rouge : une mesa.

— Entendu ! Et est-ce que je pourrais faire un *selfie* en même temps, s'il te plaît ? s'enquit l'amazone.

— Bien sûr, pas de problème, dit Bugz en s'avançant pour entrer dans le cadre.

— Je suis tes vidéos en direct tous les jours, expliqua l'admiratrice en se plaçant sous son meilleur angle pour la pose. Quand je suis dans le Floraverse, j'ai toujours ma fenêtre de direct ouverte, et si je suis là-bas, continua-t-elle, faisant référence au monde réel, je te suis sur mon téléphone.

— Chouette, dit Bugz en souriant. J'aime ton perlage, ajouta-t-elle en désignant les motifs géométriques roses, bleus et rouges qu'arboraient la cape et les leggings de son interlocutrice.

— Merci ! Ce sont des dessins quechuas de mes ancêtres. J'aimerais être une combattante aussi redoutable que toi un jour. Tu m'inspires tellement !

— Bonne chance, dit Bugz.

Elle faisait toujours l'effort de transmettre à ses fans des ondes positives et de répondre à toutes leurs questions. Elle voulait faire les choses comme il faut, d'autant plus que c'était bon pour les affaires.

— Eh bien, la prochaine fois qu'on est en ligne en même temps, tape ton nom dans le fil de clavardage et je te ferai coucou au passage.

— Oh, d'accord, c'est génial ! Et merci encore.

L'amazone prit son tomahawk géant et s'envola dans le ciel, propulsée par son réacteur dorsal.

Bugz scruta la plaine désertique où elle venait, à bonne distance du lac des Torches, quand il s'agissait de mener ce type de transaction. Elle balaya l'air devant elle en écartant les mains rapidement, ce qui ouvrit une fenêtre de diffusion en direct.

— Salut ! J'espère que tout le monde passe une journée formidable dans le Floraverse ! Je voulais simplement vous mettre au courant du fait que j'ai déjà vendu toutes mes haches Infinity. Mais je serai de retour la semaine prochaine, même heure, même poste. Et un grand merci à tous ceux et celles qui sont venus passer un moment avec moi, que ce soit pour acheter quelque chose ou rien que pour voir du pays. Un merci tout spécial à Big_L_N, SchroederCat et DeessePeruvienne pour vos photos. Taguez-moi, abonnez-vous à ma chaîne, et je vous revois bientôt !

Bugz ferma la fenêtre de direct et laissa son regard vagabonder au loin. La montagne plate où elle se trouvait était le seul promontoire à des kilomètres à la ronde. À l'ouest, un soleil rouge ardent commençait à se coucher, faisant miroiter des millions de milliards de fines particules de poussière à l'horizon. Ce tableau virtuel produisait un vif émoi dans le cœur de Bugz. Elle aimait venir ici pour fuir les difficultés du monde réel. La première fois qu'elle avait escaladé cette mesa, c'était après une querelle avec une fille de son école qui vivait dans une petite ville près de la Rez.

Et aujourd'hui, alors qu'elle se trouvait de nouveau sur cette mesa dans le Floraverse, Bugz décida d'ouvrir un enregistrement vidéo de leur altercation, qu'elle avait sauvegardé parmi ses fichiers. C'était une captation de la caméra de sécurité qu'elle avait piratée dans le système informatique de l'école. On y voyait d'abord les deux adolescentes marcher côte à côte. Bugz se rappelait combien elle avait admiré et envié cette fille. « Miss popularité », se dit-elle. Dans la vidéo, on approchait du moment où elle – son ancienne amie, désormais – s'était moquée de son physique. Bugz ferma d'un coup la vidéo et redirigea son attention vers le soleil couchant. « Qu'est-ce qui m'a pris de vouloir revisionner ce truc ? » se demanda-t-elle.

La noirceur avalait de plus en plus les lueurs du crépuscule. Le ciel nocturne semblait tellement plus vivant dans le Floraverse. D'ici, on voyait presque la Voie lactée pulser d'activité. Les planètes entourées d'anneaux paraissaient à portée de main. Des étoiles filantes illuminaient le paysage toutes les deux ou trois minutes.

Le vent se leva et se mit à siffler au loin. Bien que Bugz essayait de se focaliser sur la beauté qui l'entourait, ses pensées la ramenaient sans cesse à cette fille, cette dispute captée par les caméras de sécurité. Bugz doutait d'elle-même : il devait y avoir une tare, un défaut au cœur même de son être. Si au moins elle pouvait dénicher cette imperfection pour l'arracher d'elle – comme par une ablation chirurgicale –, peut-être qu'alors, elle pourrait guérir.

Son angoisse tournait en boucle dans sa tête, ravivée. Bugz se demanda pourquoi elle ressassait toujours les pensées négatives comme celle-ci. « Est-ce que tout le monde est aux prises avec ça ? » Peut-être qu'elle n'était simplement pas douée pour s'entendre avec les autres jeunes femmes. « Non, impossible. » Elle venait de passer le week-end précédent avec sa cousine Ally. Sa superbe cousine Ally. Bugz repensa aux marques de mutilation qu'elle avait vues sur les avant-bras de sa cousine. Ally avait enfilé des manches longues aussitôt que Bugz l'avait interrogée au sujet des cicatrices qu'elle avait aux biceps. Elle avait changé de sujet. Mais Bugz était au courant de ce que ça signifiait. Elle avait entendu d'autres jeunes, à l'école, parler d'automutilation. Bugz s'imagina un instant en train de plonger un couteau dans sa propre chair. Puis cette pensée la fit frémir et elle secoua la tête violemment.

Bugz prit une profonde inspiration. Elle avait toujours tenu pour acquis que les personnes qui se sentaient comme elle se sentait en ce moment pouvaient retracer leur malaise jusqu'à un traumatisme profondément ancré dans l'enfance. Pourtant, rien de sa propre vie ne s'apparentait à ce genre d'empreinte. Il était clair que la vie dans la réserve n'avait rien de très *glamour*. En fait, les routes en gravier, les chiens bâtards et les maisons au revêtement bas de gamme pouvaient souvent donner une impression de pauvreté à ceux qui la regardaient de l'extérieur. Mais elle avait grandi dans un foyer aimant, enveloppée de toutes les formes de soutien que procurent une communauté et une culture dynamiques. Elle se disait qu'elle n'avait donc pas le droit de ressentir cette angoisse qui la hantait.

Le ciel du Floraverse s'alluma : une météorite et sa grande traîne verte et jaune se dirigeaient vers le lac des Torches. Bugz exhala un soupir ; elle avait le cœur qui pesait une tonne.

15

— Que vois-tu, Feng? demanda sa tante en ralentissant à l'entrée de la place principale de la réserve. Tu as ouvert une session dans le Floraverse?

— Bon sang, Liumei, tu parles comme une vieille.

Feng plissait le front à la vue de cette énergie qui pulsait et irradiait tout le ciel à travers son téléphone.

— C'est ça : c'est le Floraverse, en mode RA.

— Qu'est-ce que tu veux dire?

— Bon, regarde.

Feng inclina le téléphone vers sa tante, et on y voyait le jaillissement d'énergie derrière les arbres, comme une éruption volcanique.

— La RA, ça veut dire « réalité augmentée » : c'est une strate, une couche ajoutée par-dessus le monde réel. Le réel est donc « augmenté ».

Il retourna l'écran plusieurs fois vers lui, puis vers Liumei pour lui montrer diverses parties cachées du paysage qui se trouvait autour d'eux, et que la RA révélait.

— Maintenant, regarde ça, dit Feng en permutant vers une autre fenêtre, qui montrait sa versona en plein entraînement au quartier général des SANS:Clan. Ça, expliqua-t-il, c'est le Monde des esprits. Ça n'est lié à aucun endroit dans le monde réel. C'est de la réalité virtuelle pure. De la RV. Il n'y a que les joueurs sérieux qui accèdent à cette strate-là.

— Donc, le Floraverse, c'est de la RA ou de la RV ?

— Les deux. On commence en RA, puis on progresse jusqu'au Monde des esprits, mais les deux sont contenus dans le Floraverse. Tu peux prendre ta « peau » – ton armure –, ton argent et tes points d'expérience en RA et les transférer vers le Monde des esprits.

Feng ouvrit alors son appli de clavardage et se mit à taper un message groupé aux autres membres de SANS:Clan ; puis il s'interrompit. Étant donné les allusions que Liumei venait de faire quant aux problèmes qu'il avait eus à cause de ses activités en ligne, il crut bon de s'abstenir devant elle. Ses frères de clan étaient des purs et durs. Sa tante ne comprendrait pas.

— Et lequel des deux environnements est apparu le premier ?

— La RA a été créée en premier, dit Feng, qui avait un peu la bougeotte sur son siège et dont le visage s'éclaira soudain à mesure que son débit verbal s'accélérait. Pour être franc, je me demande comment les adultes peuvent tolérer la vie normale sans y ajouter une couche de RA. C'est d'un ennui mortel.

— On croirait entendre un toxicomane…

Feng ne laissa voir aucun signe qu'il comprenait ce qu'elle voulait dire.

— Et quel est le but du jeu ? demanda-t-elle.

Feng marqua une pause.

— Quel est le but de la vie ?

Là-dessus, sa tante fit un sourire en coin et dit :

— Vivre pleinement. Célébrer et travailler, et faire de magnifiques rencontres, et aimer, et rire.

Feng cligna lentement des yeux devant Liumei, avant de reprendre sa cadence accélérée :

— Bref, le monde de la RA, c'est comme un filtre qui donne une meilleure apparence à tout – à nous, au monde qui nous entoure –, et qui rend la vie plus plaisante. Tandis que la RV, c'est là où on s'engage dans des missions et des clans, et où on découvre un univers de possibilités infinies.

Feng voulut s'arrêter là, se taire, mais il en était incapable. Sa passion en la matière avait pris le dessus.

— Le Floraverse, au début, c'était un logiciel libre, c'était de l'*open source*. Créé de toutes pièces par des pirates informatiques il y a vraiment longtemps, après que les gouvernements eurent décidé d'exercer une mainmise sur les médias sociaux. Ça remonte à l'époque des pandémies.

— Dis donc, ça ne fait pas si longtemps que ça ! Les pandémies, c'est ce qui m'a motivée à étudier la médecine.

Feng lâcha un soupir.

— En tout cas, après toutes ces *super* vieilles histoires – et il laissa le temps à cette insulte subtile de faire son effet –, les cyberpirates ont mis au point une plateforme de RA impossible à contrôler de l'extérieur.

— Tout est devenu tellement fragmenté dans ces années-là ; je peux comprendre qu'ils aient eu envie d'une nouvelle plateforme. Chapeau !

La tante de Feng secouait la tête, et lui se contenta de hausser les épaules.

— Ce qui est génial, c'est qu'ils sont parvenus à la distribuer sur une chaîne de blocs : comme ça, il n'y a ni serveur central ni autorité centralisée.

Il sourit et enchaîna :

— Dans le Floraverse, la réalité *est* une *blockchain*.

— « La réalité *est* une *blockchain* »... c'est profond ! Et pourquoi ça t'excite autant ?

— Parce que ça veut dire que chaque personne qui l'utilise possède un morceau du Floraverse sur son appareil. Un maillon de la chaîne d'informations. La présence de chacun vient constamment valider la présence des autres. En gros, nous créons notre réalité tous ensemble.

Feng prit l'air satisfait d'un élève qui venait de donner une leçon à son enseignant. Sa tante ne parut pas s'en formaliser. Le silence les enveloppa de nouveau, mais celui-ci était moins chargé de malaise que le précédent.

— Donc, c'est à cause de ça que les représentants du Parti t'ont pincé ? Je parie que les autorités ne doivent pas trop apprécier que tu fréquentes une bande d'Occidentaux sur une plateforme cryptée qu'ils sont incapables de superviser.

— *Grosso modo*, c'est ça.

— Tu parles…

Feng sentait que sa tante l'observait attentivement. Elle reprit la parole :

— Parle-moi un peu de ce clan dont tu fais partie. Tu as rencontré les membres dans le Monde de la réalité augmentée ?

— Des esprits, tu veux dire. Je te jure, arrête de dire « réalité augmentée », ça te vieillit beaucoup trop. Juste le « Monde des esprits », tout court.

Feng se cala sur son siège tant le vocabulaire de sa tante lui semblait anticool. Il reprit :

— Mais oui, c'est là que je les ai rencontrés. C'est du sérieux. Ils sont célèbres. Ce sont tous des joueurs de haut calibre, dit Feng, qui dépeignait délibérément ses frères de clan sous le meilleur jour possible. Il faut travailler fort pour se hisser jusqu'au niveau du Monde des esprits, tu vois ? Au début, on met une éternité à y parvenir. Quelqu'un m'a détruit dans le Floraverse il y a environ un an. Après, même si je jouais bien, je n'ai réintégré le Monde des esprits qu'il y a quelques semaines. J'en ai sué !

— Je me souviens de la frustration que ça provoquait en moi quand ta mère éteignait mon jeu et que je perdais toute ma progression si je n'avais rien sauvegardé depuis quelques heures sur la Xbox. J'étais tellement déçue !

— Ouais, alors imagine-toi perdre six mois ou une année de progrès.

— Ouaouh, décidément, j'en ai manqué un bout pendant mes études de médecine et mon début de carrière ! Et dire que je croyais que la RA servait surtout à assister les chirurgiens, alors que d'après ce que tu me dis, c'est en fait une voie de passage vers le Monde des esprits. Le Nirvana !

Feng ne put s'empêcher de grimacer devant ce sarcasme.

— Mais bon, tu peux imaginer tous les graphiques et toutes les données et tout l'historique qui ont été transmis à la vitesse de la lumière d'un utilisateur à un autre depuis toutes ces années, tout ça constamment divisé en blocs plus petits, puis traité, puis ajouté au bout de la chaîne de blocs. On parle d'une capacité informatique incroyable !

— Est-ce que c'est pour ça que tu portes ce bracelet un peu massif ? demanda-t-elle en souriant.

— Arrête. Toi aussi, tu en portes un. Comme tout le monde, rétorqua Feng en pointant du doigt la montre intelligente de sa tante.

— Sauf que moi, ce n'est pas pour me sentir bien dans ma peau.

— Mensonge. Tout le monde porte ses appareils pour se valoriser par son apparence.

La tante de Feng stationna le VUS dans une entrée en gravier et dit simplement :

— Nous y sommes.

Feng descendit de la voiture, s'étira, puis suivit Liumei en tirant son bagage à roulettes vers le fade petit duplex que la communauté prêtait à l'usage du personnel médical.

16

Le lendemain, Bugz vit un nouvel élève entrer dans sa classe juste avant que sonne la cloche du matin. Il prit place au pupitre voisin ; il affichait une expression sérieuse. Elle remarqua que son cartable était décoré d'une sorte de calligraphie gribouillée au crayon feutre.

Le nouveau se tourna vers Bugz et se présenta à l'aide de son traducteur automatique :

— Salut, je m'appelle Feng.

— *Nĭhăo*, lâcha-t-elle, se sentant aussitôt mal à l'aise, car Feng avait réagi d'un air perplexe. Désolée. Je ne sais même pas si tu parles mandarin. C'est juste un truc que j'ai appris en ligne.

— Non, ça va. Ça m'a pris par surprise, c'est tout. Je n'aurais pas pensé que quelqu'un d'ici puisse parler mandarin... en dehors de ce que le téléphone peut traduire.

— Quoi, tu te disais que les pauvres Amérindiens ne doivent rien connaître du reste du monde ?

Bugz regarda vers le ciel et prit un ton faussement indigné :

— Je me sens outrée.

Feng sourit.

— Comment tu t'appelles ? demanda-t-il en rougissant.

— Bagonegiizhigok Holiday.

Elle avait dit son nom en arborant un sourire forcé, parce qu'elle avait subitement chaud et peur de mal paraître. « Ce gars fait semblant de ne pas me reconnaître, alors qu'il sait qui je suis dans le Floraverse », réfléchit-elle. Elle sentait le regard de Feng sur elle, comme s'il la reluquait. « Mon Dieu, j'espère que mon allure n'est pas trop mal... »

— Comme ça, tu es nouveau ici ?

Dès que les mots eurent quitté sa bouche, Bugz ne sut plus où se mettre tant elle avait honte de s'abaisser à de telles platitudes.

— Ouais, c'est ma première journée.

Feng ne faisait que formuler ce que tous deux savaient déjà. Il prit un air encore plus sérieux qu'avant, comme s'il s'appliquait à trouver une suite à ce maladroit début de conversation.

— Je...

— Est-ce...

Ils avaient parlé en même temps, se coupant simultanément la parole. Tous deux s'arrêtèrent net après une syllabe et s'excusèrent nerveusement.

— Désolée, je t'écoute.

— Non, je n'avais rien à dire en particulier.

Bugz soupira et se mit à caresser son téléphone – un tic nerveux chez elle.

— Donc, reprit Bugz. Tu habites dans quel coin de la ville ?

— Ville ? Je viens d'emménager dans la réserve.

— Pour de vrai ?

— Quoi, un gars fraîchement débarqué de la Chine ne peut pas s'installer dans la Rez ?

Bugz baissa le regard en rigolant.

— Je suppose que c'est à mon tour de me sentir outré, dit Feng à la blague.

Bugz sentait maintenant sur elle le sourire de Feng et fit un effort pour relever les yeux vers lui. Au moment où leurs regards se croisèrent, elle eut l'impression de le regarder plus profondément qu'elle n'avait jamais regardé quiconque auparavant – en tout cas pas sans un écran pour lui servir d'interface. Elle s'absorba dans cette lueur en courbe que réfléchissaient les iris du garçon tandis qu'il la regardait. L'espace d'un instant, elle se sentit si calme... son cœur eut cinq ou six battements de répit avant que son angoisse la rattrape au détour et qu'elle se sente de nouveau enserrée dans une gaine de timidité.

— Nous avons tous les deux été provoqués, alors, dit-elle tandis que le rouge lui montait aux joues.

— Provoqués, répéta Feng.

L'enseignant entra en classe et le cours débuta. Feng tourna son visage vers l'enseignant, mais pour le reste de la période, Bugz l'observa du coin de l'œil.

17

La lune brillait au zénith. Son reflet miroitait sur les vagues déferlantes du lac des Torches. Bugz pagayait lentement à bord d'un canot d'écorce, s'arrêtant après chaque coup de pagaie pour voir les gouttes d'eau retomber une à une dans l'étendue noire du lac. Les ronds dans l'eau s'illuminaient un bref instant autour de chaque gouttelette tombée de la pagaie, puis se lissaient et s'anéantissaient dans les eaux si vastes. Bugz et son canot voguaient paisiblement dans la pénombre simulée du Monde des esprits.

Loin en hauteur, les aurores boréales valsaient.

— Salut, les ancêtres, murmura Bugz à leur intention.

Elle se mit à souffler doucement entre ses lèvres, puis augmenta le débit d'air pour émettre un sifflement contre sa lèvre inférieure. Bugz tendit le cou vers les aurores boréales. Elle sifflait la mélodie d'une prière ancienne qu'elle avait apprise grâce à YouTube. Elle la siffla une fois, puis s'interrompit, faisant glisser son canot sur l'eau, attendant que ces aurores virtuelles lui répondent.

Rien.

« Je présume que cette fonction n'a pas été programmée dans cet univers-ci », se dit Bugz.

Tandis que son canot allait à la dérive, un dos d'animal géant, tout de noir diamantin, émergea à bâbord. Puis un autre, à tribord, puis encore d'autres derrière elle. Bugz scruta la surface des eaux tout autour d'elle et vit des dizaines d'autres bêtes aux cuirasses luisantes poindre dans toutes les directions.

— *Nameg*.

Elle venait de prononcer tout bas le mot anishinaabe pour « esturgeons ».

— Vous êtes tellement beaux.

Elle se remit à pagayer.

— Je vous aime tous…

Sa voix s'éteignit alors qu'elle faisait passer son regard d'un esturgeon à l'autre : ces êtres vivants à l'allure si préhistorique. Elle se concentra sur le chemin qu'elle traçait entre eux à la pagaie.

— Mais lequel d'entre vous je préfère… ?

Brusquement, elle remarqua combien le Floraverse était devenu calme. Elle regarda vers la rive et vit une étrange versona, accoutrée comme un chasseur de primes, qui lui faisait des gestes de la main. « Mon Dieu, ces fans », pensa Bugz. « Ils ne me quittent pas d'une semelle. » La silhouette augmenta l'amplitude de ses mouvements, signalant une certaine urgence, et porta les mains à sa bouche, en porte-voix. Bugz se focalisa sur ce que cette personne voulait lui dire. Ça sonnait comme « attention ».

Elle réactiva son fil de clavardage.

Les messages inondèrent son écran-visière :

NixVerix Sois prudente !

VernonAfond Ils se préparent à attaquer !

Femme_corbeau Les SANS:Clan se rapprochent, Bugz, ouvre bien les yeux !

VraiDeVrai Stupide B…

— Oh, merde. Trop perdu de temps à admirer la nature, dit Bugz, encore perdue dans le tableau virtuel. Et d'où prévoient-ils arriver, ces bons à rien ?

À sa droite, une volée de corneilles quitta la cime d'un peuplier pour se disperser. Bugz pivota sur elle-même en retenant son souffle. Aucun mouvement, aucun son, pas même un reflet sur l'eau.

Bugz dégaina un pistolet lance-fusées qu'elle portait à la hanche et tira haut dans les airs au-dessus de l'arbre suspect. La fusée explosa comme un feu d'artifice orange étincelant et illumina des centaines de soldats SANS:Clan qui s'efforçèrent de rester protégés sous leurs boucliers de camouflage. Ces défenses portatives cachaient bien, effectivement, ces soldats et empêchaient Bugz de voir la plupart d'entre eux. Néanmoins, sa fusée lumineuse révélait une multitude de casques, d'antennes et de crêtes de cheveux rebelles qui dépassaient de ces écrans d'invisibilité.

— Formation 2-1-2 ! fit par-dessus les eaux une voix terriblement similaire à celle d'Alpha.

— Oh, et ils ont des formations, maintenant ?

Bugz avait posé cette question rhétorique au bénéfice de ses fans qui la suivaient en direct. Le torrent de cadeaux qui inonda sa fenêtre de clavardage lui fit écho tels les rires enregistrés dans un *sitcom*.

Elle vira de bord de façon à ce que son canot fît face aux attaquants. Elle vit la horde se diviser en deux groupes à peu près égaux, chacun longeant la rive dans un mouvement circulaire en deux directions opposées : une vers le nord et l'autre vers le sud. « Évidemment qu'Alpha en redemande. Sa faim est insatiable. »

Bugz ouvrit un écran transparent pour montrer rapidement à ses fans une vidéo qui retraçait l'historique d'Alpha. Alpha avait intégré un premier clan, où il avait subi de l'intimidation, et cette expérience de vilain petit canard l'avait rendu amer. Le ressentiment se lisait sur son visage dans la vidéo, où on le voyait endurer les railleries et les insultes. Ensuite, la vidéo repassait des images d'Alpha suivant son clan vers le champ de bataille. Les autres lui avaient confié la protection du flanc de bataillon, mais au lieu de cela, Alpha avait massacré tous les soldats de son propre clan, un à un. Puis il avait pillé leurs armes et leurs ressources. Bugz fit un arrêt sur image et zooma sur les restes calcinés de ses anciens frères de clan, sur leurs visages figés par l'horreur en réaction à une telle traîtrise. Elle passa en accéléré la partie qui montrait comment Alpha n'avait fait qu'une bouchée du clan ce jour-là ; elle tenait à montrer la meilleure partie du clip. Alpha, qui était encore sans cicatrice sur ces images et qui carburait fort à l'adrénaline virtuelle, s'entaillait lui-même le visage d'un coup de couteau de chasse, créant sa signature désormais légendaire, sa balafre de héros mutin.

Bugz coupa court à la vidéo et se mit en position devant ce guerrier défiguré et ce fameux clan qui n'en était pas un.

18

Feng peinait à suivre la cadence de cette foule de centurions, de marines et d'orques qui se précipitaient côté sud.

— Armez et rechargez ! ordonna la voix dans leur système de communication.

Feng pompa la garde de son fusil hyperchargé, monta dans un petit bateau hors-bord – un des cinquante qui partaient de cette rive – et se dirigea vers l'armada d'esturgeons qui entouraient l'unique canot d'écorce de bouleau flottant au milieu du lac.

Encore cinquante hors-bord et Zodiacs quittaient au même moment la rive nord.

Feng visionnait la diffusion en direct de Bugz sur son affichage tête haute. Il l'entendait parler à ses fans :

— Est-ce que ces gars-là sont sérieux ? Ils divisent leurs troupes en deux ? Pour faire deux groupes plus faibles ? C'est exactement ce qu'a fait Custer à Little Bighorn…

Feng mit le système en sourdine tandis que Bugz s'agenouillait dans son canot. Soudain, tous les esturgeons s'immergèrent dans l'eau sombre et partirent en flèche avec une vitesse étonnante.

Quelques secondes après, un premier esturgeon perça la surface des eaux droit devant le bateau de Feng. Ce monstrueux mangeur de fond se jeta si fort sur l'embarcation que Feng et les cinq autres guerriers SANS:Clan à bord furent projetés dans les airs, puis retombèrent dans le lac. Les esturgeons fonçaient maintenant tous azimuts contre les bateaux des SANS:Clan, envoyant des dizaines et des dizaines de soldats dans les eaux agitées tout autour.

Alpha mesurait les dommages depuis un canot pneumatique qui traversait sans obstacle les masses d'esturgeons. Il ordonna par système vocal :

— Qu'on envoie la deuxième vague !

Trente-cinq combattants d'élite SANS:Clan sautèrent d'une plateforme aérienne qui survolait de haut le lac des Torches. C'est en parachute qu'ils rejoignirent le champ de bataille lacustre, leurs silhouettes se détachant sur fond de ciel étoilé.

19

— Allez, où es-tu ? murmura Bugz, toujours à genoux, en direction des eaux qui entouraient le canot. Viens. N'aie pas peur, ils ne le trouveront pas. J'ai besoin de toi là, tout de suite.

Bugz entendit vrombir les moteurs des bateaux qui se rapprochaient d'elle. Une flèche de feu perça la proue de son canot et les flammes engouffrèrent les parois faites d'écorce de bouleau, un remarquable combustible. Bugz enfreignit alors la seule règle qui valait dans le domaine du canotage : elle se leva debout au milieu de l'embarcation. Elle regarda dans toutes les directions et vit que tous les canons de fusils étaient pointés vers elle. La détente viendrait d'une seconde à l'autre.

— Mishi-pizhiw, vite ! s'écria-t-elle.

À l'observateur capable de faire la distinction entre nanoseconde et milliseconde, il aurait été possible de voir que depuis chacun des angles sur un cercle de 360 degrés autour d'elle surgissait simultanément soit un rayon laser, soit un projectile d'arme à feu, soit une flèche à la pointe enflammée, soit une cartouche de chevrotine. Au moment où toute cette mitraille allait foncer vers Bugz, le serpent d'eau géant qu'elle avait appelé si éperdument émergea des profondeurs au-dessous du canot en flammes, le faisant éclater et projetant ses morceaux calcinés – ainsi que la jeune femme qu'il transportait – haut dans les airs. Bugz saisit l'animal extraordinaire par les cornes tandis qu'il continuait son ascension. Les coups de feu et les projectiles s'acharnaient contre le corps du monstre et y faisaient ricochet telles des ondes sonores contre une paroi de métal. La bête semblait impénétrable.

Feng se débattait dans les eaux sombres parmi plusieurs de ses frères de clan. Il s'étira pour saisir une main qu'on lui tendait, plein de frayeur à la vue de Mishi-pizhiw. Un camarade le hissa à bord d'un Zodiac, et il y resta quelques instants allongé sur le dos, à contempler le serpent géant de Bugz. Il secouait la tête.

Les parachutistes qui descendaient à toute allure vers le lac ouvrirent le feu sur Bugz et Mishi-pizhiw dès qu'ils s'en furent rapprochés à moins de 200 mètres. Et bien que le corps de Mishi-pizhiw fût pratiquement blindé contre les balles, son visage ne l'était pas. Les tirs venus d'en haut l'affectaient : ils ralentissaient sa montée au point de le forcer à revenir vers la surface du lac. Mishi-pizhiw plongea au plus profond des eaux, avec Bugz toujours accrochée à lui telle une lamproie sur un requin.

Les parachutistes du SANS:Clan s'enfoncèrent dans l'eau tête première, chacun portant une combinaison de plongée capable de supporter la pression phénoménale qu'occasionnait cette chute de plus de 1000 mètres. Les trente-cinq guerriers en chasse se mirent à battre frénétiquement de leurs pieds palmés, à la poursuite de Bugz et de son destrier.

Dans les eaux profondes, on aurait cru voir une agora d'Atlantis : un cercle de pierres grossièrement disposées jonchaient le fond du lac.

— Monsieur, je crois que nous avons découvert le pot aux roses ! Ça doit être sa source d'énergie.

— Marquez les coordonnées ! hurla Alpha dans le système vocal. Il se peut que nous ayons enfin élucidé le mystère. La source secrète des pouvoirs de Bugz !

À ce stade, Bugz avait piraté leur système de communication et les avait mis sur écoute.

— Vous me recevez ? demanda la voix d'Alpha.

Silence.

— Plongeurs, me recevez-vous ?

Statique.

— Allô ?

Tout au fond, un éclairage émeraude capta la versona sans vie du chef d'escadron parachutiste, prise entre les mâchoires de Mishi-pizhiw. Le serpent à tête de panthère préhistorique jouait avec la dépouille comme un chat l'aurait fait avec une souris.

— Ça suffit ! intervint Bugz, qui luttait pour rester accrochée. Il est mort, maintenant !

Les trente-quatre plongeurs restants, qui nageaient affolés vers la surface, pointèrent à nouveau leurs armes vers le bas en visant la tête de Mishi-pizhiw.

Mishi-pizhiw desserra les mâchoires et les eaux s'embrouillèrent de sang virtuel. Lui et Bugz chassèrent les plongeurs jusqu'à la surface, en tuant trois autres en chemin, avant de faire demi-tour.

20

Feng aida deux parachutistes-plongeurs à monter à bord de son bateau tandis que les autres survivants du commando se hissaient sur des embarcations environnantes.

— On fait quoi ? On regagne la rive ? demanda une voix dans le système vocal des SANS:Clan.

— Non ! répondit Alpha en criant. Nous restons et nous nous battons !

Feng jeta un regard à la ronde. Les chances qu'avaient les SANS:Clan de gagner cette épreuve de force semblaient leur glisser entre les doigts avec chaque seconde qui s'écoulait. La dernière raclée qu'ils avaient reçue de Bugz avait rendu difficile le recrutement de nouveaux soldats. Avec la diffusion en direct de tout ce pataugeage, que visionnaient tous les vrais *gamers* de la planète et tous les novices également, la réputation du SANS:Clan piquait sérieusement du nez. S'ils devaient rebâtir leur armée une seconde fois, ils devraient soit se contenter d'un nombre réduit de combattants, soit accepter des recrues de calibre très inférieur. Mais le chef avait parlé. Feng lâcha un soupir.

Mishi-pizhiw bondit hors de l'eau comme un épaulard fonçant sur un phoque et détruisit un hors-bord du côté de l'armada opposé à celui où se trouvait Feng. Bugz, qui était maintenant à cheval sur le dos de la bête tel un guerrier en selle, fit feu avec sa mitrailleuse en visant dans l'eau, tout autour du bateau naufragé ; une nuée d'identifiants de joueurs monta vers le ciel en réponse à son raid. Elle n'avait aucune pitié.

Mollement, sans conviction, Feng se mit à tirer sur Mishi-pizhiw, qui bondissait de bateau en bateau comme un athlète de wakeboard slalomant d'une vague à l'autre : il détruisait tout sur son passage. Bugz élimina tous les braves qui avaient survécu à l'assaut initial.

On vit encore une cinquantaine d'identifiants s'évaporer.

D'en haut, Binesi, la femelle oiseau-tonnerre, fondit tel un aigle sur les embarcations SANS:Clan qui flottaient encore et leur lança une pluie d'éclairs destructeurs.

— Franchement, ça devient ridicule, dit Feng au centurion qui se trouvait à côté de lui.

Il rechargea son arme et tira plusieurs coups sur le volatile au-dessus d'eux avant d'ajouter :

— Laisse-moi deviner… cette bête-là aussi est à l'épreuve des balles ?

À l'épreuve des balles, peut-être, mais la force physique de la décharge répétée l'avait néanmoins forcée à changer de trajectoire.

Binesi volait donc en arc dans une autre direction, quand elle aperçut Mishi-pizhiw. Sans voir que Bugz était à bord, elle projeta plusieurs éclairs sur la créature aquatique et réussit enfin à l'atteindre.

— Attention ! Je suis là ! hurla Bugz vers le ciel.

Comme l'oiseau-tonnerre était maintenant à sa portée, Mishi-pizhiw se rua en avant à la manière d'un cobra attaquant sa proie et réussit à mordre les pattes griffues de Binesi. Bugz cafouillait pour rester en selle avec toutes ces saccades, qui faillirent la jeter à l'eau.

— Hé, du CALME, vous deux ! implora-t-elle.

— Nom de Dieu, mais qu'est-ce qui se passe au juste ? demanda Feng, qui ne s'adressait à personne en particulier.

— Rivalité entre frère et sœur, on dirait. On s'arrache l'attention de maman.

Le trait d'esprit venait du centurion, qui poursuivit :

— Je dirais qu'au final, nous devrions profiter de cet interlude pour ficher le camp au plus vite.

— Battez en retraite ! fit entendre la voix dans le système vocal. Nous vaincrons… plus tard !

— Ce n'est pas trop tôt ! lâcha Feng en tournant le gouvernail du bateau afin de les diriger vers la terre ferme.

Au moment où la flotte amoindrie des embarcations SANS:Clan se précipitait vers la rive la plus proche, le serpent à cornes et sa sœur cracheuse de tonnerre refirent demi-tour pour mettre en chasse tous ces petits bateaux : l'une dans les airs et l'autre dans le lac. Chacune son tour, les deux bêtes mirent les embarcations hors d'état de nuire jusqu'à ce qu'il n'en reste plus que huit, puis sept, et enfin six.

Le navire d'Alpha s'échoua le premier. Lui et ses subalternes débarquèrent dans la cohue et rejoignirent rapidement les hélicoptères de combat qui les attendaient pour les reconduire au QG. Quatre autres bateaux gagnèrent la rive en catastrophe immédiatement après. Les occupants en sortirent à toute vitesse, mais se retrouvèrent aussitôt dans la mire de l'oiseau-tonnerre et succombèrent.

Ne restait plus que le bateau de Feng. Lui et son équipage sautèrent dans l'eau peu profonde, courant dans la vase derrière Alpha et les autres, qui leur faisaient des signes de la main. Mishi-pizhiw ressurgit des eaux et se métamorphosa pour prendre sa forme terrestre : celle d'une panthère. Il s'attaqua tout de suite au centurion. Avec Bugz toujours à califourchon sur son dos, Mishi-pizhiw brisa la nuque du guerrier romain et jeta le cadavre loin dans le lac. On vit s'élever solennellement son identifiant en arrière-plan. Le monstre mythique se débarrassa de quatre autres hommes du clan avec une désinvolture similaire.

Feng s'affala sur le sol vaseux et voulut se dépêcher de rejoindre les hélicos. Mais en vain. Mishi-pizhiw l'attrapa sans aucun effort.

Feng sentit sur son ventre les pattes massives de la bête qui l'écrasèrent au sol – et il en fut presque broyé – avant de le retourner sur le dos. Il vit Bugz qui se tenait près de la tête de l'animal – son animal « de compagnie » ! Les gigantesques crocs de la panthère vinrent à quelques centimètres du visage de Feng… et là, Bugz s'arrêta un instant. Une lueur de reconnaissance vacilla dans ses yeux.

Feng dirigea son regard derrière la tête de celui qui allait le dévorer et mira le visage de Bugz. Il comprit enfin où il l'avait vue auparavant.

— Bagonegiizhigok… firent ses lèvres.

— Feng, le nouveau de la classe… murmura-t-elle.

— Provoquée.

Mishi-pizhiw se mit à grommeler.

— Lâche-le ! commanda Bugz.

Libéré de la gueule de la bête, Feng s'enfuit prestement en pataugeant dans la vase avant d'attraper une corde qui pendait d'un des hélicos encore sur place.

Une fois à bord, il s'écroula. Même à distance, il pouvait voir l'expression de suprême dégoût sur le visage d'Alpha, qui se trouvait dans un hélicoptère voisin. Feng ne savait pas si la colère de son chef de clan était attribuable à la tournure fâcheuse de cette bataille ou à cet acte de clémence que venait d'accomplir Bugz. Un profond effroi s'empara de Feng alors qu'il repensait à ce qui venait de se passer. Bien qu'aucun de ses frères de clan ne comprît pourquoi, ils avaient tous vu la connexion que Feng partageait avec leur ennemie mortelle, et il ne leur en avait jamais parlé.

21

Sous le vrombissement des hélicoptères SANS:Clan qui s'éloignaient comme un essaim de libellules hétéroclytes, Bugz descendit du cou de Mishi-pizhiw avant qu'il replonge dans le lac des Torches. Elle arracha un pan de l'écorce d'un bouleau et le jeta sur l'eau, où il se métamorphosa promptement en un nouveau canot d'écorce. Elle monta à bord et se remit à pagayer sur les eaux scintillantes de minuit. Elle était sur son lac et elle reprit le fil de la conversation en ligne avec ses fans.

> **SnipeuseImmortelle** Ouaouh, tu avais raison. Ça ressemblait vraiment à Little Bighorn, en fin de compte !

Bugz répondit crûment :

Ouais, sauf que Custer n'a pas survécu cette fois.

Puis elle disparut dans la nuit virtuelle.

22

— Et souvenez-vous de garder une distance sécuritaire d'au moins deux mètres l'un de l'autre, fit l'intercom à qui voulait l'entendre.

Bugz scrutait les corridors bondés de son école. La période d'études commençait dans quelques minutes, et les élèves se tassaient les uns contre les autres à cette brève occasion, juste avant de devoir se disperser vers différentes parties de l'école, ou même vers chez eux s'ils avaient la chance d'habiter dans les environs.

— Bugz ?

Elle se retourna et vit Feng qui dévalait le couloir vers elle, avec sur l'épaule un sac en bandoulière qui contenait ses livres. Avant qu'elle n'ait pu faire semblant de ne pas l'avoir pas vu, l'abonné du SANS:Clan l'avait rattrapée.

— Ouf, je n'arrive pas à croire que ça m'a pris tout ce temps pour te percer à jour ! Je dois être le seul gars dans cette école qui n'avait pas compris que Bugz était le diminutif de Bagonegiizhigok.

Feng plaça son téléphone entre lui et elle, révélant la versona si célèbre qui le fixait des yeux. Il hocha la tête en signe de satisfaction.

— Tu ne dois pas être aussi brillant que je pensais, dit Bugz dans une tentative de blague.

En réalité, cependant, elle commençait à suer. Elle imaginait Feng en train de comparer la silhouette parfaite de son avatar dans le Floraverse et son corps véritable qui, par contraste, lui donnait tant de raisons de se détester. Elle sourit nerveusement en s'inquiétant de ce que les autres gars du clan allaient dire s'ils venaient à découvrir de quoi elle avait l'air sans les artifices.

— Je mérite bien ton sarcasme, dit Feng en riant. Je veux dire, c'est évident, non? Bugz pour Bagonegiizhigok. En plus, tu es ultracélèbre. Ta versona et toi avez exactement le même visage.

Bugz sentit dans son cœur une douleur petite mais aiguë. « Le même visage, mais pas le même corps, hein ? » Feng continuait de parler. Elle resta attentive à son expression faciale pour voir s'il allait réagir. Rien. Elle exagéra d'un cran son air vexé. Toujours rien. Il parlait et parlait en s'adressant à la versona de Bugz, de l'autre côté de son écran de téléphone. Il ne la regardait pas directement dans les yeux et ne remarquait pas son langage non verbal. Souvent, avec les personnes de son entourage, Bugz essayait de communiquer ses sentiments par la pensée plutôt que par la parole. Il arrivait fréquemment que le résultat, comme c'était le cas en ce moment, la déçoive.

— Honnêtement, j'ai cru que tu faisais semblant de ne pas savoir qui j'étais, juste pour faire bonne impression, dit Bugz.

Elle se demandait s'il essayait simplement de se rapprocher d'elle afin de colliger des renseignements pour le SANS:Clan. Elle lorgna vers les portes de l'entrée principale de l'école, au bout du couloir.

— Je n'en avais aucune idée, dit Feng, secouant la tête en souriant. La première fois que je t'ai vue, je n'ai pas sorti mon téléphone pour voir ta versona. Je me suis dit que ça pourrait paraître trop présomptueux.

Le traducteur automatique de Feng n'avait probablement pas choisi le meilleur terme.

— Eh bien, le plus souvent, quand les gens sont gentils avec moi, c'est parce qu'ils veulent faire un *selfie* avec moi ou bien m'emprunter de l'argent.

Sur ce, Bugz leva devant elle son écran de téléphone et constata combien le Feng du monde réel ressemblait à celui du Floraverse. Son torse et ses bras étaient plus épais dans le Floraverse ; autrement, son visage était pareil, ses cheveux étaient pareils, et son tour de taille aussi. Elle le regarda de nouveau dans les yeux.

— Attends, tu ne vas pas me demander de l'argent, n'est-ce pas ? dit Bugz en souriant à sa propre blague. Parce que je n'en ai pas. Tout ce que je gagne, mes parents m'obligent à le laisser presque entièrement dans le Floraverse, pour quand j'aurai dix-huit ans, dans quelques années.

— Quoi ? Arrête, tu es sérieuse ? demanda Feng en suivant Bugz jusqu'à leur classe. Si j'avais la fortune que tu as dans le Floraverse, je retirerais tout et j'irais faire l'école sur une plage de Macao ou quelque chose du genre !

— Es-tu certain que tu n'essaies pas de m'extorquer de l'argent ?

Bugz n'arrivait pas à oublier la remarque cavalière qu'avait faite Feng un peu plus tôt. « Ma grosseur, mon poids, il ne pensait probablement même pas à ces choses-là », se dit-elle pour rester dans la pensée objective et positive. Puis elle repensa au fait que Feng était membre du SANS:Clan et elle s'obligea à prendre une profonde inspiration.

À l'intersection de deux couloirs, ils tombèrent sur Chalice et Stormy, qui toutes deux étaient occupées à se regarder dans leurs écrans de téléphone comme dans un miroir : elles voulaient s'assurer que leur maquillage était parfait avant d'entrer en classe. Feng fit accidentellement tomber par terre le téléphone de Chalice, dont la vitre se fissura d'un millier de petites lignes rappelant les fils d'une toile d'araignée.

— Désolé, bafouilla Feng précipitamment.

Il se pencha pour saisir l'appareil brisé, arborant un air inquiet.

— Donne ! cria Chalice en arrachant la chose des mains de Feng.

Elle le regarda comme s'il venait d'échapper un bébé sur le plancher dur. Feng ne disait rien. Chalice le dévisagea, puis ajouta :

— C'est quoi, ton problème ?

Feng hésita.

— Désolé. C'était un accident. Je... je te demande pardon.

— Tu me demandes pardon ? C'est tout ce que tu sais faire ?

Chalice eut un rire exagérément railleur. Elle regarda son reflet dans son écran brisé, dont le rétroéclairage vacilla à quelques reprises comme à cause d'un bogue. Puis l'appareil mourut pour de bon. Chalice ne voyait plus que ses mains à travers les éclats de verre.

— Espèce de raté ! lui lança Chalice.

Voyant que Feng ne s'était pas évaporé comme par magie, elle devint enragée et s'écria de nouveau :

— Tu es comme le patient zéro ! Tu n'aurais jamais dû être admis dans cette école. Tu devrais plutôt être en quarantaine ou quelque chose du genre !

— Il a dit qu'il était désolé, osa Bugz. Pas nécessaire de te montrer raciste envers lui.

— Je ne suis pas raciste – je te jure !

La haine de Chalice explosa en tous sens :

— Toutes les pandémies des vingt dernières années ont commencé en Chine. Toutes, sans exception !

— C'est faux, balbutia Feng. Vraiment. Complètement. Faux.

— Je n'arrive pas à te comprendre sans la traduction simultanée de mon téléphone. Parce que tu as... BRISÉ... MON... TÉLÉPHONE ! cria Chalice en détachant chacun des mots lentement et distinctement, comme si ça améliorerait la situation. Ça fait déjà deux fois que je fais remplacer l'écran. Mon père va me tuer !

Il ne manquait qu'un décibel pour qu'on puisse qualifier la voix de Chalice de rugissement. Feng, lui, sentait la fumée lui sortir par les oreilles.

— Ouh, il a l'air d'être vraiment super fâché, dit Stormy derrière son téléphone.

— Tu comptes faire quoi ? demanda Chalice pour le provoquer davantage. Me tousser dessus ? Il est où, ton masque ?

— Merde, ça va ! dit Bugz. Relaxe un peu, je suis sûre qu'il va pouvoir t'aider à le remplacer.

— Comment tu le sais ? rétorqua Chalice, s'apprêtant à cracher tout son fiel. Tu me parais beaucoup moins sexy, maintenant qu'il n'y a plus d'écran entre nous. Alors tu dois être désespérée de te trouver un amoureux. Au fond, tu n'es qu'une grosse qui est même prête à sortir avec ce pauvre déchet.

Des élèves – tant du village que de la Rez – s'étaient attroupés. Ils échangeaient des regards écarquillés.

Bugz sentit quelque chose monter en elle. Elle savait exactement comment elle aurait réagi si elle s'était trouvée dans le Floraverse. Elle visualisait sa versona dégainant de sa ceinture deux sabres en faisant un salto arrière, prête à en user les lames sur Chalice. Mais dans la vraie vie, dans ce monde de chair, de sang et de drames écoliers, Bugz était figée sur place. Enfin, elle trouva les mots.

— Voyons, Chalice, c'était un stupide accident.

Les bras de Bugz lui brûlaient comme si elle était en train de cuire de l'intérieur. Une image de sa cousine Ally lui vint en tête – Ally et ses bras mutilés – et elle secoua la tête.

— Hé ! Laisse ma sœur tranquille !

C'était Waawaate, qui vint s'interposer entre les deux factions.

— Chalice, poursuivit-il, je ne te laisserai pas parler à ma sœur comme ça. Fais-lui des excuses.

— Excuse-moi ! fit Chalice en enrobant ses mots de sarcasme.

Puis elle dévisagea Bugz, l'expression toujours aussi haineuse.

— Compte-toi chanceuse que ton frère prenne ta défense, dit-elle avant de zieuter Feng une dernière fois. Parce que ton petit amoureux, lui, ne le fera sûrement pas.

— Je ne suis pas son amoureux.

C'est tout ce que Feng trouvait à dire. Bugz lui jeta un regard courroucé.

— Allons, ça suffit. Allons-nous-en, dit Waawaate en entourant d'un bras les épaules de sa sœur.

Ce geste faisait du bien, et la chaleur dans les bras de Bugz sembla se dissiper. Elle s'essuya le nez sur sa manche et se dirigea vers la sortie de l'école, aux côtés de son frère. Waawaate fit un mouvement de tête pour inviter Feng à les suivre. Feng scruta la foule d'adolescents perplexes, qui étaient tous en train de filmer les suites de l'altercation et de diffuser en direct. Quelques-uns commençaient à commenter le tout pour le bon plaisir de leurs abonnés.

23

— Pourquoi est-ce qu'elles se sentent obligées d'être aussi méchantes ? demanda Bugz à son frère.

— Bien, est-ce que Stormy aussi t'a dit quelque chose de blessant ? répondit Waawaate en regardant Bugz. En tout cas, tu as raison. C'était hyper méchant. Je leur parlerai plus tard. Elles devraient te faire de vraies excuses.

Le trio marcha jusqu'au pick-up de Waawaate, et chacun y monta en faisant claquer la portière, Bugz côté passager et Feng à l'arrière. Waawaate s'installa sur son siège plutôt délicatement, car de toute évidence sa hanche lui faisait encore mal.

— Faisons un petit tour ; ça va nous détendre, dit Waawaate. Je vais demander à papa qu'il appelle l'école, ajouta-t-il en textant d'une main et en enfonçant le bouton de démarrage du véhicule de l'autre. Où voulez-vous aller?

— Emmène-nous dans le bois.

Bugz sentait le regard de Feng dans son dos tandis que Waawaate embrayait. Ils quittèrent le stationnement de l'école et Bugz sortit son téléphone. Le Floraverse : elle y trouvait chaque fois du réconfort auprès de ses alliés surnaturels. «On se reverra très bientôt.» Elle s'aperçut que les deux autres, dans le pick-up, étaient en train de la regarder.

— Merci de m'avoir défendue, Waawaate, soupira Bugz, qui étudiait Feng dans le rétroviseur. Pourquoi est-ce qu'il fallait qu'elle mentionne mon poids? C'est genre *la* chose sur laquelle je suis la plus sensible. Quelle vacherie!

— Elle voulait justement te blesser, indiqua Waawaate. Probablement qu'elle-même manque de confiance en elle.

— Moi, je ne te trouve pas grosse, dit Feng dans l'intention de redonner de la bonne humeur à Bugz.

— C'est vrai ? demanda Bugz, qui en redemandait.

— Non, je ne pense pas que tu sois grosse.

Et il aurait dû s'en tenir à cela, mais comme il voulait continuer de la réconforter, il ajouta :

— Je veux dire, nous avons tous un peu de poids en trop, non ?

— Du poids en trop ?

« Non, mais c'est quoi, son problème ? » se demanda Bugz. Elle sentait la lourdeur de cette journée la tirer vers le bas. Et plus son humeur périclitait, plus son appréciation de Feng diminuait, elle aussi. Elle tenta de se rassurer en se rappelant qu'il n'était, après tout, qu'un idiot – assez idiot pour devenir membre de SANS:Clan.

Waawaate se retourna pour jeter un regard à Feng puis, de nouveau, reposa les yeux sur la route.

— Non. J'ai l'impression que c'est un bogue dans le logiciel de traduction. Je me trompe, Feng ? Ce que tu voulais dire, c'est... dit-il en toisant Feng fixement dans le rétroviseur.

— Ce que je voulais dire, enchaîna Feng tandis que Waawaate acquiesçait de la tête, c'est que... j'adore ton look. Tu es vraiment, vraiment belle. Je veux dire... – et là-dessus, son visage s'empourpra – ... tu vois ce que je veux dire.

Waawaate avait hoché la tête tout au long de ce laïus.

— Merci, dit Bugz, arborant un sourire résigné. Même si je sais que tu dis ça parce que mon grand frère veut que tu sois gentil avec moi.

La musique country emplissait la cabine alors qu'ils s'engageaient sur un chemin de terre s'enfonçant dans la forêt. Ils suivirent ce chemin en zigzaguant jusqu'au plus profond des bois et, à un moment donné, se rangèrent à la jonction d'un petit sentier.

— Et voilà, annonça Waawaate. Il faudra faire le reste à pied. Je viendrai vous chercher plus tard, si vous voulez. Tu n'as qu'à me texter.

D'un bond, Bugz descendit du siège passager et s'apprêta à entamer le sentier. Elle se retourna vers le camion en levant les sourcils vers Feng. Il détacha sa ceinture de sécurité.

— Ne faites rien que je n'oserais faire moi-même ! conseilla Waawaate, en imitant le ton de voix d'un parent soucieux.

Puis il répondit à son téléphone : c'est Stormy qui l'appelait en mode visioconférence. Feng referma sa portière et Bugz capta le début de conversation de son frère.

— Quoi de neuf? dit Waawaate. Écoute, vous ne devriez pas être aussi méchantes envers ma petite sœur…

Sa voix se perdit à mesure que le pick-up s'éloignait, laissant seuls Bugz et Feng à leur marche le long du sentier. Leurs pas étaient amortis par le tapis d'aiguilles de pin rouge qui couvrait le sol. Leurs yeux s'ajustèrent aux ombrages que dessinait la canopée tout autour d'eux. Bugz marcha un moment devant Feng, puis se retourna pour lui faire face ; dans ses yeux, une chaleur renouvelée lui fit comprendre qu'il pouvait se rapprocher d'elle. Ce qu'il fit en quelques pas et de là, ils poursuivirent l'excursion côte à côte.

— Quel bordel, aujourd'hui ! dit Feng en relâchant son souffle.

— Je sais, reconnut Bugz.

— Je suis désolé.

— Moi aussi.

— Tu n'as pas à être désolée.

Bugz jaugea cette idée avant de s'arrêter face à Feng :

— Mais toi, tu es désolé de quoi, au fait?

Feng chercha dans le visage de Bugz un indice de ce qu'il devrait dire ensuite. Il voyait quelle expression faciale elle avait, mais il aurait tout aussi bien pu s'agir de hiéroglyphes dans une langue depuis longtemps oubliée. Et le traducteur automatique n'était d'aucune aide pour décoder les signaux non verbaux. Tous deux s'étaient arrêtés sur place.

«Ce que mon visage te dit en ce moment, mon gars, c'est clair comme de l'eau de roche», se dit-elle. «Tu n'as qu'à lire mon regard.»

— Je suis désolé, osa Feng, de cette engueulade que nous avons eue avec les filles.

— Ouais, c'était vraiment intense.

Bugz se retourna vers l'avant et reprit la marche. Décidément, Feng ne comprenait pas. Il courut alors pour la rattraper en réfléchissant très fort à ce qu'il devrait dire ensuite.

— Je suis désolé de ne pas m'être porté à ta défense. Surtout que toi, tu m'as défendu contre des trucs racistes.

— Mm-hmm, fit Bugz en hochant la tête.

« S'il te plaît, ne ramène pas tout à ta petite personne. »

Bugz sentait que Feng la fixait des yeux tandis qu'il faisait de son mieux pour aller aussi vite qu'elle. Aussi frustrant qu'elle puisse le trouver, Bugz s'avouait que les tentatives maladroites de Feng pour faire ami-ami venaient démentir l'impression qu'elle avait de lui en tant que membre d'une pègre misogyne liée à l'extrême-droite.

— Mais ce qui me désole le plus, remarque, c'est que quand elle t'a traitée de grosse… ça t'a blessée… alors que c'est moi qu'elle voulait vraiment blesser, soupira-t-il. Et je suis désolé d'avoir tourné le couteau dans la plaie.

Bugz se sentit devenir plus légère.

— Ce n'est pas ta faute, répondit-elle avec, désormais, un sourire dans les yeux malgré le stress qui s'entortillait encore autour de son épine dorsale. C'était un accident.

Bugz prit son téléphone et lut en diagonale les dernières lignes clavardées par ses fans. Elle tapa quelques réponses derrière un écran qui luisait d'un éclat orange ambré. Feng prit lui aussi son téléphone.

— Merde, mais qu'est-ce qui se passe? demanda-t-il. Son écran était traversé par des vagues d'énergie qui partaient sauvagement dans tous les sens.

— Hé, toi. Tu n'étais pas en train de m'amadouer par la flatterie? taquina Bugz.

— Tu as raison, rigola Feng, qui n'en revenait toujours pas de cette lueur ambrée à l'écran. C'est juste que j'ai remarqué ces vagues quand ma tante et moi roulions vers la réserve, mais par la suite, je n'arrivais plus à les retrouver. C'est comme si nous étions au centre de l'univers ou quelque chose du genre.

— Au centre *du centre* de l'univers, rectifia Bugz. De mon univers, à tout le moins!

— Attends, dit Feng en s'arrêtant de marcher. Est-ce que tu m'as amené ici pour me montrer ce qui te donne autant de pouvoir dans le Floraverse?

— Tu te crois vraiment important, n'est-ce pas?

Elle avait parlé sur le ton de la réprimande. Puis elle se mordit la lèvre inférieure avant d'ajouter :

— C'est une bonne chose que tu sois plutôt mignon.

Bugz se surprenait elle-même d'avoir fait ce commentaire. Ces mots, au moment où ils avaient quitté ses lèvres, lui avaient donné l'impression d'être des mots dangereux en même temps qu'irrépressibles. Mais malgré cela, ils n'avaient laissé sur leur passage que de la chaleur. Elle se laissa savourer cette sensation. «Je t'en prie, ne va pas tout ruiner à cause de ton manque d'affection ou de ta soif de compliments», se dit-elle.

— Qu'est-ce que tu veux dire... ? commença Feng, mais il s'interrompit.

Bugz souriait de le voir enfin décoder la situation avec justesse et abandonner la phrase qu'il avait presque dite.

— Merci, offrit-il à la place, avant de réfléchir un instant puis de reprendre : Tu es assez mignonne, toi aussi.

— Tu ne me trouves pas grosse ?

— Non, dit-il. Je te trouve fantastique.

Ils marchèrent en silence, Bugz contente de sentir les bonnes vibrations combler la distance que le conflit avait créée un peu plus tôt. Elle ferma les paupières et inspira profondément, lentement, l'air frais du sous-bois. Mais au lieu de la détente qu'elle ressentait habituellement lorsqu'elle se trouvait en forêt, elle sentit une pointe d'affolement s'immiscer dans son cerveau. Le garçon se taisait depuis un bon moment. Trop longtemps. À quoi était-il occupé, au juste? Elle ouvrit les yeux et posa le regard sur la main de Feng, qui était tendue vers la sienne.

— Qu'est-ce que tu fais?

Feng stoppa net le mouvement de sa main et la ramena le long de son corps.

— Rien.

On aurait cru entendre un enfant surpris la main plongée dans un pot de biscuits.

— Tu sais, même si j'ai dit que je te trouvais mignon, ça ne veut pas dire que j'ai envie que tu poses tes mains partout sur moi; je…

Bugz s'interrompit. Ne sachant pas si sa réaction était démesurée, elle trouvait quand même que les choses bougeaient à une vitesse alarmante. Devait-elle retirer les mots qu'elle venait de prononcer, ou devait-elle au moins lui demander pardon pour son ton de voix? Elle n'en avait pas la moindre idée, alors elle mit simplement un pied devant l'autre.

Après un moment, elle prit conscience qu'exercer un certain pouvoir sur Feng, cela lui plaisait. Elle testait les limites de cette nouvelle sensation en le traitant de haut. Elle sourit en se regardant la pointe des souliers : elle était en tête et lui, bon suiveur.

24

Bugz courut jusqu'à une vieille clôture de maille métallique dont les poteaux tenaient à peine debout dans l'humus forestier. D'un geste fluide, elle bondit contre la clôture, grimpa jusqu'en haut, puis sauta de l'autre côté. L'espace de quelques courts instants, elle avait été identique à sa versona. Elle se retourna pour voir Feng escalader la clôture tout en essayant d'avoir l'air cool. Elle rit intérieurement.

Le périmètre clôturé marquait une zone carrée dans une clairière. À l'intérieur, il y avait une dizaine de caravanes stationnées. Leur revêtement portait des fragments de mots ou d'acronymes, comme TCO et ISO-3, dont la peinture commençait à peler après tout ce temps : ils rappelaient l'usage qui avait été fait de chaque caravane.

Bugz se dirigea vers l'une d'elles et en força la porte.

— Allez, dit-elle en faisant un geste à Feng avant de disparaître à l'intérieur.

Là, elle sortit son téléphone, dont le rétroéclairage ambré baigna tout l'espace autour d'eux d'une lueur fantomatique. Feng la suivait de près et prit lui aussi son téléphone.

Ils marchaient dans l'étroit couloir, où des piles de dossiers et de chemises de documents étaient éparpillés sur le plancher. Les débris étaient couverts de moisissure noire, qui lentement prenait possession des lieux. Plus loin dans la caravane, ils passèrent devant un comptoir de réception et un ensemble de cubicules. Une énorme bannière le long d'un mur disait : *Lavage des mains obligatoire*. Un panneau, tout au fond de la pièce, stipulait dans les mêmes couleurs que le port du masque de modèle N100 était requis. Bugz et Feng montèrent sur les pupitres dans les cubicules et s'amusèrent à sauter par-dessus les cloisons qui les divisaient.

Ils arrivèrent au bout de la caravane, qui était collée sur une autre caravane. Bugz força la porte mitoyenne, qu'ils franchirent ensuite. Et là, ils s'arrêtèrent net. Cette pièce l'étonnait toujours autant.

Des lits en rangée étaient alignés de chaque côté de la caravane, espacés par des étagères et des chariots où l'on imaginait facilement tout l'équipement médical qui avait dû y être entreposé. Des câbles et des fils électriques pendaient de partout, suggérant que des machines avaient été débranchées à la hâte. Un tube de ventilation jonchait le plancher comme un gros serpent, dépassant d'une trappe sous un des lits.

— Tu sais où on se trouve ? demanda Bugz.

— Laisse-moi deviner, dit Feng, stupéfait. C'est ici qu'on mettait les gens en isolement dans les années 2020, lors des pandémies.

— Bingo, répondit Bugz en avançant à pas lents. Ce complexe de roulottes, on l'avait baptisé « la ferme ». Comme dans : « Si on t'envoie à la ferme, t'es certain de ne jamais en sortir. » C'est la rumeur qui courait, à l'époque.

— Chez moi, ils avaient bâti des hôpitaux massifs dans certaines villes – certains sont apparus comme du jour au lendemain. Mais je n'ai jamais rien vu qui ressemble à cet endroit.

— On trouve des images et des vidéos qui montrent cette salle remplie de gens de ma nation. Chacun avec son respirateur artificiel. Des employés d'urgence et du personnel militaire étaient dépêchés par avion pour venir s'occuper de ce centre. La communauté était complètement coupée du reste du monde.

— Je n'arrive pas à croire que votre gouvernement ait laissé les choses s'aggraver à ce point. Notre gouvernement n'est pas parfait, mais le Parti a su contrôler les pandémies assez rapidement, sans mortalité massive.

— Tu y crois sérieusement ? dit Bugz d'un ton moqueur. Et laisse-moi deviner : c'est une preuve que les gens surestiment la démocratie, c'est bien ça ?

— Bien…

— Voyons, ne sois pas si naïf ! Il y a eu des pays démocratiques qui ont réussi à enrayer les pandémies, eux aussi ; le problème que nous avons eu, ici, c'étaient nos chefs d'État de l'époque, affirma Bugz en secouant la tête. Peu importe, enchaîna-t-elle. Les autres roulottes ressemblent davantage à des dortoirs, où on logeait les personnes qui n'étaient pas mortellement malades. À l'écart de leurs familles.

— L'atmosphère donne vraiment la chair de poule.

— Tant de gens sont morts ici.

— Combien…

Soudain, ils virent un tube de respirateur artificiel détaler sur le plancher dans leur direction. Bugz eut un sursaut et cria. Feng sursauta aussi et cria encore plus fort. Avant que Bugz n'ait le temps de lâcher un deuxième cri, la lampe de poche sur son téléphone se refléta sur les yeux d'un écureuil. Le rongeur se précipita vers le mur en entraînant le tube avec lui.

Feng et Bugz se dévisagèrent un instant avant de pouffer de rire.

— Oh mon Dieu, j'ai eu tellement peur ! lâcha Feng.

— Je sais ! Et moi donc !

Bugz faisait non de la tête, mais son ventre, puis tout son corps, se trémoussaient d'éclats de rire.

— Mais j'étais moins terrifiée que toi ; tu étais comme : « AHHHHHH !!!! », ajouta-t-elle, entièrement prise par son fou rire.

— Ouais, c'est ça, comme si tu étais tellement mieux que moi !

Bugz ne pouvait plus s'arrêter de rigoler.

— Bon, ça va. Arrête.

— C'est plus fort que moi. Tu aurais dû voir ta face !

— C'est bon, j'ai compris. J'ai eu peur.

— C'était trop drôle, dit Bugz en se dirigeant de nouveau vers le fond de la caravane. Dommage que je n'aie rien filmé. J'aurais pu le publier dans le fil de clavardage de SANS:Clan !

La remarque ne fit pas sourire Feng, mais il se hâta de rattraper Bugz. Comme si une entente tacite gouvernait leurs faits et gestes, ils se mirent à marcher très près l'un de l'autre entre les rangées de lits.

— Quand j'étais petite, nous venions jouer et courir ici quand nous quittions la maison en cachette, en pleine nuit.

— Ouaouh, vous étiez rebelles.

— Non, pas rebelles. C'est juste comme ça que ça se passe dans la Rez, dit Bugz avec un sourire nostalgique. À la nuit tombée, nous faisions une petite fugue et nous disions des trucs comme : « Si tu touches le plancher, tu vas attraper le SRAS-3[6] ! » en courant dans tous les sens. Puis nous sautions sur les lits et glissions sur les chariots à machinerie comme si c'étaient des skateboards.

— C'est affreux, dit Feng, qui ensuite eut un sourire nerveux. Je veux dire, ça devait être amusant... sauf que l'ambiance ici est tellement sinistre.

— C'était amusant, oui, dit Bugz en éteignant son téléphone et en se retournant lentement vers Feng, le regard grave. Et tu sais quoi ?

— Quoi ? fit Feng, apeuré.

— Il y a un ÉCUREUIL ! hurla Bugz.

Feng poussa un cri perçant.

---

6. Un des variants du Syndrome respiratoire aigu sévère. (Note de la traductrice)

— Ton meilleur ami ! dit-elle en poussant Feng pour revenir en courant vers la porte d'entrée.

Feng la suivit de près. Aucun des deux ne s'arrêta de courir avant d'avoir quitté les caravanes, sauté la clôture de maille et parcouru un bon 100 mètres dans le sentier forestier.

25

Bugz et Feng ralentirent le pas, ce qui permit à ce dernier de rattraper son souffle.

— Je t'ai montré un truc cool, dit Bugz. Là, c'est à toi de me parler de quelque chose.

— D'accord, dit Feng, hésitant. Vas-y, pose-moi une question.

— Pourquoi tu fais partie du SANS:Clan ?

— Parce qu'ils sont les meilleurs. Tout le monde veut faire partie de SANS:Clan.

— Pas moi.

— Mais tu ne serais pas admise, fit-il, sur la défensive.

— Quand bien même je pourrais faire partie de votre petit club sélect, je ne le voudrais pas. Ce n'est qu'une bande de ratés qui essaient de se sentir puissants en rabaissant tout le monde.

Feng remarqua que Bugz tentait de se calmer. Il déclara :

— Tout le monde est devenu hypersensible, de nos jours. Nous ne faisons que nous amuser, c'est tout.

— Hypersensible ? Et pendant ce temps-là, c'est vous qui vous posez en victimes devant la société. Comme si la vie était si difficile pour les hommes. Quelle grossièreté…

— Oui, ça l'est. C'est très difficile d'être un homme à notre époque, insista Feng, qui sentait ses épaules plus tendues que d'habitude.

— Et même si c'est ce que tu crois, pourquoi t'es-tu joint à eux ? demanda Bugz en penchant la tête. Le SANS:Clan réunit les pires des pires membres de la nouvelle droite alternative. À cause de vous, c'est devenu impossible de jouer en tant que femme. Vous nous harcelez, vous tuez nos versonas, vous nous faites des commentaires dégueulasses. Si j'ai pu survivre, c'est uniquement parce que j'ai réussi à vous battre.

— Tu ne nous as pas battus. Nous nous restructurons, nous reprenons des forces.

— Oh, arrête tes histoires.

— Le SANS:Clan n'a pas que des côtés négatifs.

— Ça n'a même pas de sens qu'ils t'aient accepté alors que tu étais en Chine.

— Ce que tu dis là, c'est du racisme.

— Ils prônent la suprématie des Blancs !

— Non, et je trouve que c'est toi, la raciste, si tu présupposes qu'un Chinois ne devrait pas faire partie de ce mouvement mondial.

Dans sa tête, Feng revit toutes les fois où ses frères de clan avaient tenu des propos racistes à son égard ou en sa présence. Bugz restait là, immobile et silencieuse. La luminosité avait changé, indiquant que le soleil avait quitté le midi dans le ciel et qu'il se trouvait loin, désormais, quelque part derrière la cime des arbres. Feng s'arracha à ses pensées.

— Bon, peut-être que certains d'entre eux sont racistes, en effet, mais ça, c'est le cas n'importe où.

— Non, ce n'est pas comme ça partout.

— Eh bien, il ne s'agit que de quelques exceptions, des cas isolés. Notre véritable mission, c'est d'enseigner aux hommes à être forts.

— La vraie force, c'est celle de la gentillesse, de la compassion ; c'est se soucier de comment les autres personnes se sentent.

— Si tu comprends un peu l'histoire, tu verras que pendant longtemps, la Chine a été un pays faible, et que maintenant elle est forte – c'est la première puissance mondiale. Et puis l'Occident : au début ces pays-là étaient forts, mais ensuite ils ont commencé à regretter ce qu'ils avaient fait, et aujourd'hui ils sont sur le déclin. Alors peut-être qu'il est temps de célébrer le retour de l'homme, ou le fait d'être fort, dit Feng, dont la conviction se lisait dans son physique. C'est pour ça que le SANS:Clan existe.

— À mes yeux, c'est de la surcompensation. Sérieusement, qui voudrait bannir les femmes à moins d'avoir peur d'elles ?

Feng se dit qu'après tout, peut-être que Bugz ne l'aimait pas tant que ça. Ou du moins, pas de la façon que lui l'aimait. Elle s'en prenait à lui et ne lâchait pas prise.

— Parler aux filles n'a jamais été mon point fort.

Ils lâchèrent tous deux un soupir. On entendit une corneille crier dans les branches d'un arbre au-dessus d'eux.

— Avec moi, tu sais t'y prendre.

— Qu'est-ce que tu veux dire ?

— Tu sais très bien ce que je veux dire. Mais tu veux que je te complimente encore plus.

Bugz s'arrêta.

— Tu veux que je dise quoi ?

— Je veux que tu sois un peu plus mature, dit-elle en détournant le regard.

— J'aime parler avec toi, confia Feng.

— Et j'aime que tu me parles, répondit Bugz, dont l'attitude s'était adoucie. Voilà, c'est dit.

— Hé, dit Feng en s'arrêtant pour prendre la main de Bugz dans la sienne. Nous nous sommes empêtrés dans une conversation qui n'a rien à voir avec ce que j'aimerais vraiment te dire, en fait. Quelque chose de beaucoup plus important.

— Ah oui ? fit Bugz en le fixant d'un regard plein d'attente.

— Oui, dit Feng en souriant tout d'un coup. L'écureuil est à nos trousses, là, juste derrière nous !

Feng se mit à courir avec Bugz à sa suite, sur une trentaine de mètres. Elle le rattrapa et le poussa gentiment sur l'épaule. Ils reprirent leur balade côte à côte.

— Alors, tu vas me dire ton autre secret, maintenant ? s'enquit Bugz.

Feng garda le silence.

— Pourquoi as-tu quitté la Chine si tu l'aimes tant ?

— Tu veux la réponse longue ou la version que je donne à tout le monde ?

— Donne-moi la version qui dit la vérité, dit Bugz en souriant. Mais fais ça vite !

— Bon. Alors je travaillais pour le gouvernement. Du bénévolat, si tu veux. Je traquais des gens sur le Web, je repassais la section des commentaires, tu vois le genre.

— Un travail de vrai dur à cuire, dis donc !

Feng haussa les épaules.

— Ils n'ont que ce qu'ils méritent. Là d'où je viens, dans le Xinjiang, il y a beaucoup d'extrémistes.

— Attends, est-ce que c'est là qu'il y a ces histoires de disparition d'enfants ?

— Oui. Je suis un de ces enfants-là. Je suis ouïghour.

— Ouah, je ne me serais jamais doutée de ça…

— Ouais, confirma Feng avant de marquer une pause, puisqu'il s'apprêtait à dévoiler à Bugz une page de son histoire personnelle. Mais il y a des gens qui restent accrochés aux choses du passé, dit-il avec un claquement de langue. Quand j'étais petit, le gouvernement m'a confisqué à ma famille. On m'a mis en pension, soupira-t-il, pour m'éduquer et me faire abandonner mes anciennes façons de faire.

Bugz était bouche bée. Les criquets se mirent à chanter en chœur. Feng la vit jeter un bout de branche avec lequel elle jouait dans la terre.

— Ils ont fait la même chose à mes arrière-grands-parents, ici. Le gouvernement les a emmenés dans des pensionnats, continua-t-elle, puis elle prit une profonde inspiration. Ils ont détesté ça, dit-elle en tournant les yeux vers Feng. Ton pensionnat à toi, c'était comment?

— Honnêtement? C'était dur, dit-il, car il sentait une confiance émaner du regard de Bugz. Mais ç'a été bénéfique, je crois. Il fallait bien que nous changions, pour nous adapter à notre époque, nous mettre à jour.

— Mais voler des enfants, comme ça, c'est mal! objecta Bugz. Ce qui s'est passé ici, on a reconnu par la suite que ça s'appelait du génocide. Un génocide culturel, parce qu'ils ont voulu détruire ce que nous étions.

— Je sais qui je suis.

— En es-tu sûr?

— Je crois que les deux situations sont différentes. Vous, vous n'aviez pas ce désir de changer. Donc, oui, c'était mal. Tandis que moi, quand j'ai su comment vivait la majorité chinoise… j'ai plutôt fait le choix d'adhérer à ce style de vie.

— Et tes parents?

Feng secoua la tête en silence. On entendit un criquet faire ses vocalises, et Feng vit Bugz tendre une main vers la sienne. Son toucher fit courir un frisson dans tout le corps du jeune homme. Il eut une pensée pour sa mère. Se demanda pourquoi elle avait cessé de le toucher de cette façon, comme elle avait l'habitude de le faire quand il était petit garçon.

— Je peux te montrer tout ce qu'il y a à savoir au sujet de mes parents.

Feng ouvrit une vidéo sur son écran de téléphone. On y voyait un jeune Feng dans ce qui semblait être le bureau d'un directeur d'école. Feng résuma la conversation pour Bugz :

— Tu vois, jusque-là, je résistais, je répétais que je voulais qu'on me ramène chez moi. Et c'est là que le directeur m'a expliqué que ce « chez-moi » n'existait plus. Que ma mère et mon père ne voulaient plus de moi.

À l'écran, le jeune garçon baissait la tête, fondant en sanglots.

— À ce moment précis, il m'a dit que mes parents auraient pu me ramener avec eux dès la première semaine si seulement ils avaient rejeté leurs croyances stupides, dit Feng en fixant la vidéo tandis que les commissures de ses lèvres se contractaient vers le bas. Quel genre de parent déciderait de donner la priorité à quoi que ce soit d'autre que son enfant?

— Je suis désolée.

— Maintenant, tu connais mon histoire, dit Feng en secouant la tête une fois de plus. Pour moi, pas question de revenir en arrière. Je ne peux qu'avancer. Quelques semaines après cette rencontre avec le directeur, j'ai regardé un direct d'Alpha, et tu connais déjà la suite.

La corneille croassa encore un peu, puis s'envola.

— Quel était le problème, alors? ironisa Bugz. Tu sembles être un bon petit gars. Qui croit docilement tout ce que lui dit son gouvernement.

— J'étais comme ça, c'est vrai. Mais après, le SANS:Clan a pris beaucoup d'importance dans ma vie. Du moins, jusqu'à ce que tu m'élimines au combat pour la première fois.

Feng eut un petit rire et vit que Bugz souriait. Il poursuivit :

— Bref, dans le Floraverse, il n'y a pas le même degré de surveillance que sur les autres plateformes numériques. Et c'est ce qui me rend suspect. On m'a demandé de quitter le SANS:Clan, et je ne l'ai pas fait.

Bugz se taisait. Une faible brise vint remuer les feuilles aux limites de la clairière.

— Même si j'aime mon pays, je dirais que j'aime encore mieux faire partie du SANS:Clan. Le clan est toujours là pour moi.

Feng posa le regard au loin.

— C'est tordu, tout ça… dit Bugz en lâchant la main de Feng. Est-ce vraiment pour ça que je t'ai laissé la vie sauve ? Pour que tu puisses continuer de t'amuser avec des gens qui préféreraient que je n'existe pas ?

À cela, Feng n'offrit aucune réponse. Il se contenta de la regarder marcher devant lui jusqu'à l'entrée du sentier où Waawaate les avait déposés un peu plus tôt.

26

Bugz entendit derrière elle le pas lourd de Feng : celui-ci faisait manifestement craquer toutes les branches et les brindilles sur le sol forestier. « Un gamin de la grande ville », se dit-elle. Elle ne fit aucun effort pour ralentir. Quand il la rattrapa enfin, il était quasiment à bout de souffle.

— Bugz, attends, dit-il.

Leurs regards se rencontrèrent. Bugz distingua la couleur des yeux de Feng. Bruns, quoique d'une teinte plus pâle que ce à quoi on s'attendrait chez quelqu'un d'une telle couleur de peau. Bugz sonda la myriade de stries d'ambre et d'ocre qui composaient ses iris. Cela lui rappelait ces énormes nébuleuses où naissent les étoiles aux confins de la galaxie. Elle se surprit à penser à son téléphone. Elle le prit et se mit à faire défiler l'écran vers le bas.

— Quoi ? demanda-t-elle en maintenant son regard rivé sur l'appareil.

— Ne me laisse pas. J'essaie juste d'être honnête. Je me suis dit que toi, plus que quiconque, tu comprendrais d'où je viens.

— Le peuple anishinaabe a tout perdu. C'est un miracle que certains aient survécu. Notre culture était à l'article de la mort et moi, je l'ai remise sur pied dans le Floraverse. Tu saisis ? Et là, tu viens me dire que tu admires la chose qui pourrait sérieusement mettre tout ça en péril.

— Bien, comme je te le disais, le SANS:Clan, ce n'est pas juste les aspects qui sautent aux yeux en premier, dit Feng en souriant timidement. À mes tout débuts, le clan m'a mis en vedette dans les directs et ça m'a aidé à me bâtir une base d'abonnés.

Bugz mesura la portée de ce qu'il venait de dire. Les abonnés, en effet, avaient toujours eu beaucoup d'importance pour elle aussi.

— Je suis vraiment désolée pour tout ce que tu as eu à affronter quand tu étais plus jeune. Sincèrement. Je te jure que ça me brise le cœur.

Le tourbillon d'émotions contradictoires que ressentait Bugz à l'égard de Feng commençait à se calmer.

— Merci.

— Tu me parais être une bonne personne, Feng. Mais ça me fait un peu peur de savoir avec qui tu passes ton temps… et tu as toujours l'air si sérieux que ça donne l'impression que tu es difficile d'approche, confia Bugz en regardant ses pieds. Mais malgré tout, je suis contente que nous soyons venus faire un tour ici. Ça me permet d'apprivoiser ce que tu es au-delà des apparences.

Quand Bugz releva les yeux, elle trouva ceux de Feng à quelques centimètres à peine. Il s'était approché. Elle ferma les paupières et inspira. Feng lui toucha le visage. Bugz rouvrit les yeux et regarda par terre, un peu déçue.

— Je sais ce que c'est d'être à la recherche de quelque chose, soupira-t-elle. Crois-moi, je le sais.

Elle le laissa effleurer lentement sa joue d'une main. Intérieurement, Bugz luttait pour faire concorder les choses toxiques auxquelles elle savait que Feng prenait part en ligne avec cet autre côté de lui-même qu'il lui laissait voir à présent. Elle ajouta :

— Mais ne te sens pas obligé de prouver quoi que ce soit avec moi, de te montrer dur ou fort ou des trucs de ce genre.

Bugz respirait profondément ; elle ressentait toute la douceur du toucher de Feng et l'air qui lui emplissait les poumons.

— Peut-être que tout ce que tu cherches se trouve ici même, dit-elle sur une expiration. Et peut-être que ce que je cherche est ici aussi.

— Tu parles de moi ? demanda Feng en arrêtant ses doigts sur le menton de Bugz.

— Oui, je parle de toi, gros bêta ! sourit Bugz en faisant un pas en arrière. Tu vois quelqu'un d'autre dans les environs ? Est-ce que les gars du SANS:Clan sont cachés entre les arbres ?

Elle secoua la tête, affichant toujours un sourire. Sa blague masquait son inquiétude réelle quant à l'implication de Feng au sein du clan – une inquiétude qui coulait encore parmi le flot de ses pensées tel un courant de fond.

N'empêche que Bugz se sentait de plus en plus calme et confortable auprès de Feng. Ensemble, ils marchèrent jusqu'à la partie habitée de la réserve, discutant et s'envoyant des textos tandis que le jour déclinait pour céder sa place à la nuit.

27

À son réveil, Feng sentait tout son corps bourdonner d'une sorte de malaise flottant, un peu comme au lendemain d'une soirée trop arrosée. C'était le mal du pays version RV : le manque de l'univers virtuel. Ça le prenait chaque fois qu'il passait beaucoup de temps hors ligne. En regardant autour de lui, Feng constata qu'il était allongé sur de la saleté. Il se leva et vit d'autres membres de SANS:Clan affairés à remettre en ordre des véhicules endommagés et à empiler des palettes de munitions. Il lorgna de nouveau vers le tarmac et les hélicoptères à bord desquels ils avaient fui le champ de bataille encore tout récemment, puis posa le regard vers ce qu'il reconnut comme étant effectivement le bunker d'Alpha : le symbole Ø peint sur le côté du bâtiment le confirmait. Il leva les yeux vers le ciel : deux lunes. Il était « chez lui », au quartier général de SANS:Clan.

Le complexe grouillait d'activité : des étincelles volaient des véhicules que l'on rescapait en quelques coups de fer à souder, et la sueur coulait au dos et au front des soldats qui couraient d'une tâche à l'autre. Tout le monde était pressé de remettre sur pied le SANS:Clan afin qu'il ait de nouveau la force de se battre… ou du moins, la force de se défendre si un clan adverse venait à attaquer le quartier général. Feng trouva Gym, un de ses frères de clan, accroupi à côté d'un véhicule à resserrer des écrous de roue.

— Je peux te donner un coup de main ?

— Non, grommela Gym. Je me débrouille.

Il se leva et reluqua Feng de la tête aux pieds. Puis il ajouta :

— Tu t'es absenté longtemps. On ne t'a pas revu dans le Floraverse depuis la bataille.

— Nouvelle école, nouveau chez-moi, dit Feng en se frottant la nuque d'embarras. C'est une grosse transition.

— On entend dire que tu es en cavale, dans le monde réel. Que tu as peut-être des ennuis avec la justice.

— Qui t'a dit ça? demanda Feng en se focalisant sur le regard de l'autre même s'il voulait contourner ses allégations.

— Pour être honnête, qu'est-ce que ça peut faire? Pourvu que tu continues d'assumer tes missions ici, je me fiche que tu sois en prison ou ailleurs dans le monde réel.

Malgré ce peu de validation, Feng se sentait néanmoins comblé pour le moment. Ça lui redonna du cœur au ventre afin d'inventer un prétexte bidon pour faire ce qu'il s'était mis en tête de faire prochainement.

— Bon. En tout cas, je crois que je vais me mettre à la recherche de denrées, dit-il. On dirait que nous avons bien besoin de ressources supplémentaires pour la reconstruction.

— Des « denrées »? demanda Gym en regardant Feng comme s'il venait de parler en klingon. Quel genre de denrées tu penses ramener? Nos vraies priorités en ce moment sont, dans l'ordre :

réparer l'équipement, recruter de nouveaux combattants et faire des réserves de munitions.

— C'est juste que je me disais qu'il nous faudrait plus de bois pour bâtir les structures où seront logées les recrues, et plus de nourriture pour les alimenter quand elles arriveront. Je m'y prenais d'avance.

Derrière Feng, à l'autre bout du tarmac, Alpha observait leur échange. Gym établit le contact visuel avec son chef, demandant implicitement quoi faire à ce stade. Alpha hocha la tête en voulant dire : « Qu'il y aille. »

— Bon. Je suppose que tu as raison, fit Gym, d'un ton de voix adouci.

— Super. Merci, mon frère, dit Feng en se penchant pour lui faire une accolade.

Gym grimaça ; il trouvait que Feng en faisait trop. Il offrit simplement :

— Pas de problème.

Ils se donnèrent mutuellement de petites tapes dans le dos, et Gym en profita pour placer un dispositif de repérage sous le col de chemise de Feng.

De loin, Alpha hocha la tête de nouveau et partit inspecter d'autres de ses troupes.

28

Depuis l'autre bout du Floraverse, Bugz voyait Feng, qui se trouvait dans une petite oasis à des kilomètres du QG de SANS:Clan. Il avait pris les précautions sur lesquelles ils s'étaient entendus : il s'était enfoncé dans le désert, là où tous deux croyaient qu'il échapperait à une surveillance éventuelle. Il avait posé un genou à terre, et son expression faciale révélait une concentration totale.

— Je reçois ton appel, crépita la voix de Bugz dans l'oreillette de Feng. Allez, monte.

Au-dessus de lui se formèrent des amas nuageux menaçants, dont surgit un oiseau-tonnerre qui plongea vers lui. L'animal prit le jeune homme dans ses serres et fonça telle une fusée vers les limites atmosphériques du monde virtuel. Feng se doutait que les autres gars du clan pourraient voir l'oiseau perçant la stratosphère à toute allure, mais il ne s'en souciait pas. Même s'ils remarquaient l'oiseau, pensait-il, ils ne feraient pas nécessairement le rapprochement avec lui.

L'oiseau-tonnerre annonça son arrivée au lac des Torches en hurlant. Bugz, Mishi-pizhiw et les autres animaux se regroupèrent près d'une rive. Binesi, l'oiseau-tonnerre, descendit en piqué pour déposer Feng – plutôt rudement – sur la terre ferme. Elle toisa Mishi-pizhiw l'espace de quelques secondes, puis s'envola.

— Ils ne s'aiment pas, ces deux-là, hein ? demanda Feng pour briser la glace.

— Tu t'en es sorti ! s'exclama Bugz en lui faisant un câlin.

Mishi-pizhiw plongea dans le lac et disparut sous la surface. Bugz et Feng regardèrent l'ombre de sa silhouette s'estomper. C'était un après-midi sombre. Le ciel était couvert d'un brouillard pourpre et orange qui donnait à la journée une ambiance insolite.

— Alors, tu veux apprendre à devenir un ninja du Floraverse ? le taquina Bugz. Je vais te faire faire un petit tour.

— Je suis déjà venu, tu te rappelles ? Deux fois !

— Ah, ouais, fit Bugz dans un sourire moqueur tandis qu'elle cueillait par terre une petite fleur rouge. Il me semble que la dernière fois, tu es parti d'ici la queue entre les jambes, non ?

— Peut-être que la dernière fois, une certaine personne m'a laissé partir parce qu'elle ne tolérait pas l'idée de vivre sans moi ?

Bugz eut un petit rire forcé et dit :

— Ne te flatte pas tant ! Et quoi qu'il arrive, ce qui se passe ici, tu n'en parles à aucun des membres de ton stupide clan, compris ?

Feng fit oui de la tête.

— Bon. Regarde bien ça.

Bugz ferma les yeux, prit une profonde inspiration et entra dans un état d'intense concentration. Elle porta la petite fleur vers le ciel pour que Feng la voie bien. Le soleil, qui émergeait de derrière les nuages, baignait tout l'entourage du lac d'une lumière dorée. La fleur se tourna vers le soleil, puis de nouveau vers Bugz. Soudain, une seconde fleur se mit à croître sur la même tige que la première ; puis on vit apparaître quatre fleurs, puis huit, puis seize. En quelques secondes, des milliers de fleurs débordaient des mains de Bugz. Quand elle lança son bouquet dans les airs, les pétales implosèrent et rejaillirent en double et en triple. Tout en se multipliant, ils se mirent à s'agglomérer pour former une seule fleur rouge colossale, haute comme une maison à deux étages. Cette fleur gigantesque composée de fleurs plus petites se tourna à son tour face au le soleil. Elle pulsait. Les fleurs plus petites dégringolaient continuellement sur la surface de la géante à la manière d'une cascade tandis que la croissance se poursuivait activement, grouillante et effervescente.

— Je préfère les roses, dit Feng pour blaguer, mais son visage ne pouvait cacher la forte impression que lui faisait ce phénomène.

— Arrête, tu vas me faire rire ! dit Bugz, les paupières encore closes. Le Floraverse est propulsé par un moteur qui imite la chimie organique, n'est-ce pas ? Mais il suit aussi le modèle de la géométrie fractale. Tout est une répétition d'une chose plus petite. Les plus petites formes de vie, si on les agence les unes aux autres, peuvent en former de plus grandes suivant le même motif. Il suffit de se «connecter» à elles.

Bugz ouvrit les yeux, ce qui rompit le sortilège. La mégafleur s'effondra, et ses pétales allèrent valser tout le long des rives du lac. En un instant, Feng et elle se retrouvèrent debout sur une plage couverte de petites fleurs rouges.

— Plutôt chouette comme truc! Mais je ne vois pas en quoi ça va te permettre de battre les SANS:Clan.

— Et c'est justement pour ça que je vous bats à tout coup. Sans aucune exception!

Le regard de Feng croisa le sien, ce qui la rendit soudainement nerveuse.

— Je te l'ai dit, tu ne nous as pas battus… ce n'est pas fini. À la fin, nous gagnerons.

— Bon Dieu, dit Bugz en secouant la tête. C'est le genre de niaiserie typique de la nouvelle droite! Impossible que vous admettiez une défaite… même si vous vous vantez d'être là pour propager la vérité. Aux dernières nouvelles, votre but, c'était encore de prendre possession de mon lac, non ?

Feng fit une pause, le regard rivé sur les mocassins de Bugz.

— Tu as gagné, alors.

La jeune femme sourit.

— C'est une chose de façonner des couronnes de fleurs – ou peu importe comment tu appellerais ce petit tour de magie –, mais comment fais-tu pour créer des trucs comme un oiseau-tonnerre, une panthère d'eau et je ne sais quoi encore ?

Par son choix de mots et son ton, Feng tentait de minimiser le niveau de maîtrise de Bugz.

— Tout part de la même idée. Tu peux prendre n'importe quoi dans le Floraverse, du moment que c'est vivant. Il s'agit de comprendre la cellule, le microbe, et tu as déjà franchi la première étape pour créer un animal.

Bugz posa sa main sur la terre et rapidement, à cet endroit précis, une taupe à nez étoilé apparut et se mit à grimper sur le dos de Bugz. Celle-ci laissa la taupe courir sur ses épaules, puis d'un coup ce furent deux taupes qu'on vit descendre le long de son bras. Bientôt elles furent quatre, huit, puis seize à courir par terre. Après que leur nombre eut doublé encore à quelques reprises, les taupes se regroupèrent et fusionnèrent en une seule taupe géante, de la taille d'un rhinocéros : la bête était constituée de milliers de petites taupes qui se tortillaient et rampaient les unes par-dessus les autres.

— Et la création d'un animal, c'est la première étape pour créer un phénomène surnaturel.

Cette taupe-reine, qui continuait de grossir, se dépêcha de s'enfouir dans le sol. Quelques instants après, elle bondit dans les airs et s'envola loin dans le ciel. Tandis qu'on la perdait de vue, elle explosa et fit des dizaines d'étoiles, dont chacune s'arrêta en un point fixe pour briller dans le firmament.

C'était la tombée de la nuit. Feng secoua la tête tandis que Bugz admirait sa constellation de la Taupe.

— Mais pour le commun des mortels, c'est si long d'arriver au niveau du Monde des esprits ! se plaignit Feng. Et même rendu là, j'ai dû mettre plus d'un an rien que pour parvenir à créer un cheval… Ça me paraît dingue que tu aies appris à faire tout ça !

Bugz haussa les épaules. Même si elle s'ouvrait de plus en plus à Feng, elle ne lui faisait pourtant pas entièrement confiance. Alors elle changea de sujet.

— Allons faire une petite chevauchée, proposa-t-elle en mettant le pied dans l'eau. Et il faut que tu me jures que tu ne diras rien de tout cela à ton clan, d'accord?

Elle marcha dans l'eau peu profonde jusqu'à ce qu'elle en ait à la taille, puis elle plongea. Elle refit surface à quelques mètres et nagea un peu sur son dos avant d'appeler Feng pour qu'il la rejoigne. Le jeune homme offrit sa meilleure course au ralenti dans l'eau telle une star de cinéma. «Il essaie de bien paraître devant moi», pensa Bugz. «C'est mignon.» Elle s'écria :

— Mishi-pizhiw!

— Est-ce qu'il s'en vient?

— Il est déjà là.

Bugz pouvait voir le grand corps sombre sous la surface. Avant que Feng puisse lui-même y regarder de près, il sentit le fond du lac se soulever sous ses pieds.

— Accroche-toi ! lança Bugz.

Soudain, la bête massive émergea de l'eau en bondissant. Bugz et Feng furent projetés dans les airs comme des enfants sautant des épaules de leurs parents. Mishi-pizhiw hurla à la face du soleil avant de replonger dans le lac. Puis, refaisant surface une centaine de mètres plus loin, Mishi-pizhiw cracha du feu plusieurs fois en direction du ciel, pour les amuser. Bugz et Feng riaient et tapaient des mains devant ce spectacle du dragon dansant.

Bugz leva les yeux au ciel et aperçut l'oiseau-tonnerre qui survolait la scène. Elle agita la main. Binesi répondit par un cri et s'engagea dans un vol en plongée pour venir cueillir Bugz et Feng. Elle les hissa sur son dos, puis aspergea généreusement l'autre bête d'éclairs électriques.

— C'est comme ça que le lac a été créé, raconta Bugz. Ces deux bagarreurs l'ont creusé à même le paysage, une fois, à force de se cracher du feu et de se lancer des éclairs et du tonnerre. C'était il y a quelques années, ajouta-t-elle en séchant l'eau sur son visage. Après, tous les cratères se sont remplis d'eau souterraine. Et voilà : le lac des Torches.

L'oiseau-tonnerre les emmena voler en rase-mottes, frôlant les montagnes et la cime des arbres. Bugz et Feng plissaient les yeux devant le courant puissant que créait l'air contre le dos de l'animal.

— Montre-moi un truc cool.

— Comme quoi ? demanda Bugz.

— Je ne sais pas… encore des fleurs, tiens.

Bugz ferma quelques instants les paupières. Lorsqu'elle les rouvrit, elle se retourna pour examiner leur trajectoire. Une gigantesque vague de fleurs les suivait à la trace. On aurait dit un tsunami dont la crête était près d'envelopper Binesi. Celle-ci jeta un coup d'œil par-dessus son aile, nerveusement. Bientôt, la vague de fleurs s'écrasa contre elle, mais au lieu de la précipiter vers le sol, la marée fleurie donna à l'oiseau-tonnerre une poussée en avant, le soulevant plus haut et lui faisant gagner de la vitesse. Le volatile émit un cri en battant des ailes de surprise. Bugz et Feng hurlaient de rire, un rire qui venait du fond du ventre, un peu à cause de la réaction de l'oiseau, et un peu en raison de la sensation de vertige au fond des tripes, qui ressemblait à celle que provoque un tour de montagnes russes. Binesi continua de lancer des cris jusqu'à ce qu'elle se soit stabilisée et ait compris comment suivre la vague. Au bout d'un moment, elle secoua la tête comme pour clarifier ses esprits.

— Ohhh... fit Bugz en caressant la tête de l'oiseau. Tu as eu peur ? Je te demande pardon.

Tandis qu'elle tentait de rassurer sa bête, celle-ci détourna le regard tel un enfant fâché contre sa mère.

— Oh, ne m'en veux pas... Parce que ça, ce n'était rien comparé à ceci !

Tout un cortège d'animaux terrestres se mirent à suivre le trajet que faisaient Bugz, Feng et Binesi, en courant juste au-dessous d'eux. Le troupeau ne pouvait qu'admirer, ébahi, la grande vague de fleurs qui soudainement partit faire des volutes en hauteur. La traîne apparemment sans fin traça une boucle complète dans les airs avant de se replier en un tire-bouchon. L'oiseau-tonnerre quitta la vague en se jetant sur son côté droit, abandonnant Bugz et Feng, qui atterrirent sur le tsunami fleuri et continuèrent de le chevaucher sans aide.

— On dirait qu'elle en a eu assez, dit Feng en regardant par-derrière.

— Oui, j'imagine.

Bugz fit un sourire. Elle observa brièvement sa versona : une taille de guêpe, décidément. Elle se sentit honteuse, de nouveau, et jusqu'au fond de son cœur. Elle était témoin de tant de beauté partout autour d'elle : toute cette flore qui la propulsait en plein ciel, toute cette faune qui courait derrière elle avec dévotion, ce garçon qu'elle aimait bien et qui était là, à ses côtés, en mode passager. Dans sa tête, tout était clair : elle avait toutes les raisons de se réjouir. Et pourtant, quelque chose l'en empêchait. Quelque chose lui pesait et la retenait de sourire de tout son être, de toutes ses dents et jusqu'à s'en fendre les joues. Au lieu de cela, elle regarda Feng, puis de nouveau elle regarda sa taille. « Non mais c'est quoi, mon problème ? »

— C'est trop génial ! s'écria Feng, qui souriait alors que la vague de fleurs tirebouchonnante revint épouser le lac des Torches en culbutant. Son rire secoua Bugz, la tirant de son apitoiement. Alors elle trouva le moyen de sourire pour de vrai.

— Quoi ? demanda-t-elle.

— Tout ça ! C'est tellement excellent !

Bugz sentit sur ses joues la caresse du soleil virtuel. Elle ferma les yeux pour crier :

— *Onizhishin Anishinaabe Aking !*

— « *Onizhishin Anishinaabe Aking* » – mon logiciel ne peut pas traduire ça !

— Ça veut dire : « La Terre des Anishinaabeg est magnifique ! »

— Mais on n'est pas sur la Terre des Anishinaabeg ! On est dans le Floraverse.

— C'est à ça que ressemblait la Terre des Anishinaabeg, avant ! cria à son tour Bugz, qui continuait de sourire.

Parler si fort, à s'époumoner, avait eu pour effet de faire surgir quelque chose en elle.

— Ici, je peux vraiment être *moi* à 100 % !

Et Bugz le croyait sincèrement. Dans le monde réel, on jugeait sa culture comme étant arriérée ou à moitié morte. Dans le monde réel, Bugz était toujours trop complexée pour se laisser aller complètement. Elle était une fille timide qui fuyait ses problèmes plutôt que d'y faire face. Dans le

Floraverse, elle avait recréé sa culture dans une version futuriste et sans limite. Dans le Floraverse, elle se réimaginait elle-même : confiante et belle. Dans le Floraverse, rien ne l'effrayait.

Tandis qu'ils planaient au-dessus des eaux et des rochers majestueux, Bugz était grisée par cette sensation. Son cœur se gonflait à l'idée d'avoir, peut-être, enfin trouvé un partenaire. Pas seulement un robot dans le Floraverse... mais un partenaire en chair et en os, bien réel, en la personne de Feng, puisqu'il la voyait entièrement : tout ce qu'elle était et tout ce qu'elle avait accompli. Intérieurement, Bugz mit de côté son inquiétude par rapport à l'allégeance de Feng envers le SANS:Clan ; elle souriait d'un sourire qu'elle avait réprimé depuis des années, peut-être même depuis sa conception, dans le ventre de sa mère. Comme il était bon de sourire ! Comme cela réchauffait, tant le corps que l'esprit...

Bugz répéta de plus belle :

— *Onizhishin Anishinaabe Aking !*

Sous le col de chemise de Feng, le dispositif de repérage clignota, sans qu'aucun des deux s'en rende compte.

Au quartier général de SANS:Clan, Alpha, Gym et une petite troupe de soldats visionnaient toute la scène en mode holographique.

29

À travers son écran de téléphone, Bugz fixait devant elle la table, qui n'était pas mise. Elle permutait entre le Monde des esprits, où son avatar s'occupait à créer de nouveaux animaux mutants à mettre sur le marché, et diverses applis au hasard, en attendant que quelque chose capte son attention. Elle ferma les yeux et ne vit rien que du noir, à l'exception d'une empreinte lumineuse en rectangle au centre de son champ de vision, à la place du téléphone. Elle rouvrit les yeux : Liumei et Feng revenaient de la cuisine, emportant plusieurs plats débordant de nourriture. À travers le filtre du Floraverse, elle admira une fois de plus combien la versona de Feng ressemblait au Feng du monde réel. « Il est en paix avec son apparence physique, lui », songea-t-elle. « Et pourquoi pas ? Il est mignon. » Son regard s'adoucit et ses traits se relâchèrent, pour former un léger sourire.

— C'est gentil de te joindre à nous, Bugz... dit Liumei avant de marquer une pause, comme si elle n'était pas certaine de ce qu'elle devait dire ensuite. Ça ne t'ennuie pas que je t'appelle par ton surnom ? Ou préfères-tu que je dise ton prénom au complet... Bagon-éé...

— Bagonegiizhigok, reprit Bugz de derrière son téléphone.

Elle examina son interlocutrice en levant discrètement le regard : le visage de Liumei était tout en traits délicats. « Elle est jolie », trouvait Bugz. Puis elle continua :

— Mais ça me va, si tu veux m'appeler Bugz. Tout le monde m'appelle comme ça.

— Tu en es certaine ? Je t'ai vue redresser légèrement ta posture quand tu as prononcé ton nom, à l'instant.

Liumei avait un sens du détail assez aiguisé. « Avec raison. Elle est médecin. »

— À vrai dire, moi, je ne me suis pas encore complètement habitué à dire « bugz », ricana Feng, mais je devrais arriver à m'y faire !

— Ouais, crois-moi, à l'école primaire, les enfants faisaient toute une histoire avec ce prénom-là, ajouta Bugz. Je me faisais constamment demander si j'avais bogué, si quelque chose me boguait. Les plus vieux, eux, m'appelaient parfois « Bunny ».

— Bunny ? demanda Feng.

— Mais oui, comme dans Bugs Bunny ! confirma Liumei tout en servant les assiettes.

Elle envoya à son neveu un regard oblique, comme si elle doutait un instant de son intelligence. Puis elle se tourna vers Bugz :

— Eh bien, sache qu'une partie de mon nom signifie « saule ». Alors en arrivant au pays, j'ai demandé aux gens de m'appeler « Saule »... jusqu'à ce qu'on me demande si je pleurais beaucoup, comme un saule pleureur.

Liumei secoua la tête et Bugz ne put s'empêcher de sourire à cette idée. Elle se dit que dorénavant, elle aimait bien Liumei, ne serait-ce que pour cette petite confession d'une expérience semblable à la sienne. Elle dit :

— Mon nom de famille signifie « trou-dans-le-ciel » ou « trou-dans-le-jour ».

— C'est très poétique, dit Liumei.

— Merci, répondit Bugz, qui, ne sachant où regarder, posa les yeux sur son téléphone. C'était le nom d'un grand chef, à une certaine époque. Notre arrière-arrière-arrière-arrière-grand-père. C'est pour ça que notre famille porte le nom de « Holiday ». Quand les agents du gouvernement ont enregistré son identité, ils n'arrivaient pas à prononcer son nom anishinaabe, alors il leur a donné l'équivalent en anglais, « Hole-in-the-day », et eux ont simplement écrit « Holiday ». Mes parents ont voulu honorer sa mémoire en me baptisant de la version féminine de son prénom.

— Impressionnant ! Alors la syllabe qui se prononce « Bug », elle veut dire quoi ? demanda Liumei.

— Rien, dit Bugz, même si elle savait qu'elle devrait se livrer davantage. Ça n'a pas un sens en soi ; c'est juste une partie du mot qui décrit « quelque chose avec une percée ou un trou dedans ». Et ensuite, il y a *giizhig*, qui veut dire « ciel » ou « jour », ou « cèdre » dans notre langue. Le cèdre est sacré et est associé au ciel, expliqua Bugz avec un regard qui allait rapidement d'un point à l'autre de la table. Et le ciel, ça représente le jour.

Pensive, Liumei faisait oui de la tête.

— Je ne sais pas à quel point Feng a été précis quant à la raison de notre invitation à souper, mais c'est le Festival des bateaux-dragons en ce moment. Et c'est généralement un très grand événement chez nous. Alors nous avions envie de partager un peu de notre culture avec toi, et avec d'autres personnes d'ici, pour vous remercier d'être si accueillants.

Liumei tourna le regard vers Feng, qui fixait ses jambes, puis elle continua :

— En tout cas, ça nous semblait un assez bon prétexte pour t'inviter à manger, dit-elle en portant son regard sur l'un et l'autre des deux adolescents. Feng, as-tu envie de dire quelque chose avant que nous mangions ?

— Bien sûr.

Feng ne faisait que regarder ses jambes. Il était nerveux. Après un bref moment, il reprit la parole :

— Je repensais à notre aventure d'hier dans le Floraverse, et ça m'a rappelé une partie d'un poème écrit par Qu Yuan, que j'ai étudié à l'école. C'est un poète qui avait une relation avec ce festival en particulier.

Il s'éclaircit la gorge.

— *J'étais parvenu aux sommités lumineuses et rayonnantes du ciel souverain. Tout à coup, jetant les yeux de côté, mes regards sont tombés sur mon antique pays*[7].

Là-dessus, le jeune homme rougit, et ses yeux retournèrent se poser sur son giron. Bugz comprenait bien à quel point ce que venait de faire Feng était significatif pour lui. Avant qu'elle n'ait la chance de parler, c'est Liumei qui le fit en remerciant son neveu, puis tous entamèrent leur repas.

— Boulettes de poisson, raviolis au porc, *zongzi*... fit Liumei en désignant les différents

7. Extrait du *Lí Sāo* (titre signifiant « Tristesse de séparation »), poème de Qu Yuan (340-278 avant notre ère) traduit par M. J. L. Hervey-Saint-Denys (Paris, Maisonneuve, 1870). (Note de la traductrice)

plats au bénéfice de Bugz. Ça, c'est du poulet frit, ajouta-t-elle avec un clin d'œil.

Bugz sourit en opinant de la tête.

— Et ça, je sais ce que c'est, dit-elle en piquant de sa fourchette un morceau de porc à la sauce aigre-douce. On en trouve au centre commercial.

Feng et Liumei eurent un éclat de rire, puis un silence empreint de nervosité s'installa dans la pièce. D'une certaine manière, la présence d'un témoin dans leur relation rendait Bugz et Feng anxieux. Bugz avait l'impression que Liumei savait tout de ce qu'elle et Feng s'étaient confié.

— Feng m'a dit que tu lui enseignes beaucoup de choses au sujet de la culture anishinaabe, dit Liumei entre deux bouchées. Et que tu en fais beaucoup pour ta culture dans le Floraverse également. Je trouve ça super.

— Merci.

— Hé, Bugz m'a invité à un *sweat* chez elle, ce soir. Ça te va si j'y vais ? demanda Feng.

— Une tente de sudation, tu veux dire ? Un *sweat lodge* ? Bien sûr, répondit Liumei.

Bugz prit le pouls de la situation, puis offrit :

— Tu veux venir ?

— Ouaouh, peut-être… Si tu m'invites par simple politesse, je comprendrais ; j'ai du travail à faire. De la paperasse.

Liumei sourit. Aux yeux de Bugz, c'était un sourire un peu forcé. Elle se dit que Liumei était sans doute un peu gênée de jouer la cinquième roue du carrosse. Bugz voulut interroger Feng du regard, mais il ne faisait que plisser le front.

— D'accord, je comprends. Je voulais surtout être polie.

Bugz n'avait aucune idée de ce qui l'avait poussée à retirer son offre, ou de ce qui lui donnait un sentiment de rejet. Elle eut une petite crampe au ventre.

Ils continuèrent d'alimenter cette conversation qui manquait de naturel jusqu'à ce que toutes les assiettes soient vides et les convives, rassasiés. Puis on défit la table et chacun se retira derrière son téléphone. Bugz et Feng plongèrent dans le Floraverse, échangeant à l'occasion un regard ou un commentaire, tandis que Liumei passait en revue ses notes médicales.

On frappa à la porte, ce qui les tira tous trois hors de leur torpeur. Bugz se précipita pour voir qui était là.

— C'est mon père. Il est venu nous chercher.

Bugz tourna la poignée de la porte et Liumei tassa les chaussures qui traînaient sur le palier.

— Salut, Buggie ! dit Frank en serrant sa fille tout contre lui. Prêts à suer ?

— Bonsoir, Frank, dit Liumei.

— Bonsoir, docteure Turukun.

— Je vous en prie, appelez-moi Liumei.

— Très bien. Bonsoir, Liumei. Alors, ils se sont bien comportés ? Ils ne se sont pas trop empiffrés ?

Bugz lança à son père un regard agacé.

— Non, c'était super. Ils m'ont même fait un bout de conversation avant de disparaître derrière leur téléphone.

— Toi aussi, tu regardais ton téléphone, rétorqua Bugz, sur la défensive.

— Allons, Buggie, fit son père en lui donnant un petit coup de coude. Ouais, je sais comment peuvent être les ados. Dans mon temps aussi, on avait des téléphones. J'imagine que nous avons à peu près le même âge ? s'enquit-il avant de sourire du fait que Liumei hochait la tête affirmativement. Mais ça n'avait rien à voir avec ce que c'est de nos jours. Même à l'apogée d'Instagram et de Snapchat, nous n'étions pas constamment à regarder nos écrans comme eux le font. De vrais zombies.

— Eh bien, sache que ce qui se passe dans le Floraverse est important pour moi, dit Bugz.

— Mais est-ce que le monde numérique est aussi important que le monde réel ? voulut savoir Liumei.

— Ce qui se joue en ligne est plus important pour moi que ce qui se déroule ici, répondit Bugz d'un ton sérieux.

— C'est dommage, ça. Tu passes à côté de quelque chose, dit Frank, creusant d'autant plus le fossé intergénérationnel.

— Feng et moi avons discuté tout récemment de l'époque des médias sociaux et de combien ça avait détraqué le cerveau de tout le monde pendant au moins une décennie, dit Liumei.

— Ça et la distanciation sociale. Aucun de ces jeunes-là n'a grandi en jouant avec d'autres, comme nous l'avons fait, ajouta Frank.

— Tu te trompes ; nous avons fait tout ça, nous aussi. La différence, c'est que vous, vous vous êtes perdus dans Internet, dit Bugz presque en se plaignant. Pour nous, le jeu en ligne, c'est ce qui nous a permis de nous trouver.

— Nous n'étions pas si différents, Buggie, coupa Frank. Mon compte Instagram était génial, à l'époque. J'étais pratiquement un influenceur !

Bugz grimaça exagérément.

— C'est l'heure d'y aller ? demanda Feng, mettant fin à l'échange.

— Ouais, nous ferions mieux de nous y mettre, dit Frank. Waawaate dit que les pierres sont déjà rouges. Vous voulez venir aussi ? demanda-t-il à Liumei. Ça serait une bonne occasion de rencontrer d'autres personnes de la communauté.

Bugz remarqua que toute l'anxiété dont avait fait preuve Liumei en début de soirée s'était évaporée. Liumei pencha la tête, puis :

— C'est d'accord… j'emporte quoi ?

— Eh bien, des fruits en conserve, peut-être, pour faire une offrande. Bugz peut vous aider avec le reste, suggéra Frank.

— Les restes de notre repas, ça fera l'affaire ?

— Bien sûr. Buggie, tu veux lui montrer quelle tenue porter ? Nous allons vous attendre dans le camion, dit Frank en faisant un signe de tête à Feng. Faites vite, si vous pouvez, ajouta-t-il en souriant. Et je vais m'efforcer de ne pas être trop dur avec lui !

Bugz émit un soupir et suivit Liumei dans sa chambre.

— Alors, qu'est-ce que tu me recommandes ? dit Liumei en guidant Bugz vers un placard plein à craquer, surtout de vêtements sport et d'habits professionnels.

— Il te faut une serviette et une robe un peu longue. Genre coton.

— Je ne suis pas très robe, avoua Liumei, mal à l'aise.

Puis elle attrapa une robe de coton, dont la longueur n'était pas exactement ce qu'il fallait, mais passable, avant de demander :

— Ça fera l'affaire ?

— Bien sûr, dit Bugz.

Sans savoir pourquoi, elle était jalouse de Liumei maintenant que son père lui avait montré suffisamment d'intérêt pour l'inviter à la sudation. Bugz était même étonnée de son degré d'agacement. Réprimant ces sentiments, elle dit simplement :

— Hem, Liumei ?

— Oui, ma chère ?

— Aurais-tu un tampon ?

30

Par-dessus la *star blanket*[8] qui lui couvrait tout le corps jusqu'au-dessous des yeux, Bugz observait le groupe d'Anishinaabeg réunis dehors à côté du petit dôme en toile. Les gens se saluaient et souriaient en silence, impatients, dans l'anticipation du moment où ils pourraient entrer dans la tente de sudation. Le motif créé par l'intersection des huit troncs verts de jeunes saules, que l'on avait courbés pour former la structure en dôme, était censé représenter, sous les épaisseurs de toile, une carte du ciel nocturne tel un miroir. Bugz émit un soupir tandis que son père entrait à quatre pattes

---

8. Courtepointe arborant un motif coloré de forme étoilée qu'on retrouve souvent lors des cérémonies. (Note de la traductrice)

dans la tente, réplique de l'univers en miniature. Elle l'entendit en sourdine dire aux autres de pénétrer sous le dôme.

Bugz regardait Feng. Il se tenait debout derrière la file des femmes, qui une à une s'accroupissaient pour entrer dans la loge. Bugz ne l'avait jamais vu torse nu auparavant. Il pencha la tête en avant et passa sa serviette autour de son cou. Il était mince, mais pas rachitique. Elle secoua la tête et détourna le regard. Feng et les autres hommes entrèrent sous le dôme. « Les dames d'abord. » Les pensées de Bugz frisaient le sarcasme. Waawaate passa devant elle, mais elle ne bougea pas. Plutôt que d'aller rejoindre la file des femmes, elle resta plantée à une dizaine de pas de l'entrée de la tente. Elle serrait contre elle sa couverture, sentant l'air frais du soir. Waawaate se tenait accroupi près de l'entrée, écoutant les directives de son père.

— C'est bon, mon fils, emmène-les ! grommela Frank à l'adresse de Waawaate. Sept pierres !

Waawaate hocha la tête et se leva lentement. Bugz avait perçu son gémissement quand il avait redressé les jambes. Il secoua un pied, marqua une pause, puis fit quelques pas en boitant tel un chien avec des épines de porc-épic logées dans la patte. Il alla empoigner la fourche avec laquelle il s'apprêtait à porter les pierres chaudes; là, sa démarche était redevenue normale. Il sépara les bûches rougeoyantes dans le trou creusé à moins de deux mètres de la loge et il y plongea la fourche. Du fond du brasier ardent, il souleva une grande pierre rendue rouge orangé sous l'effet de la chaleur. On vit une flamme bleu et blanc onduler à sa surface. Bugz regarda disparaître cette flamme tandis que Waawaate portait la pierre sur la fourche en direction de l'ouverture du dôme, par où il la glissa pour la déposer dans l'espace central en creux.

— *Aho, Nimishomis!* fit la voix de Frank et, en écho, les voix d'autres hommes qui exprimaient ainsi leur reconnaissance envers les pierres, ces « grands-pères » qui les rejoignaient dans la tente.

— *Aho, Nokomis!* entonna Summer ainsi que d'autres femmes en reconnaissance pour cette pierre, qui était aussi leur « grand-mère ».

Bugz boudait. Elle s'assit dans une chaise de camping en laissant échapper un long soupir, toujours emmitouflée dans sa courtepointe. Elle allait devoir patienter ici pendant toute la cérémonie. Dehors. Exclue. La culture anishinaabe, comme toutes les autres cultures autochtones qu'elle connaissait, interdisait aux femmes de prendre part aux cérémonies pendant leurs menstruations. Bugz n'en revenait toujours pas : cette règle stupide l'empêchait de se joindre à ses amis et à sa famille.

La cérémonie était censée porter sur la guérison, la vie, l'interconnectivité de tous les êtres. Tout est lié. Sauf elle, apparemment. Elle et toutes celles se trouvant « à avoir leurs lunes ». Et pourtant Feng, qui ne savait absolument rien des rites anishinaabeg, avait le droit de s'asseoir à l'intérieur, en plein centre de la première rangée, juste parce qu'il était de sexe masculin. Bugz ressassait cet affront. « Maudite superstition. » Plus ça allait, plus elle était frustrée. Elle secouait la tête à l'idée que ceux qui dispensaient les enseignements spirituels – y compris des femmes, des Aînées, dont sa propre mère – insistaient pour perpétuer cette tradition. Évidemment, elles se donnaient des airs progressistes, arguant que les femmes au moment de leurs menstruations disposaient d'un trop grand pouvoir, que leur connexion avec la force capable de donner la vie devenait si étroite en elles durant cette période qu'il serait dangereux de les laisser participer, que leur présence corporelle viendrait étourdir les hommes-médecine chargés des cérémonies. « C'est clair que le corps des femmes recèle un pouvoir bien trop impressionnant », se dit Bugz. Mais elle savait que ça n'avait rien à voir avec de la magie – c'était purement de la peur. On faisait tout bonnement des règles que les femmes devaient suivre, comme on l'avait toujours fait. Selon elle, c'était carrément arriéré et très condescendant : fais ceci, ne fais pas cela.

Elle fulminait. Le feu cracha un ruban d'étincelles sous le roulement d'une bûche que Waawaate avait retournée pour aller prendre, au centre du brasier, une autre pierre rougie de chaleur. Ce fut comme si la fourche tirait sur la colère de Bugz pour la dérouler et la mettre en évidence hors de son corps. Sa hargne chauffait aussi intensément que les pierres soulevées par la fourche. Tout la rendait furieuse. Elle vit, par la porte de la tente de sudation, combien Liumei se tenait droite et semblait concentrée. Bugz leva les yeux au ciel, pensant : « Est-ce qu'elle se croit dans un studio de yoga ? Bon sang, pourvu qu'elle ne se mette pas à dire des "om"... » À gauche de Liumei, il y avait la femme qui, plus tôt dans la soirée, avait rappelé haut et fort à toutes les autres femmes qu'elles ne devaient pas entrer dans la loge si elles étaient menstruées. Des femmes comme elle, il y en avait toujours pour tenter de se mettre en valeur par leur soi-disant fierté autochtone et leur connaissance de la culture – et tout spécialement leur connaissance des nombreux protocoles qui visaient à maintenir les femmes « à leur place ». Cette femme avait l'air de croire que plus elle se montrait stricte à l'égard de ses consœurs, plus elle exhibait ses vertus, et donc, plus elle se rapprochait du Créateur. « Traîtresse », songeait Bugz. À gauche de la « traîtresse », il y avait la mère de Bugz. Bugz détourna vite les yeux pour regarder de nouveau le feu. Elle en voulait énormément à sa mère. Comment sa mère – nulle autre que la première femme cheffe de clan depuis le début des temps modernes! – pouvait-elle donner crédit à une coutume aussi rétrograde en ce qui concernait le corps de la femme et ce qu'il produit tous les mois?

Bugz repensa à une autre nuit comme celle-ci, des années auparavant, qu'elle avait passée à écouter siffler et crépiter les flammes en cet endroit précis. Elle n'était alors qu'une petite fille. Sa mère l'avait assise sur ses cuisses, et toutes deux s'étaient emmitouflées dans cette même courtepointe que Bugz serrait aujourd'hui autour d'elle. Blottie contre Summer sous le ciel étoilé, les météorites et les aurores boréales, Bugz l'avait écoutée lui parler de ce que signifiait le *sweat lodge*. Le creux où l'on déposait les pierres chaudes au centre de la tente représentait l'utérus de la Terre mère. «Ceux qui y entrent vivent une nouvelle naissance et ils en ressortent en rampant comme des nouveau-nés, par cette porte symbolique», avait expliqué Summer.

Le fait de se remémorer ce moment mère-fille fit prendre connaissance à Bugz, pour la toute première fois, que sa mère avait dû rester en dehors de la loge cette fois-là à l'occasion de ses menstruations. Bugz fronça les sourcils. Ce souvenir d'enfance si cher à son cœur n'avait été rendu possible qu'en vertu d'un ostracisme qu'elles partageaient désormais. On continuait de les maintenir à quelques mètres des rassemblements sacrés, et Bugz se demanda quel genre de tradition elle souhaitait transmettre à l'avenir. Celle de la cérémonie de sudation ? Elle n'avait pas tellement d'affinité avec cette pratique, à bien y penser. Peut-être qu'elle avait au contraire contribué à promouvoir le confinement des femmes en marge de la vie spirituelle. Elle secoua la tête à l'idée de toutes ces femmes qui ne pouvaient récolter les bienfaits d'une renaissance symbolique par les cycles matriciels sacrés de la Terre, et ce, à cause de leur propre cycle de renouvellement utérin, au sens littéral, physique et biologique.

— Complètement stupide ! dit Bugz à haute voix.

— Oui, c'est bien ce que tu es, petite sœur ! Mais moi, je suis quoi ? blagua Waawaate.

Il avait surpris Bugz en train de se parler à elle-même. Il sourit en plantant sa fourche dans le sol, puis entra dans la tente. Il referma derrière lui les pans de toile qui en bouchaient l'ouverture, plongeant à l'intérieur de la loge dans l'obscurité et abandonnant Bugz à ses pensées, seule dehors.

31

Bugz avait le regard rivé sur les flammes. Le feu inspirait et expirait en synchronie avec le vent. Elle songea à l'époque d'avant le big bang. Quelques respirations plus tard, elle entendit en sourdine la voix de son père qui prononçait une prière en anishinaabe dans la loge. Bugz s'imagina à l'intérieur avec les autres. Elle visualisa la silhouette des pierres dans le creux au sol, tracées dans le noir par une incandescence translucide ; elle pouvait pratiquement en ressentir la chaleur ainsi que les perles de sueur coulant sur son visage. De tout son cœur, Bugz souhaitait y être. Elle s'avachit encore plus bas sur sa chaise jusqu'à n'être plus qu'une paire d'yeux par-dessus sa courtepointe, le reste de sa personne disparaissant dans l'étendue de ce vieux tissu comme dans un univers à part. Après un dernier changement de position, Bugz écouta les autres participants prier tour à tour. Au bout d'un moment, les prières firent place à des chants traditionnels, et elle se mit à fredonner. Elle en connaissait toutes les paroles et toutes les mélodies. Elle les connaissait mieux que la plupart des hommes présents pour la cérémonie. Malgré cela, jamais on ne leur demandait de s'abstenir d'y participer.

Bugz savait que la cérémonie n'allait pas prendre fin avant un bon moment. On ferait en tout quatre rondes, et la première ronde commençait à peine. Bugz pensait au festin qui attendait tout le monde après la sudation. Tous les participants avaient emporté de quoi manger ensemble. Ses parents, elle en était certaine, tenaient pour acquis qu'elle allait tout préparer. « Laissez tout dehors avec Bugz et elle s'occupera du festin ! » Ils s'attendaient toujours à ce que les femmes assument ce genre de préparatifs. Peut-être que c'est pour cela que certaines s'asseyaient toujours en dehors de la loge. « Travail non rémunéré. » L'espace d'une seconde, elle se dit qu'elle pourrait commencer à couper les fruits et le pain frit. Mais au lieu de cela, elle prit son téléphone et s'enfonça bien douillettement au creux de sa chaise de camping.

Tandis que Bugz regardait le rectangle lumineux qui était sa fenêtre sur le Floraverse, elle prit graduellement conscience du silence qui régnait soudain dans la loge. Elle n'entendait personne prier. Ni chanter. Un truc bizarre était en train de se passer dans la tente de sudation. Elle posa son téléphone un instant et tendit l'oreille. Rien. Elle retint son souffle pour se concentrer encore plus fort. Enfin, Bugz perçut un gémissement. On aurait dit un animal : c'était le son d'un jeune homme qui tentait de ravaler ses sanglots. Feng. Ce devait être son tour de dire une prière, et voilà qu'il était sans mots. Elle avait déjà été témoin de ce type de situation. Ceux ou celles qui avaient trop refoulé leurs émotions et les sentaient subitement remonter lors d'une cérémonie avaient tendance à se figer. C'est bien ce qui la fâchait dans le fait d'être exclue de la sudation : ça avait un pouvoir indéniable. Elle avait tellement envie d'y être. Bugz résolut alors de faire une chose, une fois adulte, quand elle serait chargée de diriger des cérémonies : elle saurait séparer la tradition de la superstition, distinguerait ce qui garantissait la pureté du rituel et ce qui constituait une erreur des participants. *Si* elle finissait par diriger des cérémonies… Peut-être que ses menstruations ne s'arrêteraient jamais et qu'elle ne s'assoirait plus dans une tente de sudation de toute sa vie !

Dans la loge, les pleurs sonnaient plus fort. Bugz tenta d'imaginer ce qui pouvait pousser Feng à fondre en larmes : le fait d'avoir dû quitter son pays, le racisme qu'on lui avait fait subir à l'école, ses parents. Elle se demanda s'il pensait à elle. Elle l'entendit pleurer de plus en plus fort.

32

— Je n'ai pas envie de parler, dit Feng avec des trémolos dans la voix.

Il suffoquait presque sous la chaleur et l'humidité du *sweat lodge*. Son cœur était en miettes. Ses pensées tourbillonnaient à 100 milles à l'heure. Autour de lui, dans la tente, il ne voyait rien que du noir, mais avait l'impression que tout le monde le regardait. Pire, les participants étaient probablement occupés à le juger d'avoir pleuré ainsi !

— C'est bon, ça va aller, dit Frank.

Même avec sa compréhension limitée de l'anglais, Feng sentait combien le père de Bugz faisait de son mieux pour le rassurer.

— Laisse tout sortir, ajouta-t-il avant de marquer une pause, puis il récita une prière anishinaabe. *Aho! Baakinan!* cria-t-il pour conclure.

Les bras de Frank et de Waawaate émergèrent de sous les pans de toile et les repoussèrent afin d'ouvrir la porte. Le feu éclaira alors une partie de l'intérieur de la loge, en même temps que des volutes de vapeur furent aspirées par cette même porte vers la nuit d'été toute fraîche. Dans l'âtre, les pierres sifflaient fort. On continua de se taire pendant un long moment.

— Comment ça va, Feng? interrogea Frank.

— Ça va, murmura Feng juste assez fort pour qu'on l'entende par-dessus le son des pierres qui se refroidissaient.

— Tu vois, parfois, quand on vit un passage difficile en cérémonie, c'est parce qu'il se passe des choses dans notre vie que nous devons accepter de voir, commença le père de Bugz tandis que Liumei opinait de la tête. Aucun de nous n'est ici pour te juger.

C'est Liumei qui interpréta les mots de Frank en mandarin pour son neveu, qui était sans téléphone pour faire la traduction automatisée.

— Veux-tu en parler ? demanda Summer.

Feng se tut si longtemps qu'il vit défiler derrière ses yeux clos un torrent d'images en vrac : le Xinjiang, ses parents, la mosquée de son enfance, le pensionnat, le directeur, Liumei plus jeune et en larmes, Bugz, Mishi-pizhiw, le nid d'oiseau-tonnerre, la cérémonie où il se trouvait actuellement. Il s'éclaircit la voix avant de commencer à parler, en mandarin. Liumei l'écouta en faisant oui de la tête, puis traduisit pour les autres :

— Je pense qu'il se sent perdu. Pris entre différentes choses… comme… des mondes différents. En Chine, à un moment donné, il croyait avoir les choses bien en main. Ensuite, il s'est retrouvé ici…

Les pensées de Feng allaient du Floraverse au monde réel, à ses frères d'armes au sein du SANS:Clan. Il pensa à Bugz et à lui-même, une jeune femme, un jeune homme. « Des mondes différents, c'est certain. Moi, je suis ici et toi, tu es à l'extérieur de la loge. »

Liumei lui posa plusieurs questions en mandarin. On voyait qu'elle avait à cœur d'aider Feng à verbaliser ses émotions pour que les autres les entendent.

Par nervosité, Feng se hâta – peut-être un peu trop, d'ailleurs – de répondre. Il avait dans son champ de vision Bugz, toujours assise au bord du feu. Il était conscient qu'avec l'obscurité de la loge, elle ne pourrait pas échanger de regard avec lui, mais il sentait néanmoins qu'elle le voyait. Qu'elle percevait son malaise et son anxiété à donner une réponse sous pression. Liumei parla pour lui :

— Depuis son arrivée ici, il a le pressentiment que notre culture familiale ne lui a pas livré tous ses secrets. Il se sent appelé par cette même culture.

Feng regardait Bugz par l'entrée de la tente. Dans l'éclairage vacillant des flammes, il admirait sa beauté. Dans le passé, il s'était dit que son peuple, en somme, était arriéré, anachronique. Mais voici qu'une personne vivant ici dans la communauté lui montrait qu'on pouvait avoir un héritage autochtone similaire au sien et ne pas en avoir honte du tout. Au contraire, elle arborait sa culture comme un insigne d'honneur et elle en avait même fait une marque de distinction qui lui valait de l'admiration dans le monde entier. Il réfléchissait à tout cela tandis que Frank, Summer et Liumei échangeaient des regards.

Feng fixait en silence les pierres devant lui. Il se souvint d'une fois où le directeur du pensionnat l'avait fait asseoir dans son bureau pour lui annoncer qu'il ne retournerait plus chez lui.

La mère de Bugz se mit à parler.

— Tu as un pied dans un monde, Feng, et un pied dans l'autre. Nos ancêtres nous ont partagé cet enseignement il y a très longtemps. C'est possible de marcher dans les deux mondes à la fois. D'avoir un pied dans le monde d'aujourd'hui et l'autre dans le monde traditionnel. C'est ce que j'explique aux jeunes de notre communauté. Il faut pouvoir s'appuyer sur la tradition pour comprendre qui nous sommes, et sur la réalité d'aujourd'hui pour nous mêler à ce monde et en faire pleinement partie. Je ne suis pas à ta place, mais je devine que c'est un peu ça que tu vis. Tu marches à cheval entre ta culture et la culture de masse. Est-ce que ça a du sens pour toi, ce que je te dis?

Feng écoutait la traduction qu'offrait Liumei.

— Frank, raconte-lui la symbolique du calumet et de ses parties, dit Summer.

— D'accord, fit le paternel en ajustant sa position assise. Le calumet nous a été donné par le Créateur comme un outil de prière. La partie ronde, le fourneau, représente les femmes, la terre, et le tuyau représente les hommes, l'arbre qui pousse sur la terre. Mais quand on les assemble, comme nous le faisons dans les cérémonies de tabac, elles forment une nouvelle entité, qui est plus puissante que chacune des parties séparément, expliqua Frank avant de marquer une pause pour donner du poids à ses paroles. Une fois, une Aînée m'a dit que le calumet était à l'image de ce que nous devons être, nous, les humains. « Fais comme le calumet. Prends le monde moderne et accorde-le avec le monde traditionnel : ça fera quelque chose d'encore plus fort pour te guider dans la vie. » C'est ce qu'elle m'a dit, et c'est ce que tu dois mettre en pratique, toi aussi.

— C'est très beau, dit Liumei depuis l'autre côté de la loge, avant de se retourner vers Feng pour traduire ces derniers propos.

La mère de Bugz avait été très attentive à Liumei. Elle se plaça de manière à s'adresser directement à Feng :

— Ce n'est pas seulement une affaire de partie mâle et de partie femelle. Ça nous montre qu'il y a deux modes de vie, deux façons d'être. Peu importe ce qu'ils sont pour toi. Tu dois les accorder l'un à l'autre pour qu'une nouvelle réalité apparaisse et que ça te donne de la force. Il n'y a pas si longtemps, on entendait tout le temps parler de réconciliation. Eh bien, voilà ce que ça veut vraiment dire : c'est le fait de concilier différentes réalités pour créer quelque chose de meilleur.

Dans la tente, tout le monde attendait que Feng donne une réponse à ce que Liumei venait de traduire. Cette attente était palpable. Donc même si plusieurs questions s'enchevêtraient dans son esprit – « Comment réconcilier mon désir de vivre ma vie comme je l'entends, avec le pouvoir terrible du Parti ? Comment remplir le vide qu'ont laissé mes parents dans mon cœur ? » –, il choisit de dire ce que ces gens avaient envie de l'entendre dire.

— Oui, ça a du sens.

À ce moment-là, chacun approuva d'un signe de la tête et se félicita intérieurement d'avoir donné un fier coup de main à Feng dans son entreprise colossale, qui consistait à jeter des ponts entre les modes de vie chinois, ouïghour, occidental et anishinaabe. Sauf que les pensées de Feng tournaient de nouveau autour d'un sujet encore plus intime. « Maman et papa. »

Summer hocha la tête.

— Tiens, dit-elle en retirant son collier où pendait le petit sifflet en os d'aigle, qu'elle lui fit passer en le soulevant au-dessus des pierres. Je t'en fais cadeau, expliqua-t-elle, pour qu'il te protège durant ce passage difficile. C'est un sifflet d'aigle.

Frank le prit des mains de Summer, puis le passa à Waawaate, et ainsi de suite jusqu'à ce qu'il parvienne aux mains de Feng.

— Porte-le en pendentif, si tu veux, dit la mère de Bugz avec le même geste que pour une médaille décernée à un champion olympique. D'habitude, il faut mériter ce sifflet, comme après un acte de bravoure ou une danse du Soleil, qui est notre plus puissante cérémonie de guérison. Mais je te le donne à toi, ce soir, conclut-elle en souriant, parce qu'il t'a fallu être brave pour laisser voir tes émotions comme tu l'as fait.

De nouveau, le père de Bugz parla :

— Je vais faire un chant. Toi, donne quatre coups de sifflet, et ensuite je vais commencer à chanter.

Liumei traduisit.

Feng souffla doucement dans le petit bout d'os jaune et translucide, laissant s'échapper un son léger, aérien. Waawaate lui donna un petit coup de coude amical en lui chuchotant de souffler plus fort. Feng serra les lèvres sur l'os taillé et vida d'un coup ses poumons. Le ton changea : au lieu d'un son de flûte, la note était aiguë et perçante comme le cri d'un aigle en plein vol. Trois fois de plus et :

— *Aho!* s'exclamèrent les autres sous la tente. Frank entonna un chant auquel se joignirent tous les Anishinaabeg présents, ponctuant cette magnifique mélodie traditionnelle.

33

Même si tous ceux et celles assis dans la tente de sudation sentaient leur cœur s'emplir de chaleur et de sérénité, Bugz, elle, avait froid. Et ce n'était pas seulement parce qu'elle était assise dehors. Elle ne chantait pas les chants cérémoniaux qu'elle connaissait pourtant si bien. Elle se terrait, s'enterrait sous sa courtepointe. « Suffit qu'un gars pleure un peu pour qu'on le traite en héros. »

Sa jalousie remuait Bugz de l'intérieur. L'enjeu, ici, c'était bien plus qu'un sifflet d'aigle – bien qu'il s'agisse d'un objet superbe et qu'elle le convoitait depuis très, très longtemps. Bugz se demandait comment Feng en était venu à mériter cette attention de ses parents à elle. « C'est parce que c'est un garçon ! » L'envie la rendait aveugle à la souffrance dudit garçon. Être ostracisée comme elle l'était justifiait peut-être de tels sentiments.

Elle refusa de tourner les yeux vers la porte de la loge encore ouverte. Elle se mit plutôt à compiler dans sa tête une liste de plus en plus longue de toutes les fois où ses parents avaient négligé de voir *sa* souffrance à elle. Ou le succès avec lequel elle avait redonné vie à leur culture. « Pourquoi ils ne me tailleraient pas un sifflet dans un os d'aigle, à moi ? » C'est alors qu'elle regarda Feng, qui, en cet instant précis, avait une larme qui lui roulait le long d'une joue tandis que tous les autres chantaient. « Chanceux. »

Bugz se demandait bien pourquoi on ne lui avait jamais adressé, à elle, ce discours motivant sur « les deux mondes ». C'est elle qui, après tout, devait tenter de retrouver pied : à force de basculer entre le réel et le virtuel, entre la haine de soi et la fierté, elle ne savait plus sur quel pied danser. Grosse. Mince. Talentueuse. Chanceuse. Virtuelle. Réelle. À la fin du chant, tous les participants lancèrent des cris de célébration.

« Pour les hommes, il s'agit simplement d'être présent et on leur donne tout cuit dans le bec, tout le savoir des cultures du monde entier. Moi, en tant que femme, j'ai beau rebâtir notre civilisation de A à Z, c'est à peine si mon peuple s'en rend compte. » Bugz lorgna de nouveau vers la tente en espérant que ses parents verraient le regard sévère qu'elle leur lançait. Mais ils ne le virent pas.

— Bon. Mieux vaut refermer cette porte avant qu'il fasse trop froid ici dedans, dit Frank. Waawaate, tu t'occupes de la porte ?

De là où Bugz était assise, on aurait presque cru que les paroles du père avaient fusillé son frère sur place. Dès que Frank eut fini de parler, Waawaate s'écroula à côté de lui.

34

Waawaate était affalé de tout son long, le haut du corps dépassant de la tente sous l'éclairage du feu faiblissant. Il avait tourné la tête comme pour demander de l'aide. Bugz était figée. Tout ce qu'elle sut faire, ce fut de fixer son regard dans les yeux de son frère. On aurait dit qu'il voyait à travers elle, scrutant déjà l'au-delà. Elle avait envie de lui tendre la main, de lui venir en aide, mais la compréhension soudaine que son grand frère était mortel la rivait à sa chaise.

— Mon fils ?

— Est-ce qu'il va bien ?

— Qu'est-ce qui se passe ?

Liumei sentit en elle s'activer son bagage de médecin et elle se faufila en rampant entre les questions et les vains propos. D'une main, elle vint prendre le pouls de Waawaate et put rapidement confirmer qu'il respirait.

Alors que Bugz restait figée de peur, ses parents prirent la parole.

— Laissez-le tranquille, dit la mère de Bugz.

— Oui, Liumei, reculez ! dit son père d'un ton cassant.

Puis sa voix se radoucit :

— Quand quelqu'un perd connaissance comme ça en cérémonie, il faut le laisser faire. Il est peut-être en train d'avoir une vision.

Bugz lisait les protestations de Liumei sur son visage, mais celle-ci céda aux injonctions après avoir vu l'expression peu empressée de Summer et de Frank.

— OK... soupira-t-elle. Il respire encore. Je suppose qu'il n'est pas diabétique. Il me paraît assez athlétique. Est-ce qu'il est épileptique ?

Ses parents secouèrent la tête.

— Il a une vision, répéta Frank.

Le souci que se faisait Bugz pour son frère se transforma en colère contre ses parents, qui ne faisaient rien pour le secourir. Elle était prise de panique, de voir celui qu'elle avait toujours cru invincible paraître si vulnérable en cet instant. « Ce n'est pas une vision qu'il a, c'est de la douleur ! » Et intérieurement, elle ajouta ce moment à sa liste de griefs.

Feng se mit à parler. Sans trop comprendre ce qu'il disait, Bugz observait l'effet qu'avaient ses mots sur sa tante. Liumei se rassit très droite, prenant une distance bien marquée de Waawaate.

Bugz aurait voulu que Feng dise encore quelque chose, n'importe quoi. Elle voulait que la docteure ausculte son grand frère, pour trouver de quoi il souffrait, et qu'elle le guérisse. Elle aurait voulu que Liumei ne se plie pas à ce que tout le monde disait, au nom de la supposée tradition. « Mon frère est en train de mourir ! Aidez-le ! » aurait-elle voulu hurler.

Bugz jeta sa courtepointe et se précipita au côté de son frère, qui gisait encore en travers de l'entrée du *sweat lodge*. Comme elle s'agenouillait, les autres commencèrent à la réprimander.

— Bugz, tu n'as pas la permission d'entrer en ce moment, fit la voix de sa mère.

— Tu ne peux pas venir dans la loge pendant tes lunes ; ce n'est pas correct ! dit la « traîtresse ».

Bugz dut sérieusement réprimer son envie de crier. Elle en avait assez entendu pour ce soir, spécialement de la bouche de cette femme. Même elle, forcément, devait bien voir que le moment était mal choisi de lui faire la morale.

— Elle a ses règles ? Elle veut donc nous rendre tous malades ! s'exclama un des hommes.

Bugz prit la tête de son frère dans le creux de sa main. Quand elle dégagea une mèche de cheveux de son visage, elle lui trouva le front beaucoup trop froid. Elle en eut les larmes aux yeux.

— Bugz, arrête, dit son père. Tu sais que tu ne peux pas venir dans la loge, et ça vaut pour l'entrée aussi.

— Ferme ta gueule ! cria Bugz.

— Tu ne t'adresseras pas à ton père de cette façon ! la houspilla sa mère.

La traîtresse décida d'en rajouter :

— C'est un manque de respect envers ton propre corps, d'oser te présenter ici dedans. Ton corps émane trop de pouvoir en ce moment pour que tu viennes aussi près des hommes. Pense un peu à eux. Pense à leur bien-être.

— Non ! fit Bugz à travers ses sanglots. Je ne me soumettrai pas à votre maudit règlement si vous, vous continuez d'ignorer mon frère ! Waawaate est allongé là, sans vie, et tout ce qui vous vient à l'idée, c'est le fait que je suis menstruée !

Elle avait cloué le bec à Summer, à Frank et aux autres. Elle pleurait, tête baissée, ses cheveux couvrant le visage de son frère. Liumei se mordit la lèvre inférieure. Bugz voulut respirer à fond, mais son souffle entrait et sortait par saccades.

Waawaate se mit à remuer et à cligner des yeux. Bugz sentit le corps de son frère revenir à la vie comme s'il était de retour de la Terre promise. Il s'assit et laissa Bugz lui frotter le dos. Embarrassé plus que toute autre chose, Waawaate assura le groupe qu'il n'avait reçu aucune vision. Liumei recommanda qu'on l'emmène à l'hôpital.

— Après le *sweat*, dit Waawaate. Il reste encore trois rondes.

— Es-tu sûr ? demanda Frank.

Waawaate fit oui de la tête.

— Très bien. Laisse-moi au moins porter les pierres, alors.

Frank sortit de la tente en rampant et alla saisir la fourche. C'est à peine s'il regarda Bugz au passage. Elle bouillonnait.

Bugz aida Waawaate à retourner à l'intérieur et s'assit juste à côté de lui. Elle sentait les regards de tous les autres Anishinaabeg présents dans la loge. La traîtresse était bouche bée.

— Je ne sors plus d'ici, avertit Bugz.

Et elle se mit à réciter une prière.

35

Tout au fond du lac des Torches, le Béhémoth mit en joue Mishi-pizhiw avec son viseur. La bête géante dormait d'un profond sommeil, lovée comme un chat sur un divan. Pourtant, le Béhémoth savait qu'il ne servirait à rien de tirer. Tout projectile rebondirait sur le dos de ce démon aquatique et n'aurait pour effet que de le réveiller du mauvais pied. De là, s'il se fiait à la façon dont les derniers raids de SANS:Clan avaient échoué, le Béhémoth était à peu près certain de finir en pâtée pour chats... ou pour léviathan en furie. Il baissa donc son fusil de *sniper*.

Après la dernière bataille, pendant laquelle ils avaient localisé le cercle de pierres, les SANS:Clan avaient encore eu recours au dispositif fiché sous le col de Feng pour recueillir des données cruciales qui leur manquaient jusque-là. Et par-dessus tout, ils pouvaient savoir quand Feng et Bugz ouvraient une session et quand ils laissaient leurs avatars se recharger. À quelques occasions, quand Feng laissa sa versona en mode charge à proximité de Bugz, ils pouvaient également espionner celle-ci et la voir émerger du lac avec de l'équipement ou des animaux. Ils savaient qu'elle fabriquait des êtres et des objets dans ce lac. Ne voulant pas risquer de provoquer une autre bataille, Alpha avait envoyé le Béhémoth en mission solitaire loin derrière les lignes ennemies. Mais à l'heure actuelle, un gigantesque serpent-panthère se trouvait en travers de son chemin, rendant la tâche impossible.

— Je surveille le nid, dit le Béhémoth en s'adressant par le système vocal au quartier général du SANS:Clan. Mais cette énorme panthère d'eau est assise en plein dessus comme un chien de garde ! Il faut la distraire. Autrement, je ne ramènerai rien.

Dans le système vocal, silence radio. Attendant toujours une réponse, le Béhémoth augmenta de 100 % le taux de grossissement de sa visière pour étudier de près le blindage de Mishi-pizhiw, qui était fait de plaques comme une armure corporelle. Le félin changea soudain de position, comme s'il sentait l'attention portée sur lui. Il se retourna pour faire face au Béhémoth. Ses yeux rouges clignèrent deux fois avant qu'il se remette confortablement en boule pour dormir.

Le système vocal reprit vie en crépitant : c'était la voix inimitable d'Alpha.

— C'est bon. Un de nos hélicoptères a effectué sa sortie, il arrivera dans moins d'une minute. Il va ouvrir le feu sur quelques-unes des bêtes à partir d'en haut. Nous espérons que ça provoquera une réaction de l'oiseau-tonnerre et qu'il ira jeter des éclairs au-dessus du lac. Puis, selon son comportement, nous espérons que si quelques éclairs frappent la surface, la panthère s'y précipitera pour attaquer l'oiseau. *Capiche* ?

Le Béhémoth émit un soupir : le ton militaire d'Alpha l'exaspérait par moments. Et dans ces moments-là, le Béhémoth se disait qu'Alpha, au fond, n'était peut-être qu'un poseur. Mais il réprima ce sentiment.

— Ouais… *capiche*.

— Tu te tiens prêt ?

Le Béhémoth grimaça.

— Je me tiens prêt.

Comme prévu, les répercussions des coups de feu secouèrent le lac tout entier. Et en quelques secondes, elles furent suivies du grondement grave de coups de tonnerre, qui prit le dessus. C'est là que Mishi-pizhiw s'alarma et tendit le cou vers la surface. Encore quelques éclairs parmi les salves des hélicos, et Mishi-pizhiw bondit en flèche vers les eaux de surface.

— Bien, ça a fonctionné. Gardez-les occupés aussi longtemps que vous le pouvez, indiqua le Béhémoth par radio.

— On va essayer, mais c'est déjà assez difficile comme ça, répondit Alpha. 10-4 !

Le Béhémoth fit mine d'ignorer cette dernière partie du message. Il nagea en battant des jambes aussi vite que possible en direction du nid. Une fois arrivé à côté, il retira vite le sac à dos de ses épaules et en vida le contenu.

— Comment ça marche, ce maudit portail? demanda le Béhémoth, qui avait oublié que le système vocal était encore allumé.

— Je ne sais pas. Entre dedans et visualise quelque chose de cool, suggéra Alpha.

Le Béhémoth s'avança, hésitant, vers l'intérieur du cercle de pierres. Il s'attendait presque à être électrocuté. Constatant qu'aucun choc ne se produisait, il fit quelques pas plus assurés jusqu'au centre. Il tenait un pistolet qu'il avait l'intention de rendre plus performant par le procédé magique du nid-vortex. Il ferma les yeux. Son front se plissa. Lorsqu'il desserra les paupières, il ne vit rien d'autre que le même pistolet, version non augmentée du tout.

— Il ne se passe rien, affirma-t-il.

— Concentre-toi mieux, dit Alpha dans le système vocal.

— C'est ce que je fais!

— Essaie encore!

— J'essaie, j'essaie!

— Mais tu ne te concentres pas assez fort, visiblement, parce qu…

Le Béhémoth mit le système vocal en sourdine.

Dans la lumière blafarde qui parvenait à filtrer jusqu'à cette profondeur, il tenait le pistolet devant lui – un vieux revolver qu'il avait ramassé au début de sa « carrière » dans le Monde des esprits, obtenu auprès d'un avatar cowboy…

Tout d'un coup, un éclair échappé du combat qui faisait rage au-dessus du lac perça les eaux et vint frapper le revolver. Le Béhémoth vit tout son corps traversé par une onde électrique, qui chargea ensuite les pierres formant le nid autour de lui. Il sentit le pistolet grossir dans sa main. Il l'observa, ébahi, grossir et grossir jusqu'à atteindre la taille d'une vieille arme automatique du 19e siècle : une mitrailleuse Gatling ! Le Béhémoth jeta alors la Gatling hors du nid et entreprit de répéter l'exploit. Tenant dans sa main gauche un deuxième revolver, il prit de sa main droite un canon à énergie et tira directement au milieu du nid. Bientôt, son pistolet commença lui aussi à se multiplier en taille et en puissance. Le Béhémoth reprit le processus autant de fois qu'il le put en dix minutes, produisant tout un tas d'armes version turbo, dont quelques innovations entièrement inédites dans l'histoire du SANS:Clan.

Hé ! Sors de là ! Nos hélicos doivent se retirer au plus vite. Ils se font liquider et craignent que Bugz se pointe d'une minute à l'autre !

Les textos qu'envoyait Alpha animaient l'écran du Béhémoth. Il ralluma le système vocal.

— Salut, chef ! Message reçu. Pas de problème. J'en ai plus qu'il m'en fallait.

Le Béhémoth ramassa son butin et se remit rapidement à la nage vers la rive opposée du lac, théâtre de la bataille.

Quand il refit surface, un hélicoptère SANS:Clan vint le repêcher ainsi que son fardeau à l'aide d'un filet et prit rapidement son envol pour regagner le QG.

— Je suis de retour au bercail ! communiqua le Béhémoth en zieutant les armes gigantesques qu'il avait façonnées pendant ce quart d'heure glorieux. Et je crois qu'on vient de renverser la situation !

36

— Ostéosarcome.

Bugz, sa mère et son père regardaient Liumei fixement. Les sons de la machinerie de l'hôpital, avec tous ses bips et ses ronronnements, marquaient le passage du temps qu'ils prenaient pour encaisser la nouvelle.

— Un ostéosarcome ? demanda la mère de Bugz.

— Un ostéosarcome, répéta Liumei.

Elle portait autour du cou un stéthoscope et son badge. Elle se tourna vers Waawaate, qui dormait dans le lit d'hôpital à côté.

— C'est une forme de tumeur osseuse que l'on trouve parfois chez les enfants.

— Une tumeur ? C'est un cancer, ça ? dit Bugz, dont les yeux s'emplirent de larmes.

Sa mère regarda son père. Celui-ci l'attira à lui. Ils se tenaient ainsi dans une étreinte serrée, en pleurant. C'était tout ce qu'ils semblaient pouvoir faire pour rester debout. Bugz resta assise à regarder ses mains, incrédule.

Elle vit que Liumei luttait pour trouver les mots justes.

— Je ne veux pas dire que nous sommes « chanceux » – le mot serait déplacé… Mais Waawaate a bénéficié du fait que l'oncologue se trouvait justement ici aujourd'hui. D'ordinaire, il vous aurait fallu une référence et vous auriez attendu pas mal plus longtemps avant de recevoir le diagnostic.

— Comment a-t-il développé ça ?

— Difficile à dire, commença Liumei. Je ne suis pas une experte des cancers. Mais d'après ma conversation avec le médecin spécialiste, je peux vous dire qu'il y a une masse sur le fémur de Waawaate.

Bugz suivit le regard de Liumei, qui se posa sur le plancher de stratifié peint. Elle l'entendit dire ensuite :

— La tumeur est assez avancée.

— Est-ce qu'il est en phase terminale ? demanda la mère de Bugz.

— « Avancé » ne veut pas toujours dire « terminal », parce que tout dépend du moment où nous commençons les traitements.

Liumei déglutit.

— Bon, mais ça veut dire quoi ? Qu'est-ce qui va se passer ? voulut savoir le père de Bugz.

— Impossible de le dire avec certitude... fit Liumei en prenant une profonde inspiration. Mais comme je vous le disais, la masse est déjà avancée. Waawaate devait être atteint depuis un long moment et a dû essayer de tenir bon sans que ça se voie. Il devait être en douleur. Il devait être un garçon très f... je veux dire, il *doit* être un garçon très fort.

Bugz digéra ce lapsus que venait de faire la docteure, puis l'entendit reprendre :

— Il y a toujours de l'espoir. On voit toujours des personnes passer le sommet de la courbe, puis s'en sortir en beauté.

Bugz hocha la tête. Elle se mordait la lèvre inférieure, s'efforçant d'empêcher son chagrin de la consumer sur place. Elle osa demander :

— Allez-vous pouvoir le guérir ?

— Nous essaierons, et l'oncologue veut faire un suivi en ville, puis…

— Pouvez-vous aider mon garçon ? interrompit la mère de Bugz en levant la main en l'air – et le mouchoir qu'elle contenait – pour bien souligner son exaspération.

— Nous essaierons, répéta Liumei, les larmes aux yeux à son tour. Nous tenterons certainement de lui donner toutes les chances possibles de s'en sortir… Je veux simplement éviter que vous vous fassiez des attentes non réalistes.

— Des attentes non réalistes ? dit Frank, dont le regard glissa vers le plancher tandis qu'il retournait ces mots dans sa tête.

La mère de Bugz l'entoura de ses bras une fois de plus, comme si ça allait le tenir entier et l'empêcher de s'effondrer davantage. Bugz courut vers la porte.

— Je suis vraiment désolée, dit Liumei au moment où Bugz se précipitait dans le couloir.

Bugz surgit alors dans une salle d'attente privée, au bout du corridor, et s'assit sur une chaise en plastique. Elle prit son téléphone et se mit à faire défiler l'écran sans y porter aucune attention. Sa mère la rejoignit quelques minutes après et mit en sourdine le téléviseur mural, qui ne faisait que blablater.

— Salut, dit Summer.

— Salut, dit sa fille en levant les yeux vers Frank, qui venait d'entrer dans la pièce. Alors, est-ce que la maladie va vraiment nous le prendre... ?

Elle étudia leurs visages et ressentit aussitôt une grande peur l'empoigner : la peur de la vérité. Elle aurait voulu ne jamais l'entendre et, en même temps, elle ne pouvait s'empêcher de rechercher cette vérité. Des larmes se formèrent dans ses yeux.

Bugz laissa sa mère l'attirer à elle dans une accolade. Frank s'approcha et s'accroupit près des chaises où elles étaient assises.

— Je veux savoir, dit Bugz.

— Il faut se rappeler que ton frère est fort, très fort, dit sa mère. Et il va pouvoir vaincre tout ça. Souviens-toi : ton frère est un guerrier.

— Le guerrier le plus fort que j'aie jamais connu, interjeta son père.

— Je ne veux pas que vous essayiez de me protéger, dit Bugz, qui sentait les larmes s'accumuler en elle, prêtes à déborder. Dites-moi seulement la vérité !

— Les médecins n'en reviennent pas de la force qu'il a de s'être battu contre la maladie aussi longtemps...

— Je sais, j'ai entendu. Mais est-ce qu'il va mourir ? interrompit Bugz.

— Buggie, tu sais bien qu'on n'est pas censé parler de ces choses-là, dit son père.

— Dites-moi juste la vérité. Est-ce qu'il va mourir ?

Ses parents lui répondirent par un silence qui rapprocha d'elle cette vérité innommable. Bugz prit son téléphone et tapa le terme « ostéosarcome ». Elle fit défiler les résultats de recherche qui faisaient état de taux de mortalité, de symptômes, de traitements. Ces résultats brossaient un tableau particulièrement brutal des étapes qui devaient suivre – un long périple que Waawaate avait déjà entamé seul, sans en parler à personne. Bugz lâcha un lourd soupir et pressa sa tête entre ses mains, sans lâcher le téléphone qu'elle agrippait. Une larme vint rouler sur l'écran.

— Pourquoi ? demanda Bugz.

Comme ses deux parents secouaient la tête, elle ajouta :

— Donc, il en a pour combien de temps ?

— Buggie, tu sais que ta mère et moi t'avons appris à ne pas parler de ces choses-là.

— Ton père a raison.

— Qu'est-ce qu'ils peuvent faire pour l'aider ? s'enquit Bugz d'une voix qui trahissait sa frustration.

Ses parents échangèrent un regard, mais ne répondirent pas.

— Ils peuvent faire quoi ? insista Bugz, le visage rouge de colère.

D'un pas lourd, elle alla vers la porte et l'ouvrit d'un grand geste. Dans le couloir, elle vit son téléphone s'allumer : Feng l'appelait en mode vidéo.

— Qu'est-ce qui se passe ? demanda-t-il. Liu-mei m'a dit que je devais t'appeler. Comment va ton frère ?

— Je ne peux pas en parler pour l'instant. Je sors tout juste de l'hôpital, sanglota-t-elle.

— D'accord, eh bien, on se reparl…

Bugz mit fin à l'appel. Les lourdes portes extérieures de l'hôpital s'ouvrirent en glissant sans bruit à son approche, et elle s'enfuit en courant dans la nuit naissante.

37

Quand Bugz atteignit l'entrée du sentier forestier, Feng l'y attendait sur un vélo.

— Salut, dit-elle. Comment as-tu su où j'allais ?

— Comment j'oublierais cet endroit ? dit-il en scrutant les lieux. Ça m'a foutu une peur bleue !

Là-dessus, tous deux ricanèrent et il ajouta :

— Et puis, tu m'as dit que tu aimais bien venir ici.

Bugz se sentait plus légère. Feng s'était souvenu. Peut-être qu'il la connaissait mieux qu'elle le croyait. Peut-être qu'il était effectivement beaucoup plus qu'un simple sbire du SANS:Clan. De sa manche, elle sécha ses larmes.

— Il a le cancer.

— Je suis désolé, Bugz, dit Feng en rapprochant sa bicyclette.

— J'ai fait une recherche en ligne, répondit-elle. Pour connaître les symptômes et tout. Ça disait qu'il avait peut-être une chance si c'était détecté tôt... mais pour mon frère, ç'a été détecté tard.

Feng secouait la tête en regardant par terre. Bugz enfouit son visage entre ses mains. Elle ne voulait pas que Feng la voie pleurer, sans trop savoir pourquoi elle craignait cela. Vite, elle renifla, s'essuya le nez et la joue avec sa manche.

— Je repensais au fait qu'il s'était évanoui, tu sais. Et d'après les quelques vidéos que j'ai vues là-dessus... il est vraiment très malade. Je ne pense pas qu'il va...

Bugz ne put terminer sa phrase. Feng coucha sa bicyclette, hésita un temps, puis la serra dans ses bras.

— Mes parents ne veulent même pas me dire ce qui va se passer, dit Bugz en reculant pour s'essuyer le visage de nouveau. Je veux dire, ils m'ont dit qu'il a le cancer. Mais je sais qu'ils en savent plus.

— C'est possible qu'ils n'en sachent pas plus.

— Non, c'est clair qu'ils ont des détails, mais les Anishinaabeg sont comme ça. Fiers. Réservés. Ou cachotiers, je ne sais trop. Ils refusent de me dire combien de temps il lui reste à vivre.

— Je pourrais interroger ma tante. Il est sous sa garde, n'est-ce pas ? Elle devrait connaître les détails.

— Tu ferais ça ?

Feng ouvrit une fenêtre de visioconférence sur son téléphone et appela Liumei, qui se trouvait toujours à l'hôpital, le stéthoscope au cou et les yeux légèrement rougis, voilés.

— Coucou, Feng.

— Salut, ma tante. Je suis avec Bugz, là…

Feng inclina son appareil pour inclure Bugz dans la fenêtre vidéo. Bugz salua de la main, reniflant de plus belle.

— Oh là là, ma chérie, je suis tellement désolée. Je veux seulement que tu saches que ce qui lui arrive n'est pas de sa faute : il n'y a rien qu'il aurait dû faire ou ne pas faire pour éviter ça. Ça fait juste partie de la loterie de la vie…

— En fait, c'est justement ce que nous étions en train de nous demander, plus ou moins, dit Feng pour aller droit au but. Bugz voulait savoir – et moi aussi – si tu pouvais nous en dire plus sur ce qui lui arrive, au juste.

— Je comprends que vous ayez envie de savoir. Mais c'est vraiment à tes parents, Bugz, que tu devrais t'adresser.

— C'est ce que j'ai fait, répondit Bugz. Ils ne veulent rien me dire.

— Bon. C'est à eux de juger de ce qui…

— Allez, ma tante. S'il te plaît.

— Je suis mal placée pour intervenir dans des affaires de famille.

Bugz secoua la tête, ses yeux se remplissant de larmes une fois de plus.

— S'il te plaît !

Bugz avait crié, ce qui parut avoir secoué Liumei un peu fort – ça se voyait à son expression faciale. À l'écran, elle cligna des yeux deux fois, puis dit :

— Donnez-moi un instant, que je trouve un endroit plus discret.

Elle s'enfonça dans ce qui avait tout l'air d'un débarras. Les bouteilles de désinfectant couvraient les étagères sur le mur derrière elle.

— Voilà. Donc, tu sais que ton frère est atteint d'un cancer. Et tu sais que c'est à un stade avancé, n'est-ce pas ?

Bugz fit oui de la tête dans la fenêtre vidéo.

— OK, donc qu'est-ce que tu aimerais savoir de plus ?

— Je voudrais savoir pour combien de temps il en a.

— Impossible de le prédire avec exactitude. Il y a toujours des excepti…

— J'ai besoin de savoir.

— D'accord, dit Liumei, hésitante. Quelques mois, peut-être, mais là encore… ça pourrait être moins que ça.

Bugz perdit le pouvoir de la parole ; elle ne faisait qu'acquiescer devant l'image de Liumei à l'écran. Et éviter le regard de Feng.

— Merci, ma tante, dit-il. On se voit tout à l'heure.

Feng raccrocha et tendit les bras vers Bugz pour l'attirer à lui. Blottie contre le torse du jeune homme, elle sentit le sifflet en os d'aigle lui frotter le bras. Elle plongea une main dans le col du pull kangourou que portait Feng, puis tira sur le sifflet par sa lanière. Elle rigola de son geste, tout en continuant de pleurer. Feng sourit.

— J'ai un faible pour cet objet, confessa Bugz.

L'espace d'un instant, elle tripota maladroitement le sifflet, puis le porta à ses lèvres. Elle y souffla tout doucement. Un son léger et creux émergea du petit cylindre d'os. Elle sourit et renifla encore avant de secouer la tête en murmurant :

— On n'est pas censé faire ça.

— Quoi ?

— On n'est pas censé siffler le soir ou la nuit.

Feng l'écoutait. Bugz interpréta son silence comme une invitation à continuer.

— On dit que si une personne siffle apès la tombée de la nuit, les aurores boréales vont venir s'emparer d'elle.

— Et c'est très grave ?

Bugz regarda Feng comme on regarde un jeune enfant innocent. Elle sourit néanmoins.

— Assez grave, oui. Les aurores boréales sont nos ancêtres. Ils dansent au Pays de la chasse facile, le paradis, le Monde des esprits.

Elle s'arrêta en pensant au Floraverse.

— Le Monde des esprits ? fit Feng en écho à ses pensées, même si Bugz n'était pas certaine que le moteur de traduction automatique avait transmis ce qu'elle voulait vraiment dire.

Elle recula et, observant Feng, elle se demanda comment une chose aussi laide que le SANS:Clan, avec tout ce que ce gang impliquait et défendait, avait pu empoisonner un lieu aussi beau que le Monde des esprits. Elle ne comprenait pas qu'une personne comme Feng, qui semblait quelqu'un de bien et de fondamentalement bon, puisse tomber dans leur orbite néosuprémaciste. Elle secoua la tête et recula encore de plusieurs pas.

— En tout cas, ce n'est pas bien, parce qu'on est censé maintenir une séparation claire entre le monde des vivants et le monde des morts. En invitant les aurores boréales, on invite la mort. Quand on dit qu'elles s'emparent des gens, ce qu'on veut dire, c'est qu'elles les emmènent au paradis.

— Je ne comprends pas. Pourquoi est-ce qu'on devrait craindre nos ancêtres ou ceux qu'on a aimés ? Je veux dire, il me semble que c'est ce que tout le monde espère, non ? Être enfin réuni…

Bugz aurait voulu lui dire oui, mais la tradition la tiraillait en sens opposé.

— Je ne sais pas, dit-elle en posant le regard sur le sol rocheux sous ses pieds. Tout ce que je sais, c'est que mon frère est avec nous, parmi nous pour l'instant. Et j'aimerais qu'il reste ici. Du côté des vivants, ajouta-t-elle en étudiant une fois de plus le motif perlé sur le sifflet. Waawaate… Son nom signifie « aurores boréales ».

— Pour de vrai ?

— Ouais.

Bugz se mit en marche sur le sentier. D'un geste, elle indiqua à Feng de l'y suivre. Il releva son vélo et se mit à marcher à côté d'elle.

— Je me souviens d'une fois où nous étions quelques jeunes à nous promener ici, dans le bois. Les aurores boréales dansaient dans le ciel au-dessus, toutes de vert et de turquoise. Et Waawaate s'est mis à siffler. Tous les jeunes ont pris peur et se sont mis à lui crier : « Non ! », « Arrête ! », « Ne fais pas ça ! » Et nous étions tous en panique.

Mais lui, tu le connais un peu... il avait cet immense sourire au visage et il a continué de siffler, dit Bugz en secouant la tête, souriant elle aussi. Et ensuite, juré craché, les aurores sont devenues de plus en plus brillantes ! Nous devions avoir les yeux aussi écarquillés que des personnages d'animation ! Et là, Waawaate s'est mis à en rajouter, à danser en rond et à siffler une petite chanson. Et sans blague, les aurores sont devenues encore plus brillantes et ont même changé de couleur.

Bugz eut un petit rire muet, puis ajouta :

— Elles prenaient différents tons de rose, puis brillaient tellement fort que tu n'arriverais pas à y croire si tu voyais ça. Je t'assure, elles se rapprochaient carrément de nous ! Puis enfin, Waawaate a fini sa chanson, et ça a brisé le sortilège. Un des jeunes a pris la fuite, puis tous les autres ; nous sommes partis en courant, comme si nos vies en dépendaient ! Waawaate, lui, nous courait après et criait à travers les branches : « *Waawaate niin ! Waawaate niin !* », ce qui veut dire « Les aurores boréales, c'est moi ! » dit Bugz sans cesser de sourire. Bref, conclut-elle, après ça, je l'ai détesté ferme pendant à peu près deux jours, tellement il m'avait fait peur. Mais maintenant...

— Quel souvenir incroyable ! dit Feng en souriant lui aussi, portant son regard au ciel, puis de nouveau vers Bugz. La première fois que j'ai vu des aurores boréales, c'était sur une carte postale que Liumei m'avait envoyée de l'Alaska. Je les ai trouvées magiques. Elles avaient dessiné le symbole du « huit » de l'infini. Sur la carte, elle m'écrivait combien ça lui rappelait notre pays. Chez nous, le symbole de l'infini porte chance.

— Ici, c'est devenu l'emblême des Métis.

— Des quoi ? demanda Feng.

— Des Métis. Le peuple de la rivière Rouge. Ce sont les descendants des femmes anishinaabeg et cries qui se sont mariées avec des commerçants de fourrures français et écossais.

— Sans blague ?

— Ouaip. Ils parlent leur propre langue, le mitchif. Ils ont leur propre culture. Et même leur propre drapeau. Ils ont mis un grand symbole de l'infini dessus.

— Cool.

— Oui, tellement. Les deux côtés de leur patrimoine font un, pour toujours.

Feng appuya son vélo contre un arbre et prit un bout de branche pour tracer dans la terre le symbole de l'infini, à leurs pieds.

— Tiens, c'est pour toi.

Bugz sourit.

— Qu'est-ce que tu veux dire ?

— Ça représente nos deux côtés, dit-il. Toi et moi, et notre rencontre.

Disant cela, Feng se retenait de rire du mieux qu'il pouvait.

— Beurk ! fit-elle en feignant de vomir. Attention à ne pas manquer de respect à la grande nation métisse, avec tes avances vieux jeu !

Elle s'esclaffa et fit un signe de la main qui voulait dire : « Dégage ! » Feng se mit à rire aussi, la suivant sur le sentier qu'elle venait d'emprunter à l'embranchement et qui n'était pas celui qu'ils avaient visité ensemble auparavant. Ils s'enfoncèrent dans le sous-bois.

38

Bugz guida Feng à travers une cédraie, puis dans une clairière. En son centre se dessinait un cercle immense formé de grandes pierres empilées les unes sur les autres.

— Nous y voici, annonça Bugz en s'avançant dans l'enceinte sacrée. Le nid d'oiseau-tonnerre.

— Je n'arrive même pas à distinguer quoi que ce soit, dit Feng, qui s'extasiait devant l'éclat automnal de son téléphone. Je ne vois que de l'énergie.

— Range ton téléphone. Tu vas vendre la mèche à tes idiots d'amis, qui vont pouvoir nous retracer!

— Tu as raison. Donc c'est ça, ton secret.

— C'est ça.

Bugz s'assit par terre juste en dehors du nid et tapota le sol à côté d'elle. Feng vint s'asseoir là où elle l'indiquait, les jambes croisées en tailleur. Il vit Bugz clore les paupières et murmurer une prière en langue anishinaabe, très doucement. Quand elle rouvrit les yeux, Feng détourna le regard rapidement, comme s'il avait été en train de fixer autre chose.

— Je ne vois pas ce qui te rend nerveux, dit Bugz pour briser le silence. Moi, je me sens toujours en paix quand je viens ici. C'est le seul moment où je me sens aussi calme. Dans le monde réel, du moins.

— C'est quoi, au juste, cet endroit ?

— Je te l'ai dit : c'est un nid d'oiseau-tonnerre, dit-elle avec grand sérieux, puis elle se relâcha et sourit. Mon père nous emmenait ici quand nous étions petits. Nous venions faire une offrande de tabac avant de partir à la chasse ou en randonnée de cueillette dans les environs, pour chercher des plantes médicinales.

Bugz sortit de sa poche un petit couteau au manche en bois et à la lame oblique. Ça ressemblait plutôt à un couteau à découper et pas tellement à une arme blanche.

— Il m'a donné ceci en cadeau, lors d'une de nos excursions, dit-elle en le tendant à Feng. Je le porte partout où je vais.

Feng opina et le lui remit, puis fit un geste de la tête pour désigner le nid lui-même.

— Qui l'a construit ?

— Des oiseaux-tonnerre, évidemment.

— J'imagine que les oiseaux-tonnerre sont ces aigles géants qui crachent des éclairs et que tu passes ton temps à chevaucher dans le Floraverse.

— Exact.

— Mais qui est-ce qui a construit celui-ci, dans la vraie vie ?

— Les oiseaux-tonnerre, dit Bugz, semblant étudier le lichen qui poussait sur les pierres les plus près d'elle. C'est la version de l'histoire que je connais, et je m'en tiens à cette version.

— Je ne te crois pas, dit Feng.

— Tu ferais mieux d'y croire, répliqua Bugz.

— Non mais sérieusement, on est où, là ?

— Là où naissent les oiseaux-tonnerre. Mes ancêtres venaient ici pour les remercier de veiller sur nous, d'apporter les orages qui nourrissent les terres en été et de faire peur aux grandes panthères d'eau qui nous menacent.

— Je croyais que le serpent-panthère était ton ami.

— Il l'est. Mais mes ancêtres craignaient sa race, expliqua Bugz en se tournant vers le visage perplexe de Feng. Tu sais, parfois il faut flirter avec le mal pour devenir vraiment bon.

Feng rit de ce trait d'arrogance inattendu, visiblement incertain de la traduction que lui offrait son logiciel intégré.

— Mais peu importe, dit Bugz. Si tu te demandes ce qui fait que cet endroit me donne les pouvoirs que j'ai dans le Floraverse, eh bien je ne sais pas. C'est peut-être un bogue, une déviation, un *glitch* ; c'est peut-être une connexion entre le monde réel et le numérique. Je n'en ai aucune idée, sauf que quand j'entre dans le Floraverse pendant que je me trouve ici, ça donne une superpuissance à tout ce que je fais là-bas.

Feng faisait tourner son téléphone dans sa main tout en écoutant attentivement ce qu'elle disait. Puis il le retourna une dernière fois et l'appuya sous son menton.

— N'empêche que tu as de super réflexes ! ajouta-t-il. Je parie que d'autres viendraient ici et que ça ne les aiderait pas nécessairement à comprendre le Floraverse aussi bien que toi.

— Mais là, tu n'as vu que la moitié de mon secret, dit Bugz en portant son regard loin du nid. Il y a une autre formation rocheuse comme celle-ci dans le Monde des esprits, au fond du lac des Torches. Nous l'avons trouvée quand Mishi-pizhiw et Binesi se battaient à en défigurer le paysage. C'est un cercle de pierres enterré profond et enseveli sous l'eau. Et maintenant, c'est devenu le nid de Mishi-pizhiw.

— Alors tu peux donner de la superpuissance à tout ce que tu veux, là-bas.

Bugz acquiesça.

— Mieux que ça, dit-elle avant d'inspirer un bon coup, se préparant à ce qu'il réagisse à sa prochaine révélation. C'est un point de résurrection directement dans le Monde des esprits.

— C'est impossible. On est obligé de ressusciter en mode RA avant de refranchir les étapes jusqu'au Monde des esprits.

Bugz fit non de la tête.

— Mets ton casque d'écoute et dirige-toi vers le nid de Mishi-pizhiw. Au fond du lac.

Feng suivit ses directives sans se faire prier.

— OK, et après ? demanda Feng derrière sa visière tandis que sa versona nageait à l'écran en périphérie du nid de Mishi-pizhiw.

— Détruis ma versona, dit Bugz.

— Non ! Il va te falloir une éternité pour retrouver ton statut.

— Fais-le.

— Non. Je ne te crois pas !

— D'accord.

Bugz abaissa sa propre visière. Quelques instants après, sa versona s'effondra au fond du lac dans le Monde des esprits et son identifiant vola lentement vers le haut. Feng était bouche bée.

Dans le monde réel, Bugz ôta son casque d'écoute et fit quelques pas vers le centre du nid, téléphone en main et mode RA activé. Dès qu'elle eut atteint le milieu du nid dans le monde réel, sa versona réapparut soudainement en face de Feng au centre du nid de Mishi-pizhiw, dans le Monde des esprits, étincelante et vibrante d'énergie. Ses points d'expérience, ses bitcoins, ses cadeaux : tout était exactement au même niveau qu'avant. Sa versona, opérée par une intelligence artificielle, sortit ainsi du nid numérique entièrement renouvelée.

Feng retira son casque d'écoute et reprit sa conversation avec Bugz dans le monde réel. Il écarquillait les yeux :

— Pas étonnant que tu sois tellement supérieure à tous les autres ! déclara-t-il en secouant la tête tellement il était ahuri. Pendant que tout le monde perd son temps à remonter la pente à l'arrache, toi, tu replonges directement dans le Monde des esprits comme si de rien n'était !

Bugz sentit un petit pincement au cœur. La réaction de Feng était bien celle qu'elle avait appréhendée. Elle avait voulu tout lui dire sans plus tarder, parce qu'elle avait le désir de lui faire confiance de manière absolue. D'écarter toute inquiétude qu'elle avait encore à son sujet. Une part d'elle avait espéré secrètement qu'en apprenant la nouvelle, il lui dise que ça n'avait pas d'importance parce que lui – et lui seul – pouvait voir son talent inné, tout au fond d'elle, qui était la source véritable de sa réussite.

— Toi, tu passais ton temps à expérimenter, à atteindre des sommets, à tomber puis à te relever encore, et tes habiletés continuaient d'augmenter parce que tu savais que même si tu mourais, tu ressusciterais aussitôt. Et nous autres, pendant ce temps-là, devions attendre des mois, des années, même, avant d'avoir la chance de recommencer.

Feng se parlait à lui-même, comme inconscient de la présence de Bugz.

— OK, dit simplement Bugz.

Elle avait l'impression que son sang, juste sous sa peau, devenait de plus en plus chaud, bouillant. « Tu n'as aucune idée du travail que j'ai dû faire pour en arriver là. » Son corps était comme parcouru d'un courant haute tension.

— Ouaouh, j'aurais tellement voulu profiter d'un truc comme ça, moi aussi...

— Pour quoi faire ? Pour aller plus rapidement gonfler les rangs du SANS:Clan ?

Bugz dut prendre une profonde inspiration.

— Si j'avais eu ce truc à ma disposition, je n'aurais pas eu besoin d'un clan. J'aurais fait carrière solo, exactement comme toi.

— Tu ne pourrais jamais faire ce que je fais, affirma Bugz en se levant, prête à faire demi-tour. C'était une erreur de partager tout ça avec toi.

Feng la regarda, décontenancé.

— Je te demande pardon, dit-il sans savoir ce qu'il devait ajouter ensuite, puis il fit un pas. Ne pars pas.

Il tendit une main vers celle de Bugz et elle le laissa faire. Il dit :

— Je suis content que tu aies partagé ton secret avec moi.

Bugz opina de la tête. Elle sentit la chaleur de la paume de Feng envelopper ses doigts. Elle se demanda si elle avait les mains trop moites.

— Tu sais quoi ? Le pire dans tout ça, dit-elle en scrutant les environs, c'est que le nid est vraiment un site sacré. C'est un lieu important pour mon peuple depuis des millénaires. Mais ce qui lui donne son pouvoir dans le Floraverse, c'est qu'il y a un *glitch*. Une anomalie dans la géolocalisation. Ça détraque les téléphones quand on s'en approche de trop près.

Elle leva le visage vers les cieux. Elle et Feng se tenaient par la main en regardant les étoiles scintiller. Une météorite laissa une traînée dans le firmament.

— La Grande Ourse, dit Feng en désignant la constellation que venait de traverser l'étoile filante.

— Binesi, dit Bugz, qui l'appelait par son nom anishinaabe, car il s'agissait de la constellation de l'Oiseau-tonnerre.

Ils gardèrent le silence un moment en observant la voûte céleste.

— Qu'est-ce que tu penses de ça? Une mappemonde victime d'une anomalie! dit Bugz en se tournant vers Feng, qui lui rendit son regard. Absolument tout dans ce monde a été cartographié : le fond des mers, même des parties de l'espace. Les cartes sont d'une précision parfaite. Sauf pour la Rez. La réserve est comme l'angle mort des cartographes! rigola Bugz. Eh bien moi, j'ai pris cette anomalie et je m'en suis servi. J'en ai fait mon superpouvoir, dit-elle en penchant la tête de côté.

C'est un peu comme ce que nous avons fait avec la réserve : ils nous ont donné des miettes et nous, nous en avons fait un bon petit plat.

Une chauve-souris survola de près leurs deux têtes.

— Personne n'est au courant que je fréquente encore ce lieu sacré. Même pas mon père. Je pense que tout le monde a oublié son existence, sauf moi.

Une luciole s'alluma et vint valser dans les airs.

— Donc… commença Bugz en souriant, s'approchant de Feng d'un demi-pas. Peux-tu garder mon secret ?

— Absolument.

39

Bugz n'arrivait pas à sortir de son étrange rêve. Ici, à la différence du Floraverse, impossible de se déconnecter. Elle ne pouvait qu'aller de l'avant.

Dans le rêve, Bugz était enfant, portée dans les bras de sa mère. Toutes deux se tenaient dans l'arène de la danse du Soleil, ce site où aurait lieu cette cérémonie des plus sacrées ; son père était là aussi, se préparant au perçage. Bugz reconnut la scène : il s'agissait d'un souvenir d'enfance – un vieux film sur pellicule sepia, chaque détail imbibé d'une lumière chaude et mielleuse. Elle voyait les lèvres de son père, si gercées. Il avait jeûné pendant quatre jours, sans même boire de l'eau, en préparation à cette cérémonie. Frank se traînait les pieds, lentement, fatigué d'avoir dansé depuis l'aube de chacun de ces quatre jours.

Bugz regarda son père s'avancer sur une peau de bison posée au sol. Elle le vit mettre dans sa bouche deux petits crochets de bois noir. Un des danseurs du Soleil lui prit le bras, pinça entre ses doigts la peau à hauteur du biceps et y fit une petite incision à l'aide d'un scalpel. L'homme poussa la lame jusqu'à ce qu'elle ressorte de la peau de Frank un centimètre plus loin. Un second danseur du Soleil inséra un des crochets de bois dans l'incision. Les deux hommes refirent les mêmes gestes pour l'autre bras ; puis ils se serrèrent la main et firent une accolade à Frank. Celui-ci se tourna vers Bugz. Tout ce qu'elle trouvait à faire était de fixer des yeux le crochet de bois ainsi incrusté dans chacun des bras de son papa. Summer et Bugz suivirent Frank vers une autre partie de l'arène où il alla prendre le bout d'une corde qui se divisait en deux comme un « Y » et qui était attachée à l'« arbre de vie », tout au centre de l'espace sacré. Les danseurs enfilèrent chacun des bouts de cette corde dans les crochets que portait Frank.

Bugz observait tout cela depuis le lieu sûr que représentaient les bras de sa mère, tandis que son père entamait une danse sur place, droit devant l'arbre, du sang ruisselant lentement de ses deux bras. Summer siffla dans son os d'aigle, qu'elle portait en pendentif. Au bout d'une petite éternité, Frank accéléra le pas en reculant, jusqu'à ce que la corde, tendue raide, arrache les crochets de sa peau et que la corde rebondisse en direction de l'arbre.

— Pourquoi papa a fait ça? demanda Bugz à sa mère.

— Parce qu'il veut que ses prières soient exaucées.

— Mais pourquoi il ne donne pas juste du tabac?

— Parce que le Créateur a tout fait pour nous. Sacrifier un morceau de soi-même, c'est la seule chose qu'on puisse vraiment faire pour redonner au Créateur, expliqua sa mère en essuyant une larme.

Summer déposa Bugz par terre et soudain, le ciel se couvrit de nuages. Tout devint froid, sombre et gris. Les feuilles tombèrent du peuplier, ne laissant que des branches sèches et mortes, qui semblaient griffer le ciel. Bugz, maintenant adolescente, pencha les yeux vers ses bras et vit qu'elle aussi était marquée pour la cérémonie du perçage ! C'était la première fois qu'on la considérait pour cette danse – d'autant plus qu'il s'agissait principalement d'une pratique masculine. À partir d'ici, elle sentait bien qu'elle glissait du souvenir vers le rêve, et que son rêve l'emmenait complètement ailleurs. Son cœur battait la chamade.

Bugz vit Waawaate marcher vers elle, un scalpel à la main. Elle comprit que c'était lui qui allait lui faire les incisions, même s'il n'avait pas du tout l'air d'avoir envie de le faire. Il lui toucha la peau, sur l'épaule.

Bugz s'éveilla en sursaut. Scrutant la pénombre de sa chambre, elle farfouilla à la recherche de son téléphone et le retrouva – une lumière rassurante.

40

Les projectiles fusaient en sifflant et en laissant des traînées lumineuses qui venaient éclairer l'obscurité régnant sur le lac des Torches. L'artillerie perçait le rideau de pluie et s'écrasait contre la plage de galets, gardant Bugz à l'écart, planquée derrière deux grands rochers. Elle jeta un œil à l'horizon, puis se replanqua immédiatement. Un déluge de tirs laser tomba droit où elle venait d'ôter sa tête. Bugz n'avait plus aucune marge de manœuvre. Les SANS:Clan l'avaient cette fois complètement prise au dépourvu.

« Comment se fait-il que je ne les aie pas vus venir ? »

Un hélicoptère de combat apparut dans le ciel à quelques mètres à peine de Bugz, coupant court à son petit examen de conscience. L'appareil ouvrit le feu sur elle. Bugz fit une roulade à la ninja afin d'échapper aux balles, qui criblèrent le sol derrière elle. Elle longea la rive en courant, s'éloignant de la horde de soldats, sachant qu'ils se jetteraient de nouveau sur elle à tout moment. D'un geste de la main, elle fit apparaître d'immenses racines dans le sol forestier qui l'entourait, mais les armes hyper-augmentées de SANS:Clan les déchiquetèrent plus vite qu'elles ne l'auraient fait dans le passé. Rien de ce que faisait Bugz ne parvenait à lui faire gagner suffisamment de temps.

Alpha sauta de son hélico et atterrit sur la rive du lac à genoux. Tandis qu'il se relevait lentement, Bugz le trouva encore plus grand qu'avant et tenta une seconde fois d'appeler à elle l'aide des êtres végétaux. Mais cette fois, Alpha anticipa la manœuvre et lança une traînée de bombes incendiaires sur la canopée, qui se désintégra sur-le-champ. Les oiseaux voulurent se disperser aux quatre coins du ciel, mais retombaient en pleine tentative de vol comme une nuée liquéfiée, sombre et sinistre. Les animaux détalaient, sentant la mort proche, mais la plupart s'enfuyaient trop lentement. Alpha s'acharnait à tirer sur toutes les créatures pour les brûler vives. Elles hurlaient et se mordaient le dos et les pattes arrière, essayant en vain d'éteindre les flammes.

Bugz poussa un long cri.

On entendit la clameur de Mishi-pizhiw lui faire écho depuis les profondeurs du lac des Torches, puis apparaître avec ses yeux rouges illuminés, tel un démon. Ses traits contrastaient merveilleusement avec la pluie torrentielle et la noirceur environnante. Il cracha un jet de feu sur les hordes SANS:Clan au-dessous de lui. Mais elles lui renvoyèrent la pareille, du tac au tac. Les soldats élevèrent leurs boucliers transparents Gorilla Glass et purent ainsi se tapir tranquillement à l'abri de ses attaques. Alpha courut rejoindre ses troupes et se glissa sous leurs boucliers.

— Assemblez le fusil ! cria-t-il dans son système vocal en plantant solidement son canon à énergie dans le sable à côté de lui.

Les soldats se dépêchaient partout autour, certains plaçant d'autres boucliers de manière à protéger l'espace de travail. Ils collèrent cinq autres canons à énergie sur le premier, pour former ce qui rappelait la chambre de combustion d'un revolver, puis y fixèrent encore d'autres pièces de machinerie et des structures stabilisantes. En moins de deux, ils venaient de monter un énorme canon à tir rapide.

Une vingtaine d'hélicoptères de combat descendirent sous le couvert nuageux. Ils encerclèrent Mishi-pizhiw et firent feu sur lui, concentrant leur tir de barrage sur la tête cornue du serpent-panthère. Ce dernier se jeta d'un côté puis de l'autre pour éviter les balles, mais devant autant d'aéronefs braquant en tous sens leurs canons sur lui, il ne lui restait rien d'autre à faire que replonger dans le lac.

Bugz profita de cette distraction passagère pour regagner sa cachette derrière les rochers. Fermant les yeux, elle appela des renforts. Bientôt, le lac s'agita de nouvelles vagues : une légion d'esturgeons à dos diamantin fonçait vers la rive. Les trois esturgeons se trouvant en tête fauchèrent les soldats SANS:Clan les plus près. Bouclier ou pas, l'impact fut fatal. Les identifiants des joueurs s'élevèrent vers le ciel.

Une deuxième vague d'esturgeons attaqua, mais cette fois la mégamitrailleuse Gatling se mit de la partie. Elle s'activa dans un bourdonnement bruyant, puis expulsa une rapide rafale de projectiles énergétiques droit sur les esturgeons qui fonçaient sur les guerriers SANS:Clan, détruisant ainsi tous ces poissons géants.

Le ciel se déchira, laissant voir la lune au milieu de la nuit étoilée. De ce trou dans le ciel descendit une volée de vingt oiseaux-tonnerre qui poussaient des cris en plongeant comme des bombes sur les hélicoptères. Tirant avantage de cet élément de surprise, l'oiseau-tonnerre qui se trouvait en tête de formation envoya un hélico s'écraser en spirale vers le sol en quelques coups de tonnerre bien coordonnés. L'appareil explosa au contact du sol. On vit s'échapper de l'épave les identifiants de tous les joueurs qui s'étaient trouvés à bord. Les hélicoptères restants se posèrent en préparation à une contre-offensive. Ils purent éliminer deux oiseaux-tonnerre en plein ciel, égalisant un peu les pertes.

Un autre oiseau-tonnerre sortit de la volée et descendit en piqué pour ramasser Bugz, toujours dans sa cachette.

Le dos voûté, Bugz se retira du combat à la sauvette. Elle comprenait que la horde avait découvert à son insu le nid dissimulé sous le lac des Torches. À son corps défendant, elle reconnaissait que l'équilibre des forces dans le Floraverse était en train de basculer.

41

Avec Bugz sur son dos, Binesi décrivit un grand arc au-dessus des eaux houleuses avant de se rediriger vers le lieu de la bataille. Ce faisant, elle rendit visible à sa cavalière l'immense carnage dont le lac était l'objet.

Des dizaines d'esturgeons flottaient à la dérive, chaque ventre blanc tourné vers le ciel annonçant la défaite d'un dinosaure aquatique. Bugz eut une pensée pour chacun d'eux et songea au temps qu'elle avait mis à les créer tous ; et voici qu'ils mouraient sans attention ni cérémonie.

Tout au-dessus de cette scène de décimation, un combat aérien rageait. Avec l'énergie du désespoir, les oiseaux-tonnerre se bagarraient sans répit avec les combattants héliportés. Bugz cria aux oiseaux-tonnerre de se focaliser sur un seul hélicoptère. Elle s'accrochait au cou de Binesi aussi fermement que si sa vie en dépendait, et celle-ci lançait des éclairs vers la cible désignée. Un autre oiseau-tonnerre se retourna pour s'attaquer au même hélico. Ces éclairs combinés vinrent à bout des manœuvres d'évasion de l'engin, qui explosa dans une pluie de flammes, souillant la plage de ses débris. L'explosion attira l'attention de la horde.

— Attrapez-les ! cria Alpha en pointant un doigt vers le ciel.

Ses soldats obéirent, faisant feu sur les nombreux oiseaux-tonnerre. De rapides décharges d'énergie transpercèrent un des volatiles, qui chuta jusqu'au lac en tourbillonnant. Il se rompit contre les vagues avant de couler. Les artilleurs du SANS:Clan abattirent un second oiseau-tonnerre, puis un autre. Pendant une même seconde, le tableau de la bataille montra huit grandioses oiseaux-tonnerre en chute libre : leurs corps d'aigles tout de bleu et de noir perdaient le contrôle de leur trajectoire sous les tirs croisés des mitrailleuses et les faisceaux laser. Ils s'écrasaient irrévocablement, pour une dernière fois. Le folklore auquel Bugz avait redonné vie dans le Floraverse disparaissait sous ses yeux.

Alors que la horde tirait sur les derniers oiseaux-tonnerre, l'un d'eux vint planer en silence, pendant quelques instants, tout près de Bugz. L'animal offrit à sa maîtresse un sourire si pur et un regard complice. Bugz fit non de la tête.

Et là, l'oiseau-tonnerre vira de bord et descendit en mission kamikaze vers la mégamitrailleuse Gatling. Un autre oiseau-tonnerre comprit le plan et fit de même. Comme les deux volatiles touchaient à leur destinée fatale, leurs corps s'embrasèrent d'énergie incendiaire. Tous deux moururent au milieu des airs, mais leur élan les propulsa en avant et ils percutèrent la méga-Gatling, qui tomba en mille morceaux. Le contrecoup projeta Alpha et ses artilleurs vers l'arrière. Le sacrifice des deux bêtes mythiques donna à Binesi la survivante, qui transportait toujours Bugz, la chance de s'échapper. Malgré cela, les hélicoptères la suivaient de près.

42

Feng put enfin se connecter au Floraverse, après une demi-journée occupée à une panoplie de tâches que lui avait imposées sa tante. Les yeux de la versona de Feng, qui jusque-là avait opéré sans lui en mode IA, clignèrent d'un éclat plus intelligent dès que Feng en reprit le contrôle. De son poste parmi ses frères d'armes, Feng scruta le champ de bataille : dans l'eau, des dizaines d'esturgeons crevés; sur les rives, des oiseaux-tonnerre entassés à la lisière d'une forêt incendiée; tout autour, des squelettes d'animaux et une foule de cadavres de soldats SANS:Clan. Des décombres fumants. Il se retourna et vit la silhouette de Bugz assise sur le dos de l'oiseau-tonnerre que pourchassaient les hélicos de combat. Ils lui tiraient dessus à répétition, lui causant d'immenses dommages aux ailes. À bout de force, Binesi percuta le sol et Bugz, éjectée, s'affala par terre tête première et s'érafla le visage sur le sable.

Une fois de plus, Mishi-pizhiw sortit du lac et chercha à mordre les hélicoptères. Ces derniers l'évitèrent à une ou deux occasions, mais maintenant que la méga-Gatling était hors service, c'est le serpent d'eau qui avait l'avantage. Il saisit un premier hélico à la manière d'un chat prenant un oiseau. Mishi-pizhiw jeta ensuite le tas de ferraille sur la horde de guerriers au sol, et leurs identifiants apparurent à la surface du charnier. De même, il ne fit qu'une bouchée des hélicoptères restants, bien qu'un nouveau groupe d'artilleurs ait pris position, prêts à réassembler la mégamitrailleuse et à mettre Mishi-pizhiw en joue.

— Feu ! ordonna Alpha.

Et les hommes vidèrent toutes leurs munitions sur Mishi-pizhiw, qui replongea dans les profondeurs.

— Sur la fille ! cria Alpha de plus belle.

Bugz gisait inerte sur le sable. Feng ignorait si elle avait succombé ou simplement quitté le jeu. Les artilleurs pointèrent le mégafusil sur sa silhouette immobile. Un torrent d'adrénaline parcourut tout le corps de Feng. Voyant le canon reluire, juste avant le coup fatal, Feng brisa les rangs. Il pivota et se mit à courir en direction des artilleurs, puis il leur fonça dedans en donnant des coups d'épaule aussi fort qu'il en était capable. Quelques-uns trébuchèrent, et cela eut pour effet de déloger la mitrailleuse de son socle. Des coups de feu partirent au hasard vers le ciel.

— Traître ! s'écria Alpha en dégainant un pistolet laser pour tirer sur Feng, qui s'enfuyait à toutes jambes sur la plage.

Les hordes de SANS:Clan s'unirent pour essayer de le rattraper.

Mishi-pizhiw bondit hors du lac et prit alors sa forme terrestre. Comme un chiot, il saisit Feng par la peau du cou et le jeta en l'air pour qu'il atterrisse à califourchon sur son dos. La panthère géante sprinta le long de la plage pour retrouver Bugz, qui revint alors à la vie et sauta sur le dos de son oiseau-tonnerre. Sauf que Binesi était quasiment morte. Elle s'éleva en l'air, puis retomba lamentablement sur la rive. Elle ne pouvait plus voler. Elle tenta encore et encore d'y parvenir en sautant, mais ne put trouver de portance. Et l'ennemi s'approchait… Mishi-pizhiw dépassa vite l'oiseau-tonnerre et le mit, ainsi que Bugz, sur son dos. Après trois bonds de géant, qui laissèrent d'immenses traces de pattes sur la plage, la panthère s'enfuit vers les montagnes.

Les hordes de SANS:Clan mirent fin à leur chasse, même si Feng les entendait encore pester contre lui dans le système vocal et voyait la diffusion en direct d'Alpha sur sa visière. Il vit Alpha ordonner à tous les bateaux SANS:Clan de se rassembler au centre du lac des Torches. Une fois la flotte réunie, il servit à son équipage un récit épique de leur victoire.

— Le moins qu'on puisse dire, c'est qu'elle ne reviendra pas de sitôt ! jubila Alpha. Non seulement nous avons déniché la source de son pouvoir, mais après la bataille d'aujourd'hui, nous avons accaparé cette source. Elle est à nous ! Nous contrôlons la plus importante ressource de tout le Floraverse ! Et pour toujours, nous vaincrons !

Ses troupes clamèrent leur admiration. Feng coupa le flux de direct.

À des kilomètres de là, à cheval sur Mishipizhiw, qui filait toujours à grande allure, Feng lissa les plumes de l'oiseau-tonnerre épouvantablement meurtri. Bugz fixait Binesi, les yeux pleins de larmes. De toutes les créations de Bugz, comprit Feng, cet oiseau et ce félin étaient les deux uniques survivantes. Feng se dit qu'il ne lui restait plus grand-chose à lui non plus – pas après sa désertion du clan.

Voilà qu'ils se retrouvaient tous les deux en cavale à travers le Floraverse ; ils n'avaient plus que l'un l'autre.

43

Dans un gémissement, Waawaate tourna son visage vers sa sœur, qui le veillait dans une chaise à côté du lit d'hôpital. Un moniteur cardiaque émettait des bips constants. Un soluté intraveineux coulait goutte à goutte. Un ventilateur, dans un des appareils électriques, vrombissait faiblement. La maladie semblait progresser rapidement, et Bugz en voyait les signes sur le visage de son frère. Les lèvres gercées, le teint blafard. Il sourit. Aussi faible qu'il ait pu paraître, Waawaate avait toujours le regard brillant. Quelques jours après sa chute et son diagnostic, il était rentré à la maison, mais ça avait été de courte durée : il s'était évanoui de nouveau et on avait dû le ramener à l'hôpital. Bugz ressassait en boucle les pronostics les plus glauques qu'elle avait lues dans Internet au sujet de cette maladie.

— Salut ! dit Waawaate dans une voix si rauque que Bugz en resta interdite. Dis, tu pourrais me ramener un soda de la distributrice de cannettes, en bas ?

— Hem, est-ce que c'est permis avec ton régime actuel ? demanda Bugz.

— Ce n'est pas ça qui va me tuer.

— Ne dis pas des choses comme ça.

— Je ne savais pas que tu étais superstitieuse, Bugz ! Bon, prends-moi un coca diète, dans ce cas-là. Sérieusement, le diabète est bien le dernier de mes soucis en ce moment.

— Waawaate, j'ai regardé des vidéos sur le cancer, et il faut aussi que tu fasses attention à ce que tu manges…

— Je n'y manquerai pas. Je veux juste un coca, d'accord ? Après, je me remets sur le droit chemin.

Waawaate sourit, offrant à Bugz encore un éclat de son charme. À contrecœur, elle fit oui de la tête et partit quérir ce qu'il lui demandait, sans manquer de consulter son téléphone en même temps.

Elle tomba sur Feng, et tous deux regagnèrent la chambre de Waawaate avec des cannettes en main.

Poussant la porte, Bugz resta un instant figée sur place en voyant qui était venu rendre visite à son frère. Stormy, assise au pied du lit de Waawaate, se retourna pour offrir à Bugz un large sourire. Chalice occupait la chaise où Bugz avait été assise quelques minutes plus tôt.

— Salut, Bugz ! dit Stormy, rayonnante, laissant voir ses dents tellement parfaites et blanches. Je me doutais qu'on te trouverait ici. Je suis super désolée de la façon dont les choses se sont passées la dernière fois. Vraiment désolée.

Waawaate les considérait avec un petit sourire.

— Moi aussi, Bugz, dit Chalice en s'éclaircissant la voix. Je n'étais pas vraiment moi-même. Parfois je me laisse vraiment trop emporter ; j'espère que tu me pardonnes ce que je t'ai dit. Toi aussi, Feng.

— Est-ce que c'est mon frère qui vous a demandé de dire ça ?

Bugz alla s'installer sur la chaise qui se trouvait de l'autre côté du lit d'hôpital. Feng décida de rester debout. Elle tendit un coca à Waawaate, qui le lui remit en lui faisant signe de l'ouvrir pour lui. La cannette relâcha comme un petit soupir de soulagement.

— Non, je ne leur ai rien demandé, répondit Waawaate après avoir bu une première gorgée de sa boisson sucrée. Mais je suis content qu'elles aient abordé le sujet. Merci, les filles.

— C'est bon. Alors merci, dans ce cas, dit Bugz, nerveusement.

Elle leva son téléphone devant elle pour examiner son reflet et replaça furtivement ses cheveux. Mine de rien, elle en profita pour aller voir l'apparence des deux jeunes femmes dans le Floraverse. Elles avaient actualisé leur profil. Mais cette fois encore, elles avaient acheté leurs nouvelles tenues chez un influenceur. Il y aurait certainement des garçons pour les trouver de bon goût, mais les vrais de vrais joueurs ne manqueraient pas de trouver que ça minait leur crédibilité. Elle lorgna vers Feng. Il affichait un air sérieux.

— C'est juste qu'avec tout ce qui se passe, avec notre héros déchu, même s'il n'a pas dit son dernier mot – et là-dessus Stormy fit un sourire à

Waawaate –, disons que ça aide à mettre les choses en perspective. J'aimerais être encore ton amie, si tu crois que c'est possible.

— Mon amie ?

Bugz se sentait allégée : c'était bien d'entendre Stormy décrire leur relation comme étant de l'amitié. Elle avait toujours tenu pour acquis que leurs conversations étaient avant tout transactionnelles. « Mon amie Stormy. » Intérieurement, Bugz mit la formule à l'essai.

— Soyons amies ! lança Chalice avec une exubérance forcée.

Les trois jeunes femmes, ainsi que Waawaate, éclatèrent de rire. Feng observait, sceptique. Stormy prit son téléphone et sourit en voyant Bugz à travers l'écran, dans sa version avatar. Puis elle tourna l'appareil vers Chalice et elles se reluquèrent mutuellement à travers leurs écrans translucides.

— Sans blague, ma fille ! s'exclama Stormy. Tu es carrément ma jumelle !

— Jumelle de feu ! fit Chalice en retour.

Les parents de Bugz entrèrent dans la pièce avec Liumei et échangèrent quelques banalités avec les deux inséparables. Ils prirent des nouvelles des parents de Stormy, de ses grands-parents, petites-cousines et petits-cousins, comme le veut la coutume anishinaabe. Elle les assura de la bonne santé de tous. Ils demandèrent à Chalice qui étaient sa mère et son père, déjà, comme le veut la coutume anishinaabe en ce qui a trait à des personnes moins proches. Ils acquiescèrent à sa réponse et, quelques secondes plus tard, expliquèrent de quelle manière ils pouvaient tous et toutes se considérer comme membres d'une même famille élargie :

— Donc, on pourrait dire que toi et Bugz êtes cousines, conclut le paternel. Qu'est-ce que tu dis de ça, Chalice ?

Chalice lui sourit malgré son malaise.

— Et donc, ça veut dire que Waawaate et toi êtes des cousins, ma fille ! ajouta Stormy dans un large rictus. Alors, pas touche !

Dans la chambre, tout le monde rigola de la blague.

— Oh mon Dieu, excusez-moi, monsieur et madame Holiday. Je ne sais pas ce qui m'a pris de dire ça. C'est tout sauf moi de dire des niaiseries pareilles ! dit Stormy en lançant un regard coquin à Waawaate.

Après encore quelques plaisanteries à propos de l'inconvenance de l'amour entre cousins, la petite assemblée se calma. Frank et Summer devinrent sérieux.

— Excusez-nous, les jeunes. Nous laisseriez-vous un moment seuls avec Waawaate ? demanda Summer. Nous avons besoin de discuter de certaines affaires.

— Bien sûr. On peut revenir plus tard ? demanda Stormy, et Summer lui fit oui de la tête. Très bien, alors peut-être que nous allons simplement rester en bas en attendant.

Tandis qu'elle quittait la chambre avec Chalice, Bugz dévisagea ses parents, mais se buta à leur fermeture. Ils voulaient qu'elle sorte, elle aussi. Elle regarda Feng, et il la suivit à l'extérieur.

44

Bugz et Feng attendaient l'ascenseur. Il la couvait du regard en secouant la tête.

— Bugz, ces filles sont des hypocrites, dit-il.

— Nous sommes tous des hypocrites, rétorqua Bugz en lui montrant, sur une capture d'écran, sa versona actuelle.

— Pas autant qu'elles. Fais attention...

Les portes de l'ascenseur s'ouvrirent et il s'interrompit à la vue de Stormy et Chalice, qui en sortaient en riant.

— Je crois que nous nous sommes égarées.

— Pas de problème, nous pouvons vous montrer la sortie, dit Feng.

Chalice et Stormy se dévisagèrent. Bugz se cacha le visage derrière son téléphone. De l'ascenseur, ils marchèrent vers l'escalier extérieur et jusque sur l'allée d'asphalte qui faisait un « U » devant l'hôpital : celle-là même qu'empruntaient les ambulances pour rejoindre l'entrée des urgences. En ce beau soir d'été, l'air chaud caressant la peau de Bugz lui procurait un sentiment de bien-être. Les deux filles échangèrent des bouffées de leur cigarette électronique, soufflant la fumée-vapeur au-dessus d'elles.

— Le mien est plus beau que le tien : j'ai l'air d'un dragon, dit Stormy en parlant, tout sourire, du nuage qu'elle venait de dessiner dans l'air.

— Tu as l'air d'un dinosaure ! la taquina Chalice.

— Est-ce que c'est ta façon de me traiter de vieille ? Je te ferais remarquer, mam'zelle, que la raison pour laquelle j'ai une année d'avance sur toi à l'école, c'est parce tu as redoublé. Nous avons le même âge !

— Je n'ai pas redoublé… c'est juste que je n'ai pas reçu tous les crédits que je méritais.

Stormy se remit à rire.

Feng traversa la rue et alla s'asseoir à une table de pique-nique non loin. Bugz l'y suivit. Puis Stormy et Chalice. Feng s'immergea aussitôt dans le Floraverse et balaya du pouce les dernières notifications. Bugz grimaça en faisant de même. Chalice prit son téléphone et fit défiler ses messages.

— Oh, merde ! J'ai oublié mon téléphone, dit Stormy. Il doit être resté en haut.

Et elle conduisit Chalice à l'intérieur.

— Nos affaires vont plutôt mal dans le Floraverse, dit Bugz. Je ne pourrai pas renverser la situation sans le nid de Mishi-pizhiw.

Comme elle remarqua que Feng affichait un air renfrogné, Bugz l'interrogea :

— Qu'est-ce qui se passe ?

— Rien.

— Allez, ça se voit tout de suite que quelque chose te tracasse.

— Je suis juste en train de lire mes messages. Et je ne trouve rien d'autre que de la haine de la part de mes frères de clan, dit Feng en faisant défiler le fil de messages en vitesse. Ou plutôt, mes anciens frères de clan, devrais-je dire. Ils pensent tous que je suis un traître, ajouta-t-il en secouant la tête. Il y en a même certains qui menacent de publier des « révélations » sur moi. Tiens, regarde.

Tandis que les doigts de Feng continuaient de balayer le contenu de sa boîte de réception, Bugz ratissait du regard ce défilé d'insultes, de mèmes et de propos carrément hostiles – une réalité avec laquelle elle était plus que familière.

— Ce n'est vraiment pas joyeux, dit Bugz, qui hésita à tenir sa langue, mais choisit de ne pas le faire. Mais tu sais quoi ? C'est exactement le genre de trucs que tes petits amis me font constamment subir. Considère-toi chanceux qu'ils n'aient pas généré d'hypertrucages avec ta photo.

Feng fronça le nez.

— Je te l'ai dit. Ce sont de foutus néosuprémacistes.

— Ce sont mes frères quand même.

— Quoi ? Regarde celui-ci. Ça, c'est du racisme.

Bugz pointait du doigt un mème particulièrement dégradant que Feng avait reçu.

— Bien, il y en a parmi eux qui n'ont rien fait. Comme ceux avec qui je me sens le plus proche. Le Béhémoth, Joe…

Feng semblait chercher un troisième nom à ajouter à cette liste.

— Sauf qu'ils ne font rien pour que ça s'arrête non plus, pas vrai ? dit Bugz calmement, consciente qu'elle avait poussé Feng à ses limites.

— Ces gars-là me soutiennent, dit-il en continuant de secouer la tête alors que ses lèvres se resserraient devant l'évidence. Me *soutenaient*…

Bugz acquiesça.

— Je comprends ce que tu vis. Je l'ai vécu aussi. C'est comme si ton estomac était tout noué, parce que tu sais que des gens sont en train de médire de toi. Ça te donne envie de répondre à chacun de ces messages, n'est-ce pas ? De contester chacun de leurs arguments. Non ?

— Ouais…

— Tout en sachant que ça ne servirait à rien. On est d'accord ? Aucun de tes arguments à toi ne peut te faire gagner une guerre de mèmes.

— J'imagine.

— Bref, tout ce que je dis, c'est que j'espère qu'à présent tu comprends vraiment qui sont tes amis.

Feng détourna le regard.

— Le Floraverse est extraordinaire. Mais il a fallu que des types comme les membres de SANS:Clan viennent empêcher les autres d'en profiter.

Feng s'ouvrit enfin.

— Bien sûr, tu as raison. Mais tu n'as pas idée de ce que j'ai vécu. Quand c'était dur pour moi à l'école, quand j'étais plus jeune, qui était là pour moi ? Mes parents ? Liumei ? Toi ? Non, aucun de vous n'était là. Le SANS:Clan était là, dit Feng en serrant visiblement la mâchoire. Alpha était là pour moi. Au début, il était surtout comme un modèle, dans ses vidéos. Puis ensuite il m'a remarqué et m'a fait une invitation. Sais-tu ce que ça représente d'avoir ton *streameur* préféré qui t'invite à jouer avec lui ? demanda Feng en secouant la tête. Peu importe ce que je vivais dans le monde réel, je pouvais toujours parler aux gars du SANS:Clan et partir en mission avec eux. Et maintenant, dit-il en reniflant puis en s'essuyant le nez, maintenant c'est fini.

Bugz faisait oui de la tête.

— Je ne sais même pas si tout ça aura valu la peine.

Bugz cessa d'acquiescer. Voici que Stormy et Chalice revenaient vers eux, chacune tripotant son téléphone en traversant l'allée asphaltée. Elles reprirent place à la table de pique-nique. Stormy zieuta Bugz et Feng.

— On a interrompu quelque chose ? Vous avez eu votre première querelle d'amoureux? gloussa Chalice.

— Arrête, dit Bugz en souriant. Elle jeta un coup d'œil à Feng et, le voyant très abattu, elle prit une expression plus grave. Ils faisaient quoi quand vous êtes passées dans la chambre ?

— Ils parlaient, répondit Stormy.

— Sa tante était là avec eux, ajouta Chalice avec un geste de la tête en direction de Feng.

— Ç'a l'air d'être assez grave, ce truc, commenta Stormy.

— Un truc de vie ou de mort.

45

Bugz caressa les plumes au-dessus de l'œil de son oiseau-tonnerre. Binesi s'assit sur une paroi rocheuse qui surplombait les rives d'un autre lac.

— Allez, Binesi, maintenant ! appela Bugz.

L'oiseau-tonnerre se redressa et, après quelques faux départs, parvint à s'envoler vers le haut jusqu'à une branche d'arbre. Le cèdre massif chancela sous son poids comme sous une bourrasque.

Tout d'un coup, un épais rayon laser percuta la cime de l'arbre et précipita l'oiseau-tonnerre dans une chute vers le sol.

— Les SANS:Clan ! s'écria Feng en indiquant une montagne à proximité.

Tandis qu'il tirait déjà des rafales avec sa mitrailleuse, une petite horde de mercenaires du SANS:Clan affleura au sommet de cette montagne et lui tira dessus en retour.

— Mishi-pizhiw, à l'aide ! hurla Bugz vers le lac voisin. La bête émergea instantanément des eaux et Bugz lui sauta sur le dos. Elle voulait continuer de se battre, mais l'oiseau-tonnerre ne pouvait supporter davantage de dommages.

— Binesi, Feng, allons-y ! implora-t-elle.

L'oiseau-tonnerre, carburant soudain à l'adrénaline virtuelle, bondit en l'air et suivit dans le ciel la même trajectoire que prenait la panthère d'eau au-dessous d'elle dans le lac. De sa position sur la rive, Feng fit lui aussi un bond pour aller s'installer sur le dos de Mishi-pizhiw. Bugz, un fusil dans chaque main, tirait des coups de feu par-dessus la tête de Feng en direction du groupe d'assaillants qui grossissait sur la rive qu'ils venaient de quitter.

Bugz cria à Mishi-pizhiw d'accélérer, de sorte qu'ils disparurent au tournant d'une île, perdant de vue le clan. Elle hurlait : il fallait à tout prix que sa créature surnaturelle gagne de la vitesse. Après avoir repris son souffle et effectué quelques tours rapides au-dessus de l'archipel, Bugz se dit qu'ils avaient sans doute franchi une distance suffisante pour espérer un sursis.

Du coin de l'œil, elle remarqua cependant du mouvement à droite. Elle se retourna et vit une flotte d'hélicoptères SANS:Clan qui s'approchaient dangereusement. « Mais comment est-ce qu'ils ont pu nous retrouver ? » se demanda-t-elle. Bugz sauta dans les airs et tira plusieurs coups sur les hélicos – elle visait les pilotes. Un des appareils se mit à chuter en tournoyant avant de s'écraser sur la surface des eaux.

Mishi-pizhiw fit demi-tour et frappa un autre des hélicoptères comme l'aurait fait un chien méchant rendu au bout de sa laisse. Il prit l'engin dans sa gueule et ses mâchoires broyèrent tous ceux qui se trouvaient à bord, les supprimant sur le coup.

— On plonge ! Dans trois…

Bugz regardait nerveusement l'oiseau-tonnerre tomber vers elle sous le feu ennemi.

— Deux…

Le volatile encaissa une autre décharge. Bugz sauta jusqu'à la hauteur des hélicoptères et liquida l'un d'eux avec la précision d'un *sniper*. L'appareil décrivit une spirale jusqu'au lac tandis que Bugz et son oiseau-tonnerre dégringolaient vers Mishi-pizhiw.

— Un…

Bugz finissait à peine son compte à rebours que Feng se mit à décharger son arme à plusieurs reprises sur les hélicoptères restants. Son visage exsudait une grande colère et Bugz se demanda s'il regrettait sincèrement de s'être retourné contre son clan. Elle fit un bruit sourd en atterrissant à côté de Feng sur le dos de Mishi-pizhiw, qu'elle agrippa de toutes ses forces. L'oiseau atterrit par-dessus Bugz et Feng, les couvrant tous deux de ses ailes, et enfonça ses serres dans le flanc de Mishi-pizhiw. Celui-ci émit un rugissement.

Bugz adjura :

— Plonge !

La bête y alla tête première ; l'équipe disparut sous l'eau en une fraction de seconde. Les hélicos encerclèrent ce point où avaient plongé les intrépides et criblèrent les vagues de tirs en tous sens, dirigeant en même temps leurs projecteurs au hasard en vue de les localiser dans le lac.

46

Une fois sous les vagues, Mishi-pizhiw s'enfonça de plus en plus dans ce nouveau lac. Sa silhouette ondulante ressemblait à ce qu'on voit sur les photographies du monstre du Loch Ness. Il agitait sa queue de haut en bas pour propulser son équipage toujours plus loin en profondeur. Ce lac paraissait sans fond.

— Il y a une série de grottes sous-marines où nous pourrons nous réfugier, dit Bugz dans son micro.

Feng approuva de la tête avant que Bugz ajoute :

— Les grottes créent un tunnel qui mène à un autre lac loin d'ici, alors nous devrions être en mesure de gagner du temps afin de reprendre des forces.

Elle regarda sur sa visière les commentaires dans le fil de clavardage.

ChevalierSuper Bravo, belle échappée !

Gorille97 Je t'envoie un peu de crypto ; lâche pas !

Persefun Mais où tu vas ?

VraiClanSans Quelle tricheuse !

Bugz mit les notifications en sourdine et arrêta la captation en direct. En ce moment, ça ne pouvait que la distraire inutilement. Elle avait commencé à recevoir considérablement moins de cadeaux depuis qu'Alpha s'était emparé du nid de Mishi-pizhiw. Bugz détrônée, le SANS:Clan avait vite fait main basse sur le jeu, de sorte que d'autres joueurs menaient maintenant la partie. Leurs ressources avaient augmenté, de pair avec leur popularité. Et un nouveau courant de pensée était devenu viral en ligne : ses adeptes affirmaient que Bugz n'avait jamais mérité le statut dont elle avait pu jouir au cours des dernières années. Il y avait toujours des trolls pour lui rabâcher ça, chaque fois qu'elle ouvrait une fenêtre de clavardage. Ils la harcelaient, la raillaient et lui rappelaient surtout combien la communauté en ligne pouvait être terrible à l'égard des jeunes femmes. Bugz faisait de son mieux pour ignorer ces commérages, mais elle s'inquiétait néanmoins du nombre d'abonnés qu'elle avait perdus.

Mishi-pizhiw pénétra dans l'ouverture d'une énorme grotte. L'entrée ressemblait à la gueule béante d'un démon aquatique si grand qu'il allait les dévorer tout rond. Soudain, ils se retrouvèrent dans le noir complet. Bugz s'extirpa – puisque l'oiseau-tonnerre reposait encore lourdement sur elle et son compagnon –, puis elle remonta l'échine de Mishi-pizhiw jusqu'à sa tête et le saisit par les cornes. Elle le dirigea à travers cette enfilade de cavernes en se fiant à la fonction de vision nocturne sur son affichage tête haute. Brusquement, ils virèrent à gauche afin d'éviter une stalactite de grande taille et continuèrent jusqu'à un passage en ligne droite, croisant un banc de poissons aveugles qui allaient en sens opposé.

« Comme c'est étrange. Ils devraient nous fuir au lieu de nager vers nous », pensa Bugz. « S'il n'y a rien au bout de ce tunnel, c'est de nous qu'ils devraient avoir peur. »

Voyant qu'elle s'engageait dans un tunnel qui les emmènerait encore 100 mètres plus loin dans les profondeurs, Bugz poussa sur les cornes de Mishi-pizhiw à toute allure, fonçant vers le bas avant de virer d'un coup sec sur un nouveau plan à l'horizontale. Arrivée là, Bugz fut éblouie par la blancheur qui embrasa instantanément sa visière et lui brûla les yeux, qui s'étaient habitués au mode nocturne. En tâtonnant, elle éteignit la fonction de vision nocturne et vit quelle intense lumière se trouvait en face d'eux. Le tunnel était si étroit qu'il n'y avait pas de place pour faire demi-tour.

— Feng, amène-toi ! cria-t-elle. Comment est-ce qu'ils nous ont retracés ?

Mishi-pizhiw, grinçant des dents, prit rapidement de la vitesse, dans l'espoir de faucher ce qui se trouverait en travers de leur chemin au bout du tunnel – peu importe ce que ce serait. Trente mètres, 15 mètres, 10 mètres…

Mishi-pizhiw, émergeant du tunnel, se retrouva nez à nez avec une flottille de sous-marins du SANS:Clan.

— Ils n'avaient aucun moyen de savoir que nous étions ici ! s'exclama Bugz. Aucun ! C'est toi qui leur as envoyé un message ? demanda-t-elle en poussant sur l'épaule de Feng.

— Non ! cria-t-il à son tour. Je te le jure. Ils m'ont coupé l'accès à leur système vocal et au groupe de clavardage.

— Mais comment ils ont su, alors ?

— Arrête tes insinuations tout de suite. Après toutes les conséquences que j'affronte pour t'avoir aidée. Tout ce que j'ai abandonné…

Feng secouait la tête, offusqué.

Bugz serra les dents et dégaina deux fusils, qu'elle déchargea sur le sous-marin le plus près. Une grenade submersible explosa à tribord, dont la détonation la projeta loin du dos de Mishi-pizhiw. Le serpent-panthère chargea à son tour un sous-marin et le broya entre ses mâchoires tel un requin déchiquetant une chaloupe. Les identifiants des joueurs à bord irent flotter au-dessus de l'épave. L'ennemi changea de tactique.

Un des sous-marins fonça droit sur Mishi-pizhiw : celui-là jouait les appâts, tandis que trois autres se détachaient du groupe pour l'attaquer par le flanc. Tous trois commencèrent à tirer des rayons laser sur Binesi, le ventre en l'air. L'oiseau-tonnerre était complètement sans défense sous l'eau. Bugz, voyant ce qui se passait, poussa un cri. Mishi-pizhiw attrapa le sous-marin qui servait de leurre, puis se retourna pour combattre les autres, mais il était trop tard. Leurs lasers forcèrent Binesi à relâcher ses serres et elle coula, allant s'effondrer sur le sol de la grotte.

Les soldats SANS:Clan poursuivirent leurs tirs vers l'oiseau-tonnerre pendant que Mishi-pizhiw anéantissait les sous-marins qui l'attaquaient l'un après l'autre. Leurs vestiges s'empilaient avec fracas sur le plancher de la caverne, non loin de l'oiseau-tonnerre maintenant à-demi mort. Les détonations parvinrent à l'oreille de Bugz, qui continuait de tirer sur encore plus de sous-marins depuis son perchoir improvisé, à l'arrière d'une stalagmite. Avec la précision d'un tireur d'élite, elle les détruisit tous, sauf un. Feng s'engagea dans un échange de tirs avec ce dernier, un vaisseau à énergie nucléaire qui était aussi le plus gros de la flotte.

Bugz tourna son attention vers son bel oiseau recroquevillé au sol. Aussi vite qu'elle put, elle nagea pour être à ses côtés. Ce faisant, Bugz encaissa plusieurs décharges de laser provenant du sous-marin récalcitrant, qui s'éloignait de la portée de Feng. D'autres vaisseaux arrivèrent dans la grotte en renfort ; ceux-là s'en prirent rapidement à Feng et à Mishi-pizhiw, cette fois à coups de torpilles.

Bugz prit entre ses bras la tête massive de Binesi. Elle lui caressa le bec. Le sous-marin nucléaire se prépara à tirer, mais Bugz se retourna et, en trois coups de feu, mit hors fonction ses systèmes armés. Endommagée quoique pas encore détruite, la coque du sous-marin se mit à prendre une teinte orangée et translucide. À l'intérieur, l'équipage programma l'autodestruction du vaisseau, dans le but de le faire exploser au contact de Bugz au moment où le réacteur nucléaire lâcherait ses radiations cataclysmiques. Bugz le voyait s'approcher d'elle à vive allure, mais elle refusait d'abandonner son oiseau-tonnerre.

Au moment où le sous-marin se préparait à démolir Bugz, l'oiseau-tonnerre puisa dans ses denières réserves d'énergie pour saisir le vaisseau entre ses serres. On le vit pris de secousses, signe qu'il atteignait un point critique de son processus d'autodestruction radioactive. Bugz embrassa l'oiseau-tonnerre, puis se donna une poussée pour quitter le fond du lac. Elle battait des jambes éperdument, mettant autant de distance que possible entre elle et l'explosion imminente.

Mishi-pizhiw ramena Bugz et Feng dans le tunnel avec une petite fraction de seconde d'avance sur la déflagration. De son dos diamantin, l'animal bloqua l'embouchure du tunnel et se tint prêt à absorber toute l'énergie qui allait se dégager.

La caverne fut inondée de lumière quand le réacteur nucléaire explosa enfin, incinérant spontanément le sous-marin et l'oiseau-tonnerre, tous d'un même souffle. La bouffée radioactive détruisit également tous les autres vaisseaux du SANS:Clan.

Une fois passée l'onde de choc et après que l'eau eut cessé de bouillir et se fut suffisamment refroidie, Mishi-pizhiw revint sur la scène de la bataille et mira le fond du lac, tristement. Bugz nagea jusqu'à l'extrémité de la grotte et regarda en bas. Elle y vit l'oiseau-tonnerre, dernier de son espèce, gisant sans vie et pétrifié dans la cendre. Le volatile avait les ailes ouvertes à la façon d'un aigle sur un blason, tenant toujours dans ses pattes la carcasse du submersible nucléaire. Bugz se mordit la lèvre inférieure.

Feng la dépassa à la nage, pour aller constater lui-même la scène.

— Je suis vraiment désolé, Bugz, dit-il dans son casque d'écoute.

Comme il continuait de nager devant Bugz, c'est là qu'elle put voir, sous le col de Feng… un petit orbe rouge et lumineux qui clignotait. Bugz mit une seconde à comprendre ce que signifiait cette petite lumière. Elle refusait de croire ce qu'elle avait vu ou d'accepter la trahison que représentait cette lumière rouge, mais de nouveau, elle la vit clignoter. Un dispositif de repérage. Feng les avait conduits à elle. Tout ça, c'était de sa faute à lui. Elle en eut tout de suite les larmes aux yeux. L'adrénaline fusa vers ses terminaisons nerveuses. Elle saisit son épée d'obsidienne.

— ESPÈCE DE LÂCHE ! cria Bugz. C'est toi, c'est toi qui as fait tout ça ! Et tu n'as même pas eu le courage de m'affronter. Tu n'as jamais eu le courage de te battre !

— Non, Bugz, je n'ai ri…

Bugz coupa Feng au milieu de sa phrase. Elle le décapita d'un rapide coup d'épée, en pivotant sur elle-même.

Pendant un moment, elle examina l'expression de choc sur le visage de Feng, dont la tête tournait lentement dans l'eau. Bugz remarqua le symbole Ø scarifié sur le bras du jeune homme. Elle secoua la tête.

« Perdant un jour, perdant toujours. »

L'héroïne fit demi-tour et s'accrocha à Mishipizhiw. Sa queue puissante les propulsa en avant à grande vitesse à travers le réseau de grottes. Ensemble, le duo fonça tête première dans le noir.

47

Un jeune homme marchait dans la forêt, titubant presque, trébuchant ici et là dans l'obscurité d'une nuit nuageuse. Il tenait d'une main tendue devant lui son téléphone cellulaire, qui illuminait une petite partie de l'espace environnant. Il arborait une casquette de camionneur, dont la visière lui couvrait pratiquement les yeux : ça ne lui servait pas tellement de subterfuge, mais il la portait ainsi parce qu'elle lui donnait la sensation d'être à l'abri, et cela le rassurait. « Personne ne me reconnaîtra ici, loin de toute civilisation », se disait-il. Il avait aussi enfilé la chemise bûcheron et le jeans déchiré qui étaient la marque distinctive des membres de SANS:Clan dans le monde réel. Sur chacun de ces biceps on trouvait un tatouage de l'o barré : Ø. Ce jeune homme, c'était le Béhémoth, dont l'allure était bien plus modeste dans la vraie vie que ne le suggérait son nom de joueur.

Il buta contre une souche et tomba par terre ; son téléphone, lui, vola en l'air devant lui. « Merde. » Il se frotta le tibia, qui lancinait de douleur, jusqu'à ce qu'il se sente moins confus. Autour de lui, il lui était impossible de voir quoi que ce soit, d'autant plus que cet environnement boisé était une chose complètement étrangère à l'enfant de la ville qu'il était. Il écarquilla les yeux, scrutant les alentours avant de remarquer le cercle luminescent qu'émettait son téléphone tombé près d'un arbre, hors de portée. Il s'efforça de chasser l'impression qu'il avait d'être atterri sur une masse grouillante de vers. Il se releva et balaya frénétiquement du revers de la main les épines de pin qui collaient à ses vêtements.

Avec des gestes lents et posés – et avec la peur au ventre –, il se mit à avancer les bras tendus en avant, traînant les semelles comme s'il faisait du ski de fond. Il toucha un arbre devant lui. Nerveusement, il tâtonna le tronc étroit, de haut en bas, puis le contourna. Ses pieds aboutirent dans un petit bosquet. Il s'accroupit pour en déterminer la forme exacte en le touchant, avant de l'enjamber avec lenteur : à ce stade, encore, il s'attendait presque à être avalé par un trou sans fond de l'autre côté. Quand son pied rencontra la terre ferme, il émit un soupir de soulagement. Le rectangle lumineux était là, droit devant lui, et il se pencha pour le ramasser.

L'écran du téléphone brillait très fort, baignant de sa lumière chacune des choses qui l'entouraient. La fonction RA était pour ainsi dire inutile à présent. L'appareil avait émis cet éclat intense pendant toute la demi-heure qu'avait duré son excursion dans la forêt, et le jeune homme sentait qu'il approchait maintenant de son but. Il leva les yeux de son téléphone. Devant lui, dans la lumière de l'écran qu'il tenait à la main, il y avait une clairière.

Le Béhémoth respirait fort. Il s'élança et voulut courir dans cette clairière, croyant que sa volonté seule suffirait à le porter là où il le souhaitait. Or il trébucha contre une grosse racine et s'affala de nouveau, cette fois tête première. Son visage glissa sur le sol humide.

Le Béhémoth sentit une pluie légère lui tapoter l'arrière de la tête alors qu'il faisait l'inventaire des dommages subis. Son tibia élançait toujours, et son torse et ses jambes étaient trempés. Mais il respirait encore. Il venait d'égarer son téléphone une seconde fois. Il se releva et eut quelques clignements d'yeux avant de recouvrer la vue.

Et c'est là qu'il le vit.

Son téléphone gisait dans la boue à plusieurs pas de distance, mais autre chose avait capté son attention. Se dressant au-delà de son petit écran tels des obélisques extraterrestres, il y avait là, auréolé de lumière orangée, tout un tas de mégalithes arrangés pour former un cercle. Le nid de l'oiseau-tonnerre. Le jeune homme s'y dirigea en courant et lança une visioconférence groupée aussitôt qu'il eut mis la main sur son téléphone. Alpha et les autres leaders du SANS:Clan répondirent à l'appel. La pluie se mit à tomber plus fort au moment où il établissait la communication.

— Quoi ? demanda Alpha.

— Je l'ai trouvé ! hurla le Béhémoth, tandis qu'un vent fort se levait. Je l'ai ! C'est exactement comme celui du Floraverse : un cercle de pierres géantes !

— Tu l'as trouvé ? demanda Alpha.

— Oui !

— OK, dit Alpha en hochant la tête. Envoie-nous tes coordonnées d'emplacement. C'est excellent. Bugz ne pourra plus rien contre nous, désormais. Bon travail, soldat !

Alpha mit fin à l'appel et laissa le Béhémoth à lui-même. Ce dernier se retrouvait seul dans le noir, assis sous l'averse, l'eau ruisselant sur sa tête.

48

— Bugz, attends.

Elle vit Feng marcher vers elle. Le large couloir débordait d'adolescents qui se précipitaient vers leurs classes. L'un d'eux, qui remarqua au passage les signes d'une confrontation imminente, donna une tape sur l'épaule de son ami et tous deux s'arrêtèrent pour regarder.

— Je n'ai pas envie de te parler, dit Bugz, les yeux rivés au plancher.

— Allez...

— Non.

— Bugz, dis-moi quelque chose !

— Laisse-moi tranquille !

— Tu me dois une explication.

À ces mots, Bugz se tourna vers Feng avec une expression ébahie.

— *Moi*, je te dois une explication? fit-elle, puis elle monta le ton. Je ne te dois rien! Tu as détruit tout ce qui était important pour moi!

Bugz se carra devant Feng : une posture de défi. Malgré sa taille plus petite, elle s'approcha à quelques centimètres de son visage.

— Qu'est-ce que j'ai fait? demanda Feng, les traits déformés par la colère. C'est toi qui m'as éliminé du Monde des esprits! Je suis obligé de recommencer à zéro! Sais-tu combien de temps j'ai dû y mettre la dernière fois?

Une foule s'était amassée, formant un cercle autour d'eux. Chaque étudiant avait vu, en direct ou en rediffusion, ce qui s'était passé la veille dans le Floraverse. Tout le monde avait vu Bugz détruire le garçon dont ils la pensaient amoureuse. En ce moment même, des dizaines de téléphones captaient et diffusaient en temps réel ce règlement de compte. Les écrans translucides permettaient de voir l'air ahuri et excité de leurs propriétaires.

— Tu l'as mérité, dit Bugz. C'est toi qui les as guidés vers moi, et ils ont tout pris ! Toutes les choses auxquelles j'avais donné naissance sont mortes. Tout ce que j'ai fait pour ma culture, c'est fini ! Il ne me reste qu'une seule de mes créations !

— Je n'ai rien fait de mal. J'ai juste essayé de t'aider.

Bugz se retenait de hurler. Elle aurait voulu le faire souffrir. Et elle se dégoûtait elle-même, parce qu'elle tenait à ce garçon, malgré le fait qu'il ne la comprenait visiblement pas. Elle repensa encore aux cicatrices qu'elle avait vues sur les avant-bras de sa cousine Ally. Une larme s'échappa et roula sur sa joue.

— Oh, elle pleure… lâcha un des spectateurs, comme pour nommer l'évidence.

— Ta gueule ! lui cria Bugz.

Le spectateur rapprocha les yeux de son téléphone, comme si ça le protégerait. Et Feng reprit la parole :

— Je comprends. Dans le Floraverse, tu étais brave, mais dans le monde réel, tu n'es rien, le vide total. Maintenant que tu n'as plus le pouvoir de ressusciter ton avatar comme par magie, c'est tout ce qu'il te reste : du vide.

Bugz s'essuya les yeux sur sa manche. Elle renifla et reprit son calme. Désormais, elle voyait clair dans le jeu de Feng; la mesquinerie de son insulte avait quelque chose d'apaisant.

— Je regrette de t'avoir invité dans ma vie, dit-elle doucement. Tout s'est mis à s'écrouler après ton arrivée.

Elle étudia ses iris en quête d'un signe de compassion, d'une lueur d'humanité, de quelque chose. Mais, bredouille, elle ajouta :

— Je pensais que tu me voyais vraiment telle que je suis.

— Et moi dans tout ça? Toutes ces fois où je me suis laissé malmener pour toi. Là, je vais devoir tout recommencer. Pire encore, aucun clan ne voudra de moi maintenant que le SANS:Clan m'a mis sur sa liste noire.

— Qu'est-ce que ça peut faire? Ce sont tous des idiots.

— J'avais tout abandonné pour suivre le SANS:Clan. J'ai même quitté mon pays pour eux, tu te rends compte ? Et qu'est-ce que j'ai fait ensuite ? Je les ai trahis pour t'aider, toi. Grosse erreur. C'est moi qui ai tout perdu, pas toi !

— Des gros bras sans cervelle, il y en a un million sur le Web. Ce sera un jeu d'enfant pour toi de te racheter une maudite armure et des fusils comme ceux que tu as perdus ! lança Bugz en secouant la tête. Pour moi, impossible d'en faire autant. Je viens de perdre tout un mode de vie. Une copie de sauvegarde de notre civilisation. C'est fini.

— Tu peux ressusciter ! rétorqua Feng en écartant les bras comme pour inciter Bugz à se battre avec lui. Tu peux tout reconstruire !

— Feng, va-t'en.

— Non, il faut que tu acceptes de me parler ! Tu me dois bien ça.

Bugz se détourna de lui.

— Je te demande de t'en aller, c'est tout, dit-elle à voix basse.

— D'accord. Je vais partir pour aller visionner un tas de nouveaux mèmes qui montrent quel traître je suis. Et toi, tu peux retourner te déguiser et rester cachée derrière ta versona.

Feng s'éloigna de quelques pas fiers, s'arrêta, pivota. La foule cessa de parler. Feng toisa Bugz de la tête aux pieds, en prenant son temps. Il conclut :

— De toute façon, je ne supporte pas ton apparence sans mon téléphone.

49

Bugz encaissa ces mots avec détachement tandis que Feng disparaissait parmi la foule. Les personnes ainsi agglutinées parurent s'agiter nerveusement à son passage, échangeant des regards pantois. Bugz se sentit comme ensevelie sous une avalanche d'yeux qui l'analysaient. Elle savait que si elle prenait son téléphone, à cet instant, elle donnerait l'impression d'être toute petite, et triste, et que son geste serait immortalisé à jamais sur les plateformes vidéo. C'est pourquoi elle opta pour une solution un peu plus raisonnable : la fuite. Au pas de course, elle se fraya un chemin entre tous ces voyeurs jusqu'aux toilettes les plus proches et s'y enferma. Elle s'assit dans un coin et, collée aux tuiles, laissa libre cours à ses pleurs. C'est là seulement qu'elle prit son téléphone pour jouer avec, sans but véritable.

Bugz entendit frapper à la porte.

— Va-t'en ! maugréa-t-elle.

Trois autres coups.

— J'ai dit : VA-T'EN !

Après un moment, on entendit une voix féminine à travers la porte.

— C'est moi, Stormy.

Stormy attendit quelques instants de plus avant d'ajouter, doucement quoique fermement :

— Ouvre donc.

Elle frappa gentiment à la porte une dernière fois avant que Bugz se décide à se lever pour entrouvrir la porte. Elle savait que Stormy pouvait voir ses yeux rouges et bouffis, mais elle s'en fichait.

— Je peux entrer ? demanda l'amie.

— Je ne vais pas m'automutiler.

— Eh bien, c'est une bonne chose, dit Stormy en souriant. Mais en fait, je voulais juste te demander comment tu allais.

Bugz fit un pas de reculons et Stormy se glissa à l'intérieur. Bugz remarqua à quel point Stormy était mince.

— Bon sang, c'était dur, ce qu'il t'a dit ! offrit Stormy. C'est ce qui fait que je déteste les gars de notre âge… tellement immatures. Genre, au lieu de juste s'en tenir aux arguments, il faut qu'ils te balancent des trucs à la figure juste pour te blesser ?

— Ouais… répondit Bugz.

Elle se retourna pour voir son reflet dans le miroir au-dessus du lavabo. Elle replaça un peu ses cheveux avant de faire couler l'eau pour s'en asperger le visage, puis se regarda de nouveau. Un vrai gâchis.

— Il t'a fait une scène de fou ! dit Stormy avant de s'interrompre une seconde, souriant. Chalice était genre : « Je te l'avais dit ! » continua Stormy, dont le rire emplit la petite salle. Excuse-moi, mais c'était drôle. Bref, ne te laisse pas abattre par tout ça. Il ne sait pas ce qu'il dit. Je veux dire, comment peut-il dire des choses pareilles ? C'est clair qu'il ne les pensait pas. Ton frère est à l'hôpital, et lui, il t'engueule ?

Bugz hocha la tête. Stormy, qui se tenait derrière elle, lui sourit dans le miroir.

— Viens, laisse-moi faire.

Elle écarta les mains de Bugz et entreprit de lui tresser les cheveux : deux tresses françaises bien serrées.

— Vraiment, il s'est défoulé sur toi. Il doit être vraiment frustré. Qui aurait cru que les jeux vidéo pouvaient prendre autant de place dans nos vies ?

— C'est plus qu'un simple jeu vidéo, dit Bugz avec éloquence.

Elle sonda du regard les yeux de Stormy; elle espérait tant être comprise.

— C'est l'argent, c'est ça ?

— Non. J'ai encore accès à toutes mes économies, dit Bugz avant de marquer une pause. Tu ne comprends pas. Ce n'est pas juste un jeu. C'est ma vie.

Stormy plissa le front.

Vexée, son interlocutrice reprit :

— Tout le temps que j'ai mis à me bâtir une carrière dans ce jeu, tout ce que j'ai créé, tout ce qui importe pour moi dans cet univers-là : c'est ça que tu n'arrives pas à comprendre.

— Au contraire, je comprends très bien.

Stormy restait profondément concentrée sur la chevelure de Bugz. Elle continuait de mouiller ses doigts sous le robinet pour rattraper les mèches rebelles près des tempes de Bugz. Elle s'expliqua :

— J'ai perdu tout mon travail de perlage dans un incendie, il y a deux ans. Tous mes regalias pour la danse du châle, en fait, précisa-t-elle en secouant la tête. Mais c'est pour le perlage que j'ai le plus pleuré. J'étais tellement découragée ! dit-elle, puis elle sourit de nouveau. Ma fille, j'ai tellement pleuré que ton petit drame de tout à l'heure passerait pour un petit rien du tout en comparaison. Si tu m'avais vue !

Bugz sourit. Et Stormy poursuivit sur sa lancée :

— Mais ouais, perdre tout ce travail m'a fait beaucoup de peine. C'était comme un premier chagrin d'amour ou quelque chose du genre, dit-elle en se focalisant sur ses mouvements de doigts afin de faire à Bugz des nattes parfaites. Non mais, sérieusement. C'était le premier ensemble que j'avais perlé moi-même. J'y avais mis tout mon cœur. J'avais travaillé dessus tout l'hiver, puis j'avais dansé dedans tout l'été, pendant deux étés en fait, et puis boum ! il était parti en fumée.

Bugz eut une pensée pour Waawaate. Elle déglutit.

— C'est ma *koukoum* qui m'a enseigné le perlage. Elle me disait : « Avec chaque perle que tu enfiles, fais une prière », dit Stormy dans sa meilleure imitation de sa grand-mère ; elle avait même voûté le dos légèrement. *Koukoum* disait : « Un travail de perlage, c'est un signe d'amour ; on voit combien tu es aimée quand quelqu'un s'est donné la peine de coudre chacune de ces petites perles, et d'y ajouter des prières rien que pour toi ! » Alors j'imagine que tous nos vêtements perlés sont vraiment des belles preuves d'amour, non ? C'est pour ça que j'ai braillé comme une folle quand mon ensemble a brûlé, à cause de tout l'amour que ça représentait et parce que je venais de perdre tout cet amour. Mon premier amour, soupira Stormy.

Bugz se mit à pleurer de plus belle, quoique sans véritable raison. Elle voyait sa relation avec

Waawaate comme un travail de perlage. Chaque moment qu'ils passaient ensemble était une petite perle de verre coupé, cousue aux côtés d'autres perles pour former le motif de leur vie. Chaque larme qu'ils avaient pleurée ensemble participait de ce beau motif floral. Chaque fois qu'elle l'avait vu danser et se montrer si bon envers tout le monde, que ce soit lors des pow-wow, dans les cérémonies traditionnelles ou ailleurs, partout où il faisait tant rire les gens : chacune de ces fois était une autre perle chatoyante qui ornait le tissu de leurs souvenirs. Non seulement ils avaient perlé leurs regalias ensemble, mais c'étaient les plus beaux regalias qu'elle ait jamais vus – beaux comme la toute première robe à clochettes née des rêves étincelants de ses ancêtres, à l'origine des temps. Et voici que tout cela lui échappait comme le temps qui fuit…

— Waawaate est mon meilleur ami, dit Bugz. Mon seul ami, peut-être.

Elle essuya les larmes sur ses yeux.

— Je suis ton amie, moi.

Stormy enfila un élastique au bout de la tresse qu'elle venait de terminer.

— Pour de vrai ?

— Non, je veux juste me servir de toi pour me rapprocher de Waawaate.

Toutes deux éclatèrent de rire et Stormy se mit à tresser le reste des cheveux de Bugz.

50

Dans le Floraverse, la pluie tombait à la diagonale, forçant Mishi-pizhiw à plisser les yeux. Bugz le chevauchait, à l'aveuglette. À quelques reprises déjà, ils avaient échappé de peu à une autre rencontre avec le SANS:Clan. Quoi qu'il en soit, une confrontation finale avec leurs ennemis mortels semblait inévitable.

Pire, Bugz craignait que l'attaque la prenne par surprise.

Bugz planifiait de refaire ses défenses. Elle envisageait de créer une armée de bisons qui prendrait d'assaut les prairies ; elle allait les jumeler à une nouvelle escadrille d'oiseaux-tonnerre et à une armada d'esturgeons… mais Bugz n'avait plus accès au nid qui se trouvait au fond du lac des Torches, et ça l'empêchait de matérialiser ces visions. Sans cela, il lui fallait du temps. Et le temps était une denrée rare.

Bugz était en cavale depuis que Feng avait conduit les SANS:Clan à ses trousses ; elle ne disposait jamais de plus d'une poignée d'heures pour se reposer avant de devoir se remettre en mouvement… elle avait à peine le temps d'activer son agent intelligent et de dormir – c'est donc dire qu'elle était loin d'avoir le temps de remettre sur pied une armée d'êtres surnaturels. L'épuisement se faisait sentir. « C'est comme ça que devaient se sentir mes ancêtres », se dit Bugz. Elle eut un petit rire sec et secoua la tête en se rendant compte qu'elle venait de comparer sa poursuite dans le Floraverse avec le génocide bien réel des peuples des Amériques. Au moins, elle pouvait encore rire. « Ça vaut mieux que pleurer. »

La pluie tombait à verse alors que Mishi-pizhiw approchait la péninsule qui abritait Castle Rock, une formation de pierre naturelle qui s'élevait à une centaine de mètres vers le ciel. Il aurait pu s'agir, à peu de chose près, d'une sorte de gratte-ciel fait de colonnes de roc massif. Le temps était venu de donner un dernier battement d'ailes dans cette direction. Ils passèrent un dernier virage : une rive peuplée d'arbres et de rochers qui filait en contrebas.

De l'autre côté de ce tournant, une flottille impressionnante de vaisseaux de guerre, d'hélicoptères et de sous-marins SANS:Clan les attendaient dans la baie. Une centaine de mégamitrailleuses Gatling s'alignaient sur les porte-avions. Jusqu'aux hauteurs de Castle Rock, on voyait d'innombrables tanks et tourelles, leurs canons braqués sur l'eau. Encore plus d'hélicoptères continuaient de descendre dans la baie. Toute la force de frappe qu'avaient brandie les SANS:Clan lors de la dernière bataille se trouvait multipliée par cent. Ils étaient armés jusqu'aux dents.

Mishi-pizhiw rugit, en partie pour avertir Bugz du danger imminent et en partie de pure exaspération. « Comment ai-je pu être aveugle à tout ça ? » se demandait Bugz. « L'équilibre a vraiment basculé. » Bugz sentit un picotement autour de sa colonne vertébrale : sa paranoïa était manifeste. Elle jeta un œil par-dessus son épaule. Des dizaines d'hélicos descendaient du ciel – Bugz et Mishi-pizhiw étaient pris dans un étau.

— Il va nous falloir un sacré miracle pour que nous en sortions vivants ! lança Bugz à l'endroit de Mishi-pizhiw.

Pour toute réponse, il grogna.

— Allez, mettons-leur en plein la vue !

Elle s'agrippa à la tête du grand serpent à cornes et celui-ci plongea sous la surface des eaux. Les sous-marins descendirent pour les torpiller.

La bataille commençait.

51

Bugz guida Mishi-pizhiw loin des sous-marins, mais son long torse fut atteint par le tir de barrage. Comme ses dommages demeuraient limités, il plongea encore plus profondément tel un léviathan tapi sous la flotte submersible, puis il prit de la vitesse. D'un coup rapide, il s'éleva pour foncer sur le premier sous-marin en vue, puis le second, le troisième, et ainsi de suite... jusqu'à ce qu'il les eût tous mis en pièces, à la manière d'un maître de taekwondo brisant des planches de bois. Il se secoua pour dissiper les effets de l'impact répété et nagea vers la surface avec Bugz toujours accrochée à son dos.

Sur les hautes vagues, des porte-avions encerclaient la zone où Mishi-pizhiw se préparait à émerger. Les artilleurs hélicoportés avaient tous en joue cette même zone. Alpha descendit d'une des tourelles posées sur Castle Rock pour voir le carnage de plus près. Les guerriers SANS:Clan gardaient le silence. Le calme avant la tempête. Même la pluie s'était arrêtée, et le ciel commençait à s'éclaircir.

Mishi-pizhiw perça la surface à la verticale et s'éleva à 40 mètres dans les airs. À cette hauteur, il s'arrêta, semblant un instant défier la gravité, et pivota pour replonger de côté. Il planifiait de s'abattre sur les vaisseaux submergés. Les méga-Gatling firent feu en même temps que les hélicoptères de combat. Il suffit d'un instant à Bugz pour comprendre que quelque chose allait de travers. Les projectiles étaient en train de causer de sérieux dommages aux écailles diamantines de Mishi-pizhiw. Les SANS:Clan avaient bonifié leurs armes de façon exceptionnelle.

Mishi-pizhiw se tordait de douleur. Il se fracassa lourdement contre un des porte-avions, détruisant celui-ci du même coup ainsi que quelques navires plus petits. Mais il était gravement blessé. Tandis que coulaient les embarcations ainsi sabordées, Mishi-pizhiw glissa jusqu'au rivage. Sur son dos, Bugz se retourna pour tirer, de ses deux fusils, vers l'épave qu'ils laissaient derrière eux. Quelques instants plus tard, des centaines d'identifiants de joueurs montèrent des vaisseaux coulés.

— Mishi-pizhiw, tu vas t'en sortir !

Bugz sentit sa voix craquer. Désespérée et se rappelant les enseignements du *sweat lodge*, elle implora les pierres dispersées sur la rive :

— Grand-mère, grand-père…

Les pierres se mirent à trembler, puis à s'élever : en cheffe d'orchestre, Bugz les dirigea de sorte qu'elles formèrent un tourbillon symphonique au-dessus d'elle. D'un geste des deux mains, elle les lança en direction des hélicoptères. Les pierres volèrent lentement et rebondirent, inoffensives, contre la volée de projectiles que lui renvoyaient les canons.

— Il va me falloir un moment pour maîtriser ce truc des pierres, avoua-t-elle aux quelques rares spectateurs qui continuaient de visionner son direct.

Elle et Mishi-pizhiw touchèrent la rive ; là, Bugz descendit en sautant du dos de la bête. Le duo décampa le long de la plage jusque de l'autre côté de Castle Rock. Des hélicos s'élevèrent au-dessus des cimes des arbres et se mirent à leur tirer dessus. Bugz en élimina les pilotes un à un, mais les artilleurs étaient plus rapides. Ils bombardèrent Mishi-pizhiw sans pitié. Celui-ci se secoua avec fougue, se métamorphosa pour prendre sa forme terrestre et, en courant, fit demi-tour sur la plage pour aller gravir le flanc de montagne jusqu'au sommet. Chemin faisant, il bondit sur les tanks qui s'y trouvaient et en jeta les carcasses dans le lac.

Bugz se figea un instant pour admirer la beauté formidable de la bête. À la vue d'Alpha, qui dirigeait lentement son canon à énergie vers Mishi-pizhiw, elle reprit ses esprits.

— Non !

Elle tira plusieurs coups qui assommèrent Alpha. Comme Mishi-pizhiw se retournait pour voir de quoi il s'agissait, des tirs provenant d'hélicoptères s'abattirent tout près de Bugz et la poussèrent à la renverse.

Mishi-pizhiw descendit de Castle Rock à grands bonds, encaissant les coups de feu tout du long. Malgré ses blessures, il saisit Bugz à terre et la prit dans sa gueule pour l'envoyer d'un élan se rasseoir sur son dos. Dans la partie peu profonde du lac, il courut vers le porte-avions le plus proche. Puis il sauta dessus, retombant sur ses quatre pattes, et se mit à arracher d'énormes morceaux de tarmac. Ensuite, il sauta sur un autre porte-avions, y faisant tout autant de dégâts avant de plonger dans les eaux profondes.

Mishi-pizhiw reprit sa forme aquatique et attrapa Bugz. Sous le couvert d'une forêt d'algues massives, il l'emporta à la nage vers l'extrême opposé de la baie. Et là, entre les racines de nénuphars et les joncs, Mishi-pizhiw regarda Bugz droit dans les yeux. Ses grandes pupilles de chat la transpercèrent jusqu'en son âme.

Bugz pensa à sa propre mère.

— Je t'aime, chuchota-t-elle.

Les yeux de la jeune femme s'emplirent de larmes qui allèrent se dissoudre dans l'eau virtuelle du lac. L'animal géant fit un geste de la tête pour demander à Bugz de rester là.

— Je viens avec toi, protesta-t-elle.

Il fit simplement non de la tête.

Bugz et Mishi-pizhiw se collèrent le bout du nez l'un contre l'autre, leur respiration profonde produisant des bulles d'air qui filaient vers le haut. Bugz en frissonna jusqu'au centre de son être. La bête sourit une dernière fois, se retourna et partit à toute allure vers la bataille.

Sous les vaguelettes, s'aidant d'une tige creuse de nénuphar pour respirer sans faire de bulles, Bugz regarda Mishi-pizhiw se lancer vaillamment à l'assaut des hordes de SANS:Clan. Les projectiles énergétiques s'abattaient sur lui tandis qu'il s'élevait jusqu'au ciel en rugissant. Il attrapa un hélicoptère dans sa gueule et le lança contre un autre hélicoptère, les faisant tous deux tomber des nues en spiralant. Son corps serpentin pirouettait encore et encore, pulvérisant des dizaines de bateaux et de porte-avions sur sa lancée. Et pendant tout ce processus, il fut illuminé de coups de feu et de rayons laser. Il s'entortillait sur ses cibles et emporta cinq ou six tanks avec lui dans le lac. Il refit surface et se remit à virevolter, liquidant d'autres engins SANS:Clan par la force de ses gestes.

De l'endroit où se tenait Bugz, le combat semblait chaotique au maximum : Mishi-pizhiw en mouvement, des centaines d'identifiants de joueurs se sublimant dans les airs, et les canons déchargeant un déluge d'énergie destructrice sur le dernier de ses companions.

Sous l'incessant tir de barrage, et avec un rugissement dramatique à en secouer la terre, la plus grande bête mythique que le Floraverse ait jamais connue s'écroula sur la plage dans un bruit de tonnerre, enfin épuisée. Mishi-pizhiw avait toujours les yeux ouverts, mais ils s'étaient fixés au-delà de Bugz. La pluie maléfique que faisaient tomber sur lui les canons à énergie continua pendant cinq minutes ininterrompues, entrecoupée ici et là de fusées et de torpilles. Quand les tirs cessèrent, la sombre silhouette de Mishi-pizhiw gisait immobile, toujours ardente, à demi sur la grève et à demi dans l'eau. Les larmes coulaient des yeux de Bugz, changeant les hauts-fonds autour d'elle en eau salée.

Bugz resta submergée, respirant à travers la tige tandis que des membres de SANS:Clan croquaient sur le vif des *selfies* aux côtés du cadavre. Elle regarda la flottille se séparer pour se mettre à sa recherche. Elle resta cachée pendant que les hommes chargeaient tourelles, hélicos et submersibles sur les porte-avions et que ceux-ci levaient l'ancre. Elle vit se coucher le soleil. Elle vit se lever la lune. Enfin, après ce qui lui sembla une éternité sous l'eau, elle traversa la baie à la nage.

Dans le pâle clair de lune, Bugz sortit de l'eau d'un pas lent. Les vagues lui léchaient doucement les jambes alors qu'elle s'approchait de son ami mort au combat. Le reflet de l'astre céleste dansait sur les flots. Elle se laissa tomber à genoux à côté de Mishi-pizhiw. Elle ressentait un chagrin vieux comme la vie. Elle regarda la lune et ne ressentit que de la solitude. Bugz observa de nouveau la figure de son vieil ami – un ami qu'elle avait créé, et qui l'avait aidée à régner sur ce monde. Elle le caressa tendrement.

C'étaient les adieux : Bugz fit un baiser à Mishi-pizhiw.

52

Les jeunes gens du SANS:Clan marchaient à travers les bois avoisinant la réserve, vêtus de chemises à carreaux et de jeans déchirés. On était loin du Floraverse, mais qu'à cela ne tienne : la plupart d'entre eux arboraient aux bras un symbole Ø tatoué, un clin d'œil à leur identité virtuelle. Leurs téléphones puissamment illuminés éclairaient la nuit. Ces hommes venaient de partout sur le continent pour cimenter leur victoire. Leur but, maintenant, était de conquérir ce revers du portail.

Ils alternaient les slogans, passant de « La victoire à nous ! Pas de victoire pour elle ! » à « SANS ! Clan ! SANS ! Clan ! » Par moments, ils laissaient échapper des rires et des cris exubérants. Ils étaient près de quarante à marcher au pas. Cela ne représentait qu'une petite fraction des membres de SANS:Clan, dont le nombre allait grandissant, mais ceux-ci étaient les officiers des plus hauts rangs que comptait le clan-qui-n'en-était-pas-un.

Enfin, ils franchirent la limite des arbres et pénétrèrent dans la clairière où avait abouti le Béhémoth à peine quelques jours auparavant. Poings levés, ils clamaient louanges et fierté pour leur frère d'armes.

Un de ces hommes, qui se faisait appeler Gym – quoiqu'il soit, dans la vraie vie, considérablement plus chétif que sa versona – prit la parole :

— Ce soir, nous sommes ici pour une raison bien précise… terminer ce que nous avons commencé !

Les troupes s'excitèrent.

— Exactement ! dit Gym en sautant sur le nid de l'oiseau-tonnerre avant de poursuivre son discours. Nous avons déjà libéré les secrets d'un pouvoir sans limite dans le Floraverse. Et nous nous en sommes servis pour développer nos compétences. Jamais personne ne pourra nous rattraper, dorénavant, dit-il en examinant ses troupes et en opinant de la tête. Alors allons-y ! Détruisons ce monument digne d'un peuple de sauvages ! Mieux vaut l'anéantir avant qu'il tombe entre des mains ennemies. Faisons en sorte que notre victoire dure toujours ! conclut-il en se frappant le torse.

Toute cette bravade semblait masquer la véritable raison pour laquelle ils tenaient à détruire le nid d'oiseau-tonnerre. Les leaders du SANS:Clan avaient probablement calculé qu'ils ne pourraient pas défendre le nid dans le monde réel étant donné qu'il était situé si près de la réserve. Et tout aussi probablement, ils devaient se dire qu'une occupation des lieux, si elle durait, attirerait l'attention des autorités – chose qu'il valait toujours mieux éviter. C'est pourquoi, plutôt que de faire face à de tels problèmes ou de permettre à quiconque de s'accaparer les pouvoirs magiques que recelait ce site sacré, ils avaient décidé de le saccager.

— Allons-y !

La horde hurla son approbation et commença à démolir le nid d'oiseau-tonnerre. À l'aide de pieds-de-biche, les gars se mettaient à plusieurs pour déloger les pierres les plus massives et les disperser en les faisant rouler. Le reste des soldats s'occupait des pierres plus modestes et les lançait dans la forêt. Tous ponctuaient leur travail de cris de joie. La tâche était éreintante, même pour un groupe de cette taille. Pierre après pierre, ils firent disparaître ce monument érigé par les Anishinaabeg plusieurs millénaires auparavant.

Bugz, surprise de trouver du monde en son refuge secret, arriva dans la clairière en courant. Sous le clair de lune, elle put constater de près le degré de profanation. De rage, elle se figea sur place.

Avant de pouvoir dire un mot, Bugz sentit le bras de Gym se poser sur son épaule ; elle vit son sourire hypocrite. Il s'adressa à sa bande de vandales :

— Eh bien, eh bien ! Voyez-moi ça. Vous ne devinerez jamais qui est venu à la rescousse de sa planque secrète, dit-il en exagérant le ton au bénéfice de son auditoire. C'est tout un honneur !

— C'est Bugz ! cria un membre du clan, invisible parce qu'il faisait nuit.

— Ça vous dirait qu'on se paie une petite vengeance contre notre chère petite Bugz, hein ?

Son bras entourait toujours les épaules de Bugz, et il la conduisit non loin de là vers un grand bloc de pierre. Voyant s'approcher par dizaines les hommes forts du SANS:Clan, Bugz tremblait. Ne sachant que faire, elle se résigna à obéir à la volonté de ses bourreaux. Gym s'assit avec elle sur la pierre aussi longue et large qu'un banc de parc.

— Qu'est-ce que vous dites de ça, les gars ? Elle n'a rien de tellement effrayant dans la vraie vie, non ?

— Non, elle ne me fait pas peur du tout ! hurla une voix.

— C'est une petite grosse ! fit une autre voix.

— Et une petite menteuse ! C'est le classique de la fausse identité !

Bugz retenait son souffle en tentant de se défaire de l'emprise de Gym. Elle aurait voulu trouver une voie d'issue, mais n'en voyait aucune. La horde l'encerclait à présent. Elle secoua ses épaules et parvint à se libérer de cette accolade forcée.

— Ouah ! Elle est bien vigoureuse, notre morue ! gloussa Gym.

Comme Bugz se tenait prête à s'enfuir, trois membres du SANS:Clan resserrèrent les rangs autour d'elle. Ils la frôlaient presque, au point où Bugz lâcha un cri primal. Elle tremblait, terrifiée à l'idée de ce que ces gros bêtas pourraient lui faire subir. D'autres soldats SANS:Clan s'avancèrent également dans sa direction – le piège se refermait. Elle hurla encore jusqu'à en tressaillir de tout son corps.

— Tu es finie, dit une voix désincarnée.

L'homme qui venait de l'injurier se détacha de la foule. Deux soldats SANS:Clan s'écartèrent pour le laisser passer.

— Tu es finie ! répéta-t-il à plusieurs reprises jusqu'à ce qu'elle s'arrête de crier.

Bugz avait la voix éraillée. Et elle craignait pour sa vie. L'homme approcha d'elle son visage barbu, à quelques centimètres seulement. Ils se regardèrent dans les yeux. « Un œil brun et un vert », pensa Bugz. Elle se remémora ce détail du Floraverse. « Alpha. »

— Finie… dit à nouveau Alpha en hochant la tête. Nous t'avons tout pris. Nous venons de détruire ce versant du portail magique. Nous en contrôlons l'autre versant. Nous avons tué tes bêtes.

— À l'aide ! s'écria Bugz.

— Personne ne pourra t'entendre, poursuivit Alpha, la bouche à quelques centimètres du visage de la jeune femme.

Et la horde l'encourageait.

— Laisse-moi tranquille ! fulmina Bugz.

Alpha lui prit des mains son téléphone, puis le lui braqua en pleine figure. L'appareil scanna ses traits et, reconnaissant Bugz, se déverrouilla. En quelques clics, Alpha supprima le compte Floraverse de Bugz. Tous ses accomplissements étaient perdus. Elle bondit, mais il fit un pas de côté pour l'esquiver et continua à faire défiler ses messages.

— Et voilà. Ce n'était pas si difficile, hein ? persifla Alpha. Je ne veux plus t'entendre te plaindre que tu dois recommencer. Nous avons tous eu à recommencer. Il faut savoir jouer juste.

La foule ricana.

— Allez au diable ! cria Bugz.

— Continue de t'époumoner, répondit Alpha. Nous verrons bien si quelqu'un vient, dit-il en se retournant vers ses supporteurs. Les gars, qu'est-ce que vous en pensez ? Vous croyez que quelqu'un viendra à sa rescousse ? continua-t-il d'un air satisfait en sondant la foule. Je me demande ce qu'il y a de plus triste : son air de morue trop cuite ou le fait que le traître ne viendra pas la sauver.

Les membres de SANS:Clan se préparaient à faire demi-tour en riant, se faisant des tope-là en tous sens. Alpha jeta le téléphone de Bugz dans la boue. Les hommes de main ramassèrent leurs outils et disparurent dans le sous-bois au pas de marche.

Bugz se précipita pour ramasser son téléphone et s'effondra contre le plus gros bloc de pierre qui restait dans la clairière. Elle entendait encore les gars du clan pousser des cris de joie et scander son nom ; les voix et l'éclairage des téléphones allaient diminuant et la laissèrent dans le silence et l'obscurité. La vue embrouillée par ses pleurs, elle leva devant ses yeux son écran de téléphone. Elle le savait déjà : sa versona et tout ce qu'elle lui avait permis de vivre étaient effacés. Mais elle gardait espoir qu'une partie des pouvoirs du nid demeure. Elle créa un nouveau compte, lança le mode RA et entreprit d'examiner les vestiges éparpillés dans la clairière.

Son écran n'indiquait rien du tout. Pas la moindre étincelle. La magie s'était éteinte.

53

Feng regardait fixement sa nouvelle versona « de base » à l'écran. Ni muscles, ni armes, ni tatouage au symbole du SANS:Clan. Voici à quoi l'avait réduit Bugz. Il consulta ses messages pour constater qu'il s'agissait encore d'un ramassis de propos haineux. Il émit un soupir de frustration et jeta le téléphone à côté de lui sur le canapé.

Liumei se leva de table, où elle venait de passer un moment à revoir des formulaires médicaux numériques.

— Tout va bien ?

— Ça va, dit Feng en se calant sur le canapé, l'air renfrogné.

— C'est ta peine d'amour qui te fait la vie dure ? demanda Liumei en souriant.

Elle vint s'asseoir à l'autre bout du canapé.

— Je ne suis pas amoureux d'elle. Pas après ce qu'elle m'a fait.

— Bugz vit beaucoup de choses en ce moment, Feng. Son frère est gravement malade.

— Tu prends sa défense, alors ?

— Non, ni la tienne ni la sienne, Feng. Je ne fais que souligner les faits, dit Liumei en se replaçant pour mieux lui faire face. Donc, il s'est passé quoi ?

— Elle m'a tué.

Là, Feng marqua une pause pour s'assurer que Liumei comprenait qu'il faisait référence au Floraverse.

— C'est n'importe quoi. C'est la deuxième fois qu'elle m'élimine. Et comme je te l'ai déjà dit, il faut une éternité pour franchir les niveaux jusqu'au Monde des esprits quand on repart à zéro. En gros, je suis redevenu un minable débutant.

— Pourquoi est-ce qu'elle t'a « tué » ? demanda Liumei en traçant dans l'air les guillemets avec ses doigts.

— Les SANS:Clan ont détruit tout ce qu'elle avait créé dans le monde virtuel, et elle prétend que c'est moi qui les ai conduits à elle. Sauf que j'ignorais complètement qu'ils m'avaient collé un dispositif de repérage. Elle m'a carrément tranché la tête !

Feng sentait le regard de sa tante qui le détaillait. Embarrassé, il s'efforça de relâcher son visage pour en effacer la colère. Liumei dit :

— Pour la plupart des choses que tu me dis, je ne comprends pas tout ce que ça implique. Mais je sais combien Bugz était attachée à ses créations, dit-elle en ôtant quelques cheveux de devant ses yeux. Ça doit l'avoir fait beaucoup souffrir.

Feng gardait le silence.

— Je viens de recevoir un texto. Il faut que j'aille vite à l'hôpital.

Liumei se leva et ramassa ses affaires dans son sac. À mi-chemin vers la sortie, elle s'arrêta et se retourna vers Feng.

— Feng, je ne pense pas qu'elle ait eu raison de te décapiter. Mon Dieu, ça fait bizarre de m'entendre dire ça… Mais si tu tiens à elle, il faut qu'elle et toi trouviez une solution à tout ça, ensemble.

Feng restait renfrogné. Là-dessus, Liumei lui fit le plaisir de le laisser seul. Il resta un moment à broyer du noir avant de saisir son téléphone. En revoyant sa pitoyable versona, il conçut un plan pour accélérer son retour au Monde des esprits.

54

Waawaate inspira lentement. Son corps travaillait dur à chaque expansion et contraction des poumons. Ses sourcils se fronçaient au-dessus de ses yeux clos. Le mouvement de sa poitrine s'interrompit au bout de l'inspiration, comme si c'était le moment pour lui de capter un message secret, l'information qui faciliterait son passage à travers l'épreuve, et sur laquelle il devait mettre toute sa concentration. Son corps se détendit et doucement, son torse redescendit vers le lit d'hôpital. Une courte pause, et le cycle reprit. L'effort le faisait se tortiller et geindre.

Une infirmière vint appuyer sur des boutons et faire la lecture des moniteurs de diverses machines : celles-ci pompaient, sifflaient et ronronnaient tout autour du corps de Waawaate. Elle consulta vite fait son dossier médical et poursuivit ses tâches.

— Qu'est-ce qui s'est passé ? demanda Bugz, assise à côté du lit aux pieds de son frère.

— C'est un des médicaments qu'ils lui ont donné pour la chimio, intervint Summer.

La mère de Bugz paraissait ne rien voir au-delà du bout de couverture qui se trouvait immédiatement devant elle. Elle enchaîna :

— Un effet secondaire vraiment indésirable. Ils ont changé de médicament, mais qui sait, à ce stade-ci…

Elle fondit en larmes et inspira profondément.

— Chante, Bugz. Chante le beau chant de guérison que tu connais.

Bugz posa le regard sur ses pieds et fouilla dans ses souvenirs. Après une respiration, sa voix claire et mélodieuse trancha l'atmosphère renfermée et tendue qui régnait dans la pièce.

— *Eniwek igo kiga'onji-pimaadiz ndiwe'igan…* commença-t-elle.

Ce qui signifiait : « Par mon tambour, tu vivras quelques instants de plus. » Bugz chantait à pleine voix et à pleins poumons, découpant l'air de la chambre de façon absolue, d'une voix aussi claire et belle qu'elle était pure dans son intention de rendre la santé à son frère.

— *Hey ya wey, ya eh, ya ho, we yo ho wey…*

Elle ponctuait chaque vocable d'un désespoir ardent. Peut-être que si elle réussissait ce chant à la perfection, le Créateur aurait pitié de son frère et lui offrirait sa miséricorde. Elle entonna le chant quatre fois, avec plus de force et d'âme à chaque répétition.

Quand Bugz eut fini, il sembla que la mélodie de son chant résonnait dans l'air pendant un moment. Assez vite, toutefois, l'effet se dissipa et laissa la petite assemblée, y compris Waawaate, dans le silence. Le patient ne bougeait toujours pas. Son électrocardiogramme pulsa et enfin, Waawaate remua et s'éveilla lentement. Des larmes se formèrent aux coins des yeux de Bugz mais ne roulèrent pas sur ses joues. Ses yeux rougirent. « Par mon tambour, tu vivras quelques instants de plus », se dit-elle.

Puis Bugz vit son père sourire.

— Waawaate, tu es un sacré guerrier, mon garçon !

— J'ai entendu Bugz chanter… dit Waawaate en s'étirant avec effort. Elle chante faux ! dit-il en riant, et cela fit sourire tout le monde.

— Si tu n'étais pas si faible, je te dirais de te fermer la gueule ! répliqua Bugz, le visage parcouru d'une expression de pure félicité.

— J'ai encore assez de force pour te battre, même dans le Floraverse ! dit Waawaate, qui, soudain, grimaça.

— Qu'est-ce que tu as, mon fils ? s'inquiéta Summer.

— Rien, à part que je n'ai aucune énergie. Juste de parler et de bouger, je me sens complètement…

Il eut une inspiration sifflante, suivie d'une quinte de toux sèche.

L'infirmière se mit à lui frotter le dos.

— Je vais voir si nous pouvons te donner autre chose pour apaiser la douleur.

Waawaate acquiesça, les yeux fermés, tandis qu'elle quittait la pièce et laissait le clan Holiday à son silence.

Le père de Bugz finit par parler :

— Il faut rester vigilant avec ces trucs-là. Ça peut être fatal. Trop d'antidouleurs…

— Je vais te dire une chose, et je n'aurais jamais cru dire ça, mais la dose fatale ne me semble pas trop mal, vue d'ici.

À cette réponse de Waawaate, le sourire s'effaça du visage de Bugz. Sa mère eut un soupir et dégagea les cheveux sur le front de Waawaate.

— Ne dis pas ça, mon bébé. Tu es en train de te battre et nous allons t'aider à te battre. Mais tu dois garder espoir.

— J'en ai, de l'espoir, mais c'est dur. Les médicaments qu'ils m'ont donnés n'ont fait qu'aggraver mon état. Les remèdes anischinaabeg n'ont pas vraiment aidé non plus. Je ne suis pas prêt à abandonner, mais je n'ai pas non plus envie de devenir une loque humaine.

À présent, les larmes de Bugz lui descendirent le long des joues. Elle en goûta une aux commissures de sa bouche. Salée. Elle trouvait plus aisé de se focaliser sur cette sensation plutôt que sur ce dont parlait son frère. Waawaate avait toujours été un héros pour elle, un protecteur qui arrivait même à la faire rire dans les moments difficiles. « Et le voilà qui se trouve au bord de la m... » Elle refusa d'aller au bout de sa pensée.

— Tu as le droit de te sentir comme tu te sens, mon gars, dit son paternel. Jadis, on avait même un remède traditionnel pour ton état actuel, pour ce que tu viens de sous-entendre. Les vieux permettaient qu'on en donne dans cert...

— Quoi ? interrompit Bugz en se levant, des larmes toutes fraîches traçant leur chemin sur ses joues. Comment oses-tu dire une chose pareille ?

— Du calme, Buggie, j'essaie simplement de le rassurer. Ta mère et toi êtes tout le temps à me rappeler qu'il faut d'abord valider les émotions de l'autre...

Bugz pivota et quitta la chambre en furie.

— Bien sûr que je vais lui dire de ne pas abandonner. Il doit continuer de se battre...

Les mots de Frank se perdirent au moment où Bugz tournait à l'angle du couloir de l'hôpital. Elle prit son téléphone. L'écran réfléchissait les tubes fluorescents du plafond. Elle lança son appli de messagerie. Elle texta Stormy :

Px tu vnir à l'hosto ?

Oui kess ky spass ?

Jte dirai qnd on se voit ☹

Oooh ☹

55

Feng avançait dans la clairière, abasourdi par ce qu'il voyait. Le nid d'oiseau-tonnerre n'était plus. Une grande pierre était abandonnée près d'un arbre, et une autre à la lisière de la forêt. Des pierres plus petites étaient dispersées aux quatre vents. Il se demanda un moment s'il s'était égaré, mais en sortant son téléphone, il put confirmer qu'il se trouvait bien là où aurait dû se situer le nid. Il n'arrivait pas à le croire.

Feng regarda à travers son écran l'entièreté de la clairière pour vérifier l'ampleur des dégâts. Ce lieu qui, la dernière fois, pulsait de rubans d'énergie d'une telle intensité que tout son écran en avait été illuminé, n'avait plus aucun effet à présent. On avait anéanti le portail de résurrection. Feng compris, avec une certaine déception, qu'il allait devoir trouver un autre moyen d'accélérer le retour de sa versona dans le Monde des esprits.

Comme il abaissait son téléphone, une autre idée lui traversa l'esprit. Il s'imagina passer le reste de la journée à travailler sans relâche au réassemblage du cercle de pierres.

En deux temps, trois mouvements, sous le coup d'une inspiration qui lui semblait divine, Feng jogga vers le grand bloc de pierre posé près de l'arbre et tenta de le soulever. Rien. Il s'accroupit à côté et essaya de le pousser. Ses pieds glissèrent et il faillit tomber en pleine figure. Il s'en voulait de ne pas posséder une force herculéenne. Trouvant un bout de branche de bonne taille, il voulut s'en servir comme d'un levier pour retourner la pierre. Il grommela. Au moment même où il sentit qu'il allait déloger la pierre, la branche craqua et passa près de l'empaler. Sautant à côté des éclats de bois qui en avaient résulté, Feng soupira devant l'implacable vérité. Ce n'est pas aujourd'hui qu'il allait former un nouveau nid d'oiseau-tonnerre. Il redoubla de respect pour les ancêtres de Bugz.

Feng s'essuya le front et porta son regard vers le ciel. Un nuage jetait une longue ombre sur lui. Tout d'un coup, les rayons du soleil percèrent le nuage et répandirent leur éclat vif. Pendant une fraction de seconde, il n'y vit plus rien. Mais dès qu'il recouvra la vue, Feng fut bouleversé.

Une émotion prit forme au creux de son ventre alors qu'il observait le nuage tenter de piéger le soleil. En son centre, un trou laissait passer la lumière. Quelques instants après, le vent poussa le nuage, qui vint cacher le soleil et recouvrir la terre de son ombre. Qu'à cela ne tienne, Feng savait ce que tout ça voulait dire.

A hole in the day[9].

Comme le vent se levait, Feng décida de se réconcilier avec Bugz. Il se mit en marche pour retourner dans la réserve.

---

9. Référence au nom de famille *Holiday*. En français, on traduirait par « Une percée de soleil ». (Note de la traductrice)

56

En arrivant vers la sortie de l'hôpital, Bugz revit dans sa tête Waawaate en train de sourire. Elle se revit avec lui, dansant dans un pow-wow. Elle pensa à son travail de perlage. Elle imagina des flammes consumant ses souvenirs heureux, ne laissant que cendres et souffrances. Les portes s'ouvrirent en glissant et l'air frais et humide l'enveloppa. Stormy la rejoignit un bref instant après.

— Comment ça se passe ? voulut-elle savoir.

Bugz secoua la tête en guise de réponse. Les coins de ses lèvres étaient devenus trop lourds pour qu'elle les soulève. Elle n'avait pas envie de parler. Elle ne faisait que secouer la tête.

— Oooh, pauvre petite.

Stormy l'attira à elle pour la serrer dans ses bras. Elle aussi avait les yeux pleins d'eau. Elles traversèrent la rue et se dirigèrent vers une table de pique-nique. Là, Stormy prit la main de Bugz. Quand Bugz sentit la chaleur de son toucher, elle songea à Feng. Elle secoua de nouveau la tête et Stormy la conduisit vers la table, où elles prirent place.

Elles partagèrent des souvenirs de Waawaate. Se répétèrent la mauvaise blague qu'avait faite Chalice lors du pow-wow, quand elle avait sifflé pour appeler les aurores boréales. Elles rirent de la peur véritable qu'avait ressentie Stormy à l'idée de faire descendre les aurores sur la terre.

— Tu te rappelles ? Tu as eu tellement peur ! dit Bugz, le sourire dans les yeux.

— Inutile d'en rajouter !

Leur rire s'estompa. Bugz sentait une sorte de menace se profiler.

— L'idée qu'il voudrait nous quitter... c'est n'importe quoi, c'est de la folie... s'entendit dire Bugz. Je veux dire, de tous les résidents de la Rez, Waawaate est le seul qui soit vraiment, mais *vraiment* vivant. Il devrait pouvoir vivre éternellement.

— Là-dessus, tu as 100 % raison, murmura Stormy.

Puis elle soupira.

— Quoi ? demanda Bugz, qui avait décelé un changement dans l'attitude de son amie.

— Rien.

— Non, je vois bien que tu as quelque chose derrière la tête.

Stormy marqua une pause, trop longue pour ensuite ignorer son idée. Le sentiment de menace s'intensifia.

— Dis-moi ce que c'est, insista Bugz.

— Crois-tu à ce que disent les vieux, quand ils parlent d'*onjine*, de *patai'itiwin* ?

— Qu'est-ce que tu veux dire ?

— Bien, *onjine* veut dire « karma », n'est-ce pas ? Et *patai'itiwin*, c'est aussi comme le karma, sauf que ça s'applique à la descendance, genre : « On recueille ce que l'on sème », mais dans ce cas-ci, ce sont nos enfants qui recueillent ce que nous avons semé. Tu me suis ?

— À quoi veux-tu en venir, Stormy?

— C'est juste que… J'ai entendu ma grand-mère et d'autres Aînés qui discutaient de la maladie de Waawaate. Ils disent que c'est parce que ton père était plutôt mauvais garçon dans sa jeunesse. Il se battait, des trucs du genre. Il buvait. T'es-tu déjà demandé si… demanda Stormy en ralentissant le débit jusqu'à s'interrompre, devant le regard irrité de Bugz. Oublie ce que j'ai dit. Ne t'inquiète pas avec ça.

Bugz réfléchit un moment.

— C'est tordu, ce que tu dis, Stormy! Mon père ne ferait jamais de mal à Waawaate, dit-elle, sentant en elle le doute s'immiscer malgré la défense qu'elle venait de présenter. J'ai besoin d'aller marcher. Désolée de t'avoir fait perdre ton temps.

— Non, c'est moi qui suis désolée. Je n'aurais pas dû t'en parler, dit Stormy en analysant l'expression faciale de son interlocutrice. Je vais rester ici un petit moment au cas où tu aurais encore envie de parler.

Bugz traversa une aire de stationnement en gravier, vis-à-vis de la table de pique-nique. Elle remarqua le camion de son père, vide de tout chargement, qui était garé là toutes vitres baissées. Elle repensa au conseil que Frank avait donné à Waawaate, par rapport aux remèdes de dernier recours, et ça ne faisait que raviver la plaie que Stormy venait juste d'ouvrir.

— Salut, Buggie, fit la voix de son père derrière elle.

Elle se retourna face à Frank.

— Ne m'appelle pas comme ça. Tu sais que je déteste ce surnom.

Elle lança à son père un regard noir; elle aurait voulu que ses yeux puissent lui lancer des rayons laser.

— Excuse-moi.

— Tout allait déjà mal, et tu n'as fait qu'empirer la situation ! fulmina Bugz, dont la colère augmenta encore d'un cran devant l'air confus de son père. Au lieu d'aider Waawaate, tu lui parles de comment mourir ?

— Je... ce n'est pas de ça que je lui ai parlé.

— Tu devrais te contenter de ne rien dire du tout ! rétorqua Bugz avant de s'en aller en marchant bruyamment.

Au son des pas de Frank, qui la suivait, elle lâcha :

— Ne t'approche pas de moi !

— Je sais que tu es fâchée, mais est-ce qu'on peut simplement parler ?

— Parler ne changera rien à ce que je ressens en ce moment !

Bugz se rua vers le boisé qui s'ouvrait au bout de l'aire de stationnement. Mais son père se lança à sa poursuite et, la rattrapant, la serra très fort dans ses bras. Cela lui rappela les gars du SANS:Clan qui l'avaient encerclée au milieu de la forêt. Elle se débattit désespérément et parvint à se libérer.

— Va-t'en, va- t'en, va-t'en ! hurla-t-elle.

Son père jeta un coup d'œil nerveux vers Stormy, qui les observait de loin.

— Laisse-moi tranquille ! s'écria Bugz. Je te déteste !

Bugz haïssait la façon dont il l'avait étreinte ; elle haïssait tout ce qu'elle ressentait en ce moment. Son père avança d'un pas.

— Stop ! cria Bugz, mais Frank choisit de l'ignorer. Si tu t'approches encore, je jure que…

Elle sortit son canif et le tendit près de son avant-bras opposé. Elle pensa à sa cousine Ally. Frank s'était arrêté net. Bugz vit que des larmes se formaient dans les yeux de l'homme. Il se mordait la lèvre inférieure.

Bugz observa bien son père. L'espace d'une seconde, elle eut de la peine pour lui. Mais son propre mal-être l'envahit à nouveau. Elle souffrait pour son frère, elle souffrait à cause de Feng, elle souffrait d'avoir perdu ce qu'était sa vie jusqu'à tout récemment.

Elle se détourna et pénétra dans le boisé en courant.

57

Résolue, Bugz enfonça la lame de son canif dans l'écorce d'un cèdre. Elle tira sur un bout de l'écorce externe et l'écarta, pour ensuite aller entailler, derrière, une longue lanière de l'écorce interne : une sorte de ficelle de deux mètres de long. Elle étira le bras aussi haut qu'elle le put et coupa une seconde lanière. À mesure qu'elle retirait ces épaisseurs d'écorce, elle exposait le cœur de l'arbre, nu et mouillé. Bugz mit de côté le second ruban d'écorce interne et en prit un autre, puis encore un, et encore un autre. Ce travail demandait de la volonté puisque l'écorce s'enlevait beaucoup plus lentement qu'au printemps. Elle eut donc le temps d'écouter les pensées qui tourbillonnaient dans sa tête.

Quand Bugz eut pris une vingtaine de ces bandelettes d'écorce, elle les emporta dans la clairière qui avait anciennement abrité le nid d'oiseau-tonnerre. Il n'en restait plus qu'un petit pré parsemé de cailloux et de roches disposés au hasard. Elle s'assit sur un gros fragment de rocher gris. Délicatement, elle choisit trois bandes de cèdre et laissa tomber les autres en un tas sur l'herbe, à portée de main. Elle aligna le bout des trois lanières et se mit à les tresser.

Tandis que Bugz laissait ses doigts voguer d'une lanière à l'autre – poussant, tirant et tressant comme des doigts d'automate –, elle se laissa en même temps aller à la détente. Cette tâche répétitive lui libérait l'esprit. Elle se demanda si son père avait vraiment voulu conseiller à Waawaate de prendre un raccourci vers le monde des morts... Elle se demanda pourquoi Feng s'était déchaîné contre elle. Elle se demanda ce que son frère pourrait bien faire pour guérir.

Si chaque perle cousue sur une robe ou un mocassin était comme une prière, Bugz décida que chaque maille de ses tresses de cèdre pourrait représenter un de ses souvenirs. Elle se rappela tous les beaux moments qu'elle avait partagés avec son frère. Elle prit de nouvelles lanières d'écorce et les ajouta à sa tresse, ce qui eut pour effet de l'allonger et de renforcer sa résistance. Elle songea à sa famille, à ses parents, et se dit avec chagrin qu'ils ne seraient sans doute plus les mêmes si son frère ne se remettait pas sur pied. Elle s'arrêta de tresser ; sa tresse d'écorce mesurait près de sept mètres de long, et elle la posa à côté d'elle sur le bloc de pierre. Du petit tas qui restait sur l'herbe, elle prit trois lanières neuves et en aligna le bout, pour les tresser elles aussi. Elle s'exerça à visualiser un avenir sans Waawaate, mais elle ne voyait rien. Les fibres épaisses allaient lui donner des ampoules.

Bugz eut une pensée pour Feng. Elle en ressentit un pincement douloureux, qui s'acharna à perturber sa zénitude. « Pourquoi est-ce qu'il m'a trahie ? » Elle grimaça. « Pourquoi est-ce qu'il veut se montrer supérieur, comme tous les autres ? » Bugz remarqua à quel point elle était tendue, maintenant. Elle prit une longue inspiration, expira, puis se remit à tresser. Elle secoua la tête en repensant à l'opinion qu'elle s'était faite de Feng. Celle d'un garçon en qui elle pouvait avoir confiance. Un garçon qui suivait l'exemple donné par son père et son frère – ou du moins l'exemple qu'elle croyait voir en eux. Un père infaillible. Un grand frère invincible. Même ces deux notions s'évanouissaient actuellement dans son esprit comme du sable s'érodant au vent. Elle allongea la tresse à l'aide de trois autres bandelettes. Elle se souvint avec bonheur de sa magnifique chevauchée avec Feng dans le Floraverse : tout n'avait été que rires, fleurs et allégresse. Elle termina sa longue tresse et la posa à côté de la première. L'image de cette corde pendant d'une branche d'arbre lui traversa l'esprit comme un éclair. Elle regarda en détail les tresses qu'elle avait posées devant elle.

Bugz pensa au Floraverse. Elle saisit trois autres lanières de cèdre, les aligna et recommença à tresser. Elle repensa à la première fois qu'elle avait pris conscience de la possibilité de ressusciter à volonté – c'était arrivé ici même. Cela lui sembla si loin derrière, bien que seulement deux années se soient écoulées depuis. Elle était venue ici pour trouver un peu de paix après que quelqu'un à l'école lui avait fait un commentaire raciste. Elle n'avait pas cru bon d'en aviser ses parents parce qu'ils en auraient fait toute une histoire. Les rencontres qui auraient suivi, les appels téléphoniques, la lutte pour la cause... Bugz n'avait pas eu envie, ce jour-là, d'être une héroïne ; elle avait seulement souhaité faire passer le mal. Et au lieu de ça, elle avait trouvé son destin : une source de pouvoir quasiment illimitée. Elle ajouta de nouvelles lanières à sa tresse. Durant les quelques semaines qui avaient suivi sa découverte, elle avait compris comment influencer le Floraverse selon son désir. Et quelques semaines plus tard, elle avait donné naissance à plusieurs de ses créatures. Bientôt, le nombre de vues de ses vidéos avait été en plein essor, puis étaient venus l'argent et la célébrité. « Il ne reste plus rien de tout ça, à présent. » Elle déposa sa dernière tresse.

Bugz prit les trois tresses et les examina de haut en bas, tirant dessus pour en vérifier la résistance. Elle les aligna et en ficela les extrémités à l'aide d'un bout d'écorce plus court. Elle entreprit alors de tresser ensemble ces trois tresses, lentement, diligemment, avec grande attention.

Les pensées de Bugz flottèrent vers le Floraverse. Elle se voyait à nouveau survoler le lac des Torches. Elle voyait des flammes brûler fièrement le long des rives. Où qu'elle regarde, ses animaux mythiques vivaient encore dans son imagination. Les esturgeons nageaient à loisir dans les eaux noires. Les oiseaux-tonnerre parcouraient le ciel en tous sens. Des centaines d'animaux gambadaient sur la plage. Et au milieu de tout ça, elle voyait Mishi-pizhiw, telle une boucle infinie de joie pure, dessinant des tire-bouchons de son corps serpentin sans se fatiguer. Elle avait élevé Mishi-pizhiw, sa toute première création, en investissant dans son développement chaque once de vision, d'inspiration, d'invention et de technique qu'elle avait apprise dans le Floraverse. Il était l'apogée de sa prouesse et le premier bénéficiaire de son affection. « Mon bébé... » se surprit-elle à chuchoter. Elle termina son tressage et regarda de près le résultat.

Bugz tenait dans sa main son épaisse corde en cèdre. On aurait dit du sisal – ce dont se servaient les cowboys et les gauchos –, jusqu'à la façon qu'avaient les bords de s'effilocher. Elle en caressa les contours rugueux et tira dessus d'un coup sec. Ça avait très peu d'élasticité. Bugz soupira. Son mal à l'âme était continuel, implacable. Elle voulait tant y mettre fin.

Bugz pensa de nouveau à sa cousine Ally. Elle saisit son couteau à lame oblique et se trancha la peau au-dessus du biceps. Le souffle coupé, le visage tordu et les paupières plissées, elle poussa un peu plus sur la lame. Puis elle s'arrêta et lâcha le couteau. Elle n'avait pas le cran de continuer. Bugz expira lentement, les dents serrées, tandis que la sensation de brûlure lui parcourait le corps entier. Elle sentit les larmes lui couler sur la figure. Elle se détestait tant d'avoir fait ça ! C'était mal. Alors que le sang ruisselait le long de son bras, Bugz leva les yeux vers le ciel et frémit en laissant échapper, à voix basse, un long cri.

58

Feng remonta l'entrée de gravier qui menait à la maison de Frank et de Summer. Il se frottait les mains nerveusement, et son estomac faisait des sauts périlleux derrière son t-shirt. Il gravit les quelques marches, se servant de la rampe pour se redonner une certaine contenance. Dans sa tête, il se repassa une dernière fois – la millionième, sans aucun doute – le discours qu'il avait préparé. « Dis seulement que tu es désolé. Peu importe ce qu'elle répondra, fais-lui simplement tes excuses. » Il inspira profondément et tendit le bras dans l'intention de frapper à la porte. « Non. Dis-lui que tu l'aimes. Comme une sœur. Que tu n'as jamais ressenti ça auparavant et que… Comme une sœur ?

Trop minable. Dis-lui simplement que tu l'aimes, un point c'est tout. Non, dis-lui seulement que tu aimerais te faire pardonner. »

— Feng ? fit Frank en ouvrant la porte, l'air inquiet. Qu'est-ce que tu fais ici ? Bugz a dit qu'on ne te verrait plus tellement en sa compagnie.

— C'est la raison de ma visite, expliqua Feng d'une voix chevrotante. Je viens pour me réconcilier avec elle.

— Écoute, je suis certain que tout s'arrangera, mais pour l'instant j'ai besoin de ton aide. Bugz s'est enfuie et… sur une très mauvaise note, dit Frank. Ça fait des heures que je roule dans mon camion à sa recherche. Je n'ai aucune idée d'où elle se trouve. J'ai parlé à tout le monde dans la réserve. Stormy. Sa mère. Personne ne l'a vue. Waawaate est de mal en pis, soupira Frank. Je suis très inquiet pour elle.

— Pourquoi ?

Frank fit une moue amère.

— Qu'est-ce qu'elle a dit ?

— Je ne sais pas, dit Frank, mais Feng voyait bien qu'il essayait de retenir ses larmes. Je me fais du souci… il ne faudrait pas qu'elle soit seule.

— Comme pour s'automutiler ?

Frank refusa de répondre.

— Je crois savoir où elle est allée, dit Feng. C'est de là que je reviens.

— D'accord, attends-moi une seconde, que j'attrape mes clés.

Comme Frank disparaissait à l'intérieur, Feng se retourna et courut à toutes jambes. Il atteignait le bout de l'allée de gravier au moment où Frank l'appela.

— Attends !

Trop tard. Feng se précipita dans la forêt derrière une rangée de maisons qui longeaient la route. De loin, il entendit crisser les pneus du camion de Frank dans le gravier, mais il savait que la distance les séparant était trop grande, désormais. Il se dit que tout dépendait maintenant de lui, et de lui seul.

La nuit tomba.

59

L'entaille sur son bras lui causait une douleur cinglante. Bugz se leva et marcha jusqu'au plus grand peuplier qui bordait la clairière. Elle leva les yeux vers ses branches. Elle s'était attendue à ce que son canif lui procure du bien-être. C'est ce que lui avait raconté sa cousine – que le fait d'avoir une sensation, juste ça, ça lui faisait du bien – mais tout ce qu'éprouvait Bugz en ce moment, c'était de la culpabilité et de la tristesse. Ce qui n'arrangeait rien du tout. Et ça semblait n'avoir rien à voir avec le sacrifice qu'elle avait vu faire son père et tant d'autres hommes pendant la danse du Soleil. Au moment où leur peau s'ouvrait sous la lame, toute la communauté était là pour le voir. Ça transformait l'acte en quelque chose de sacré, un don de soi. Ce qu'elle venait de s'infliger toute seule ici lui paraissait bien égoïste. Bugz voyait encore le monde tourner autour d'elle, hors de contrôle.

Elle saisit la corde qu'elle avait confectionnée et y fit un nœud coulant. Son geste lui apparut soudain dans toute sa crudité : elle avait fait un nœud de pendu. Ce constat l'effraya.

Comme par automatisme, Bugz s'approcha encore de l'arbre, noua le bout de sa corde autour du tronc, et lança l'autre bout, celui avec le nœud coulant, par-dessus une branche épaisse. Elle resta un moment à fixer cette corde qui pendait du peuplier monstre. C'était d'un sinistre… Elle en frémit. « Ce n'est pas moi, ça. »

Dans l'océan de son cœur et dans le sol de son esprit, se fit sentir un profond tremblement, comme un roulement de moteur pour propulser Bugz. Son frère. Son père. Feng. Stormy. Mishi-pizhiw. Le nid. Le SANS:Clan. Toutes ses émotions culbutaient et tourbillonnaient : leur élan était irrépressible. En son for intérieur, elle savait que son désir n'était pas de s'automutiler, de se faire plus de mal qu'elle s'en était fait déjà. Mais Bugz était mue par la force contenue dans cet instant de sa vie. Elle se mit à marcher à reculons, s'éloignant du tronc d'arbre en tenant de ses deux mains la boucle du nœud de pendu ; on aurait dit une fillette jouant au tir à la corde.

Bugz leva de nouveau les yeux vers la branche et prit une profonde inspiration. Elle ferma les yeux et tenta de visualiser jusqu'où la mènerait son attitude actuelle. Si elle poursuivait sur sa lancée, quel serait le résultat final ? Elle peinait à se l'imaginer. Des larmes ruisselaient sur ses joues. Elle se demandait si on la cherchait, si on la retrouverait à temps. « On », quelqu'un, quelqu'une... *Qui ?*

Bugz commença à réciter une prière en ojibwé. Les mots qu'elle marmonnait suivaient sa respiration rendue tremblotante sous le poids des larmes. *Ni-noonde-pimaadiz*, « Je veux vivre »... Puis, au moment de conclure sa prière, elle s'adressa à Waawaate.

— Je veux te revoir.

Bugz se tenait immobile. La brise de ce soir d'été se leva et alla bruisser dans les hautes herbes entourant la clairière.

— Mon frère, dit Bugz.

60

« Ma sœur », répondit en esprit Waawaate, à des milles de là. On l'avait mis sous sédation et déplacé vers une aile de soins intensifs. Aux yeux de l'infirmière qui en avait la garde, il semblait être sous l'emprise d'une hallucination due à la fièvre. Bien qu'intubé, il se retournait constamment d'agitation sur son lit d'hôpital. L'infirmière vérifia ses signes vitaux. Elle le vit grimacer.

Dans son esprit toujours, Waawaate se tenait dans une arène morne et poussiéreuse, froide : une arène préparée pour la danse du Soleil. Au sol, il voyait ses pieds entourés de feuilles de peuplier. Il leva les yeux vers le peuplier lui-même et en vit les branches mortes et desséchées qui griffaient le ciel. Il se retourna. Bugz se tenait devant lui. Sur ses bras, elle était marquée pour la cérémonie du perçage. Il se trouvait prisonnier d'un rêve qui était le reflet du rêve sacrificiel de Bugz : il était passé de l'autre côté du miroir.

À sa main, Waawaate vit un scalpel. Il avança vers Bugz. Il savait qu'elle s'attendait à ce que ce soit lui qui lui fasse les incisions aux bras, mais il se refusait à le faire. Waawaate tendit une main et pinça sa sœur à l'épaule : il sentait entre son pouce et son index la peau et le gras, cette chair plutôt élastique. Sa peau mettrait du temps à se fendre. Bugz allait souffrir. Waawaate posa de nouveau le regard sur le visage de Bugz. Ils restèrent ainsi les yeux dans les yeux pendant ce qui sembla une éternité. Elle regardait droit devant elle l'arbre ravagé qui se dressait au centre de la sombre arène. Une larme glissa de son œil sur sa joue, laissant lentement sa trace.

Waawaate brandit la corde de sisal qui allait servir à attacher Bugz à l'arbre. Au bout de la corde, un nœud coulant. Il fut pris de panique. Quelque chose n'allait pas. La corde était censée se diviser, pour créer un bout fourchu, un « Y ». Une boucle au bout d'une corde était de très mauvais augure. Pour faire un « Y », il devait couper la boucle en deux.

À l'aide du scalpel, Waawaate essaya de couper la corde, mais en vain. Il y alla de toutes ses forces, mais ne parvint pas à venir à bout de la corde solidement tressée. Il se trouva faible et impuissant. Ce cauchemar lui semblait sans issue.

S'acharnant de plus belle à vouloir scier la corde, Waawaate sentit ses cheveux défaits lui coller au front. Il gardait le focus sur sa lame frottant contre le sisal et soufflait sur ses mèches rebelles. Puis il s'arrêta une seconde pour regarder le ciel assombri. Ses lèvres soufflèrent encore un coup et se mirent à siffler une mélodie traditionnelle, qui redonna vie et couleur au ciel.

Dans la chambre d'hôpital, l'infirmière était troublée de voir Waawaate lutter ainsi contre le tube respiratoire qu'on lui avait enfoncé dans la bouche. Il serrait les lèvres, soufflant et soufflant encore, comme s'il tentait d'expulser le tube hors de sa trachée.

61

Au lieu de l'ancien nid d'oiseau-tonnerre, Bugz ferma les paupières et vit son frère, à des milles de distance. Elle était dévastée de le voir ainsi, l'ombre de lui-même, un tube enfoncé dans la gorge.

— Aide-moi, demanda-t-elle à cette image qu'elle maintenait dans sa conscience.

Waawaate souleva légèrement le haut de son corps et tenta d'expulser le tube hors de sa bouche. C'était d'une telle tristesse.

— Je prie pour toi, mon frère… Prie pour moi, toi aussi… J'ai besoin de ton aide.

Il serra les lèvres de nouveau et se mit à souffler plus fort. Bugz secoua la tête.

— Je suis si égoïste de te demander de l'aide, à toi qui souffres tellement !

Il redoubla d'ardeur pour souffler une troisième fois. Bugz fronça les sourcils, les yeux fermés. Dans sa vision, le souffle de Waawaate sur l'embouchure du tube fit enfin un petit son. C'est là qu'elle comprit : il n'essayait pas de souffler. Il essayait de siffler ! Il lui était simplement impossible de produire une note étant donné que ses lèvres et ses voies respiratoires étaient obstruées.

Bugz se remit à pleurer ; ses larmes, comme les commissures de sa bouche, descendirent vers le sol. Elle trouva encore plus difficile de donner la forme qu'il fallait à ses lèvres. Bugz s'efforça de replacer sa mâchoire dans la position voulue. Tant bien que mal, elle sourit. Son frère était de nouveau là pour elle, comme il l'avait toujours été.

Seule dans la clairière, les paupières solidement fermées, Bugz put enfin tendre les lèvres pour faire entendre un sifflement très doux. Elle y mit de plus en plus de souffle jusqu'à ce que son sifflement perce la quiétude de la forêt. Elle siffla et souffla si fort qu'elle vida tout l'air de ses poumons.

C'est alors qu'elle entendit quelqu'un d'autre siffler en réponse.

62

Feng courait à toutes jambes à travers les bois, en direction de la clairière. Entre les peupliers et les cèdres, il l'aperçut au loin. Bugz tenait une corde entre ses mains. Dans sa panique, en plus de la distance qui les séparait, il n'arrivait pas à donner du sens à ce qu'il voyait. Il imagina une scène où Bugz s'était pendue. Ses yeux s'emplirent de larmes. « Je n'arriverai jamais à temps », se dit-il. « Pas à temps pour lui sauver la vie. » Il fit de plus grandes enjambées. Ses poumons lui brûlaient, mais il accélérait. Il l'entendit pousser un son très doux, tout là-bas. Un doux sifflement. Puis le sifflement se fit ensuite plus fort et plus pressant, et Feng en frissonna. Il augmenta la cadence d'encore un cran et comprit, au même moment, ce que signifiait ce son.

Bugz appelait à l'aide.

Courant à toute allure, Feng prit le sifflet d'os qui lui pendait au cou et souffla dedans aussi fort qu'il le pouvait. Il inspira à fond, sans interrompre sa course, et donna un autre coup de sifflet, puis un autre, puis encore un autre. Le son strident transperça l'air nocturne, culminant bien plus haut que les nuages. À mesure qu'il augmentait la force de ses coups de sifflet, la note devenait plus aiguë et s'élevait de plus en plus haut dans les airs.

Loin au-dessus de la clairière, des aurores boréales apparurent inopinément. Les nuées se divisèrent pour laisser ces lumières polaires s'étirer et prendre le ciel à bras-le-corps. D'iridescents cumulonimbus arrivèrent, comme surgis d'une autre dimension, et enveloppèrent la forêt. Leur éclat verdâtre donnait aux alentours une luminosité et un miroitement insolites. Les aurores boréales prirent de l'ampleur et vinrent napper la terre tel un brouillard phosphorescent. Pendant leur descente de leur perchoir céleste, elles passèrent du vert au rose. Les points qui paraissaient les plus brillants parurent se chauffer à blanc et échappèrent des étincelles roses et violettes. Les ancêtres dansaient.

Feng continuait de souffler dans son sifflet en s'approchant de la clairière au pas de course. Soudain, l'orage électrique illumina son visage en un éclair qui l'éblouit. Quand il recouvra la vue, il put apercevoir des silhouettes. Celles des ancêtres. Feng avait cessé de courir. Plus rien ne se mouvait, à l'exception des aurores boréales qui l'entouraient.

Parmi les nuages luminescents, Feng vit ses parents. Leurs traits prirent forme entre les voiles d'azote coloré : le regard aimant de sa mère, ce regard qui avait été le premier à le recevoir, à sa naissance ; le visage souriant, d'une beauté brute, de son père. Il se souvint de ses câlins, quand la barbe de trois jours lui picotait les joues et le chatouillait. C'était il y avait si longtemps. Au milieu des cascades de lumière, il s'approcha d'eux, comme s'ils allaient le prendre dans leurs bras. Il sentit en lui quelque chose se relâcher, s'ouvrir.

— Mère, dit Feng. Père.

— Farouq, dit sa mère.

Feng éprouva dans sa poitrine une sensation d'expansion. Cette apparition de sa mère venait de prononcer son premier prénom, celui qu'il avait reçu à la naissance. De l'entendre à nouveau, son cœur battait plus vite. On l'avait appelé Farouq jusqu'au moment où on l'avait enlevé à son foyer familial. Il se souvenait encore avec exactitude du moment où, au centre de rééducation, on lui avait donné son nouveau prénom, Feng.

Submergé par l'émotion, il trouva malgré tout le moyen de poser la question qui le tourmentait depuis tant d'années.

— Pourquoi est-ce que vous les avez laissés me prendre ? demanda-t-il avec difficulté, une boule dans la gorge. C'était si dur de vivre sans vous.

— Nous n'avions pas le choix, Farouq, confessa sa mère.

— Ils nous ont emmenés dans un camp de prisonniers, mon garçon, dit son père, toujours en vision à travers les brumes. Le jour même, les autorités sont allées chez nous pour dire au reste de la famille que nous t'avions abandonné. Et c'est à ce moment-là qu'ils t'ont pris.

À l'évocation de ce souvenir, la mère de Feng se mit à pleurer, et ses larmes réfléchissaient les « lumières du nord » en un nombre infini de petites lueurs tous azimuts.

— Nous n'avons jamais cessé de te chercher. Nous n'avons jamais cessé de penser à toi. Nous n'avons jamais cessé de prier pour toi. Nous ne t'avons pas oublié, pas même une minute.

Finalement, des larmes se mirent à rouler sur les joues de Feng.

— Je sais que ç'a été dur pour toi, mon fils. Ç'a été très dur pour nous aussi. Notre enfant unique, qu'on nous enlevait. Nous deux emprisonnés, incapables de te protéger.

Le père de Feng secoua la tête, ce qui eut pour effet de disperser des vagues de vert et de violet autour de lui. Il grimaçait.

— Mais pourquoi est-ce que vous n'avez pas lâché prise, tout simplement ? Pourquoi ne pas leur avoir dit ce qu'ils souhaitaient entendre ? Vous auriez pu dire que vous ne croyiez pas en Allah. Que vous alliez apprendre le mandarin. Ils vous auraient rendu votre liberté et j'aurais pu rentrer à la maison… dit Feng, qui avait de plus en plus de difficulté à parler.

— Farouq, mon bébé. Tu ne penses pas que si ç'avait été si simple, nous l'aurions fait ? implora sa mère avec une expression faciale qui suscita chez Feng une certaine angoisse. Nous aurions dit n'importe quoi pour te revoir.

Les aurores boréales se resserrèrent autour de Feng, rapprochant d'autant plus l'image de ses parents. Il baissa la tête et, bercé par leur chaleur humaine, son cœur s'abandonna.

— Ils ont voulu nous prendre tout. Ils ont pris notre liberté. Ils ont pris notre maison. Ils t'ont même pris toi, notre fils unique, dit le père de Feng. Mais il y a une chose qu'ils ne pourront jamais nous dérober…

Le brouillard luminescent relâcha son emprise autour de Feng et lentement, tandis qu'il revenait à la réalité, sa mère dit :

— Nous t'aimons toujours.

63

Bugz ouvrit les yeux. Pendant un bref instant, elle se demanda où elle était. Elle n'entendait plus siffler. Elle ne voyait que de la lumière. Son cœur se serrait encore dans sa poitrine. Son esprit continuait de s'inquiéter. « Impossible que je me trouve au paradis… » Elle cligna des yeux, fort, dans le but d'ajuster sa vision. Elle voyait tout autour d'elle s'entrechoquer des cascades d'aurores boréales. Les courants lumineux enserraient Bugz, l'entouraient tels des bras chatoyants.

— Je me sens si bien dans tes bras, dit Bugz.

Ce câlin cosmique la réchauffait. Elle sentit sa peine, son angoisse, son chagrin quitter son corps. Momentanément, elle fut au bord de l'abandon.

Puis, tout aussi vite, elle se sentit regagner certaines facultés.

Bugz avait les idées plus limpides. Tout ce qu'elle voyait, c'était la corde, l'arbre et les aurores qui dansaient autour d'elle. Peut-être était-ce Waawaate qui lui était venu en aide, mais elle avait bien conscience qu'à partir d'ici, elle allait devoir faire le reste du chemin seule. Elle prit son canif et coupa en deux le bout de la corde de cèdre qui faisait une boucle. Bugz avait maintenant entre les mains une corde au bout fourchu. Elle l'observa. En un instant, elle avait transformé son nœud de pendu en un accessoire pour la danse du Soleil. D'un instrument de la mort, elle avait fait un symbole de vie.

La corde tressée bien en main, Bugz inspira jusqu'au fond de ses poumons le parfum vif et frais de l'écorce qui embaumait l'air. *Bagonegiizhigok.* « Un trou dans le cèdre. » La jeune femme ferma les yeux pour s'adresser de nouveau à son grand frère.

— Merci, Waawaate.

64

Feng se libéra de sa vision, entra dans la clairière et s'élança vers Bugz. Il était encore si fasciné par ce dont il venait d'être témoin qu'il ne prit pas tout de suite conscience que Bugz était simplement debout, là, avec dans ses mains une corde faite pour la danse du Soleil. Il se dit qu'elle avait sûrement besoin de son aide, besoin qu'on lui sauve la vie.

À quelques pas d'elle, Feng trébucha et bondit en avant pour lui prendre les jambes. Mais dans sa surprise, Bugz perdit l'équilibre et tomba à la renverse. Même si le but de Feng avait été de jouer les héros, sa tentative d'amortir la chute de Bugz avait échoué : tous deux s'affalèrent maladroitement sur l'herbe, l'un contre l'autre, dans le désordre et la confusion.

65

Les yeux de Bugz s'ouvrirent sur Feng, qui la regardait fixement. Elle lui sourit et resta dans ses bras le temps qu'il lui fallut pour retrouver ses repères. Elle était légèrement sonnée en raison de sa chute. Le saut malhabile qu'avait tenté Feng pour empêcher Bugz de se faire mal en tombant l'avait complètement prise de court. Mais tout était bien qui finissait bien, à part quelques petits bobos. Elle se releva en position assise et demanda :

— Qu'est-ce qui s'est passé ?

— Hem... commença Feng en séchant les larmes sur son visage et en lui rendant son sourire. Je t'ai sauvée...

Il détourna le regard.

— Ça ne me fait pas trop de bien quand tu me sauves, dit Bugz, tout sourire, qui se frottait le crâne. Et puis, si je me rappelle bien, il me semble que je me suis sauvée moi-même. Alors toi, tu faisais quoi, au juste ? dit-elle en riant.

— Bien, j'essayais de te sauver, dit Feng, penaud. Mais je suppose que… je suis arrivé trop tard.

— Oh mon Dieu, l'excuse typique ! Le gars arrive après coup, mais s'attribue tout le mérite !

— Non, non.

— Écoute, mon grand, dit Bugz en feignant un ton prétentieux, juste pour taquiner Feng. C'est moi et personne d'autre, l'héroïne de mon histoire. Je la connais, mon histoire. Le cheminement, le moment de vérité, le passage à l'acte ou peu importe… et là, je me prépare à un grand dénouement, toute seule, parce que c'est moi et personne d'autre qui prendrai ma revanche épique, sans l'aide d'un quelconque sauveur. Compris ?

Feng, le sourire en coin, fit signe qu'il comprenait. Il se frotta le coude. Bugz le remarqua et abandonna son ton sarcastique.

— Est-ce que ça va ? Je t'ai fait mal ? demanda-t-elle avant de s'interrompre pour voir une seconde comment Feng essaierait de jouer les durs en faisant non de la tête. Oh mon Dieu, j'ai dû te blesser en tombant !

Elle faillit lui demander si elle était trop grosse, si c'était son poids qui avait empêché Feng de l'attraper. Mais ouvrant la bouche pour parler, elle se retint. Elle pensa à son avatar en combinaison moulante, dans le Floraverse. À son apparence si différente dans le monde réel. Son physique grassouillet, son pleurnichage, sa tignasse en bataille, probablement encore plus hirsute en ce moment même. Et pourtant, Feng était de nouveau auprès d'elle et s'appliquait à la tenir tout contre lui.

Bugz s'essuya les yeux.

— Je me sens si nue. Je n'arrive pas à croire que tu as vu tout ceci… dit Bugz en lorgnant vers la blessure qu'elle s'était faite au bras. Tu dois me trouver folle et détraquée, et bizarre.

Elle sentit sur sa peau une goutte de sang qui dégoulinait. Elle renifla.

— Mais tu es encore là.

Feng acquiesça.

— Pourquoi ? voulut savoir Bugz.

— Parce que j'avais envie de te revoir, dit Feng.

Bugz se rappela les propos acerbes qu'il avait tenus à son égard dans le grand couloir de l'école.

— Mais c'est la *vraie toi* que j'avais envie de voir et de connaître, poursuivit Feng, comme s'il lisait dans ses pensées. Je te demande pardon pour les choses que je t'ai dites. Vraiment, sincèrement, je te présente mes excuses. Mes mots n'avaient rien à voir avec ce que je ressens pour toi. Je te trouve magnifique. Intérieurement comme extérieurement, dit-il en détournant le regard. Ça fait cucul de dire ça, je sais, soupira-t-il.

Bugz le reluqua des pieds à la tête.

— Je suis d'accord avec toi : parler aux filles n'a jamais été ton point fort, dit-elle en riant, signe qu'elle ne faisait que plaisanter. Mais quoi de neuf de ton côté ? On dirait bien que tu as pleuré, toi aussi.

— Na ! Tout va bien, dit Feng en se frottant les yeux, soudain gêné. C'est juste que je pensais à mes parents. J'ignore même s'ils sont encore en vie ou pas.

Bugz lui prit la main.

— Mais aujourd'hui, je sens qu'ils sont ici, avec moi, quoi qu'il arrive, continua Feng en se touchant le cœur.

— C'est une belle façon de voir les choses.

Bugz laissait son regard aller d'un peuplier à l'autre, aux limites de la clairière.

— Les sentiments que j'ai pour toi, je ne les ai jamais eus pour quiconque avant toi, confia Feng en regardant Bugz attentivement.

— Ce que tu m'as fait subir, c'était dégueulasse, dit Bugz en prenant une brusque inspiration par le nez. Mener les SANS:Clan jusque dans mes quartiers secrets... commença-t-elle en expirant tout aussi brusquement et en secouant une mèche de cheveux qu'elle avait devant le visage. Mais ce qui m'a vraiment le plus irritée, par contre, c'est qu'au moment où j'avais besoin de toi, au lieu de m'aider tu as... tu as fait de ton mieux pour me heurter.

Bugz devint pensive et répéta :

— Tu m'as vraiment, profondément blessée.

On entendit un chant d'oiseau.

— Mais je tiens à toi quand même, dit Bugz.

— Je suis désolé.

— Je sais. Moi aussi, je suis désolée.

Feng s'attarda à regarder ses chaussures pendant une seconde.

— Désolée de quoi ?

— Je suis désolée de t'avoir tué, dit-elle avec un petit rire nerveux.

Posément, la jeune femme prit une profonde inspiration. Elle sortit son téléphone de sa poche et ouvrit une fenêtre sur le Floraverse. Le rétroéclairage sembla lui agrandir les yeux.

— Ouah ! fit Bugz en tournant l'écran vers Feng pour lui montrer à quel point l'interface était brillante : en mode RA, tout s'illuminait dans la zone où ils se trouvaient.

Le Floraverse venait révéler les courants d'énergie qui circulaient intensément dans les environs. Bugz sourit.

Feng fut si impressionné que sa mâchoire en tomba.

— C'est revenu !

Bugz hocha la tête, les yeux écarquillés. Feng saisit son propre téléphone. Il put ainsi confirmer que l'énergie était bel et bien de retour, puis il abaissa son écran et regarda Bugz en face.

— Penses-tu qu'au fond, ce n'était peut-être pas une anomalie de géolocalisation ? Que peut-être c'était juste ta présence, tout ce temps ? demanda-t-il.

Elle fit non de la tête.

— C'est Waawaate. J'en suis certaine.

Bugz fit se déplacer son avatar sur la surface du nid et ressuscita d'un coup dans le Monde des esprits.

— J'ignore comment il a fait ça, mais le portail est de nouveau ouvert.

Bugz était en extase. Les sourcils très haut, elle se tourna vers Feng :

— Maintenant, je peux de nouveau t'« éliminer » autant de fois que je le veux, n'est-ce pas ?

Malgré la gratuité de sa blague, le rire s'empara d'eux et son écho alla combler chaque recoin et chaque espace creux dans la clairière. Lentement, leurs sourires s'estompèrent. Ils restèrent un long moment assis ensemble, à regarder les pierres déplacées, qui s'habituaient chacune à leur nouvelle demeure sur l'herbe jaunie.

— Alors on fait quoi, maintenant ? demanda Feng. On retourne dans le Floraverse ? On part en croisade contre le SANS:Clan ? On va reprendre ce qui t'appartient ?

Bugz sentait qu'il l'observait, son sang encore humide coulant sur son bras. Puis il demanda :

— Devrions-nous aller à l'hôpital ?

— C'est une possibilité, dit Bugz en se blottissant davantage contre Feng. Ou bien, nous pourrions rester ici, simplement…

Elle inspecta le sifflet d'aigle qu'il portait au cou. Elle sentait sur elle le souffle de Feng. Elle sentait l'odeur de son déodorant masculin.

— … juste toi et moi, compléta-t-elle en contemplant les lèvres de Feng.

Elle leva doucement les yeux pour les plonger dans ceux du jeune homme. Dans sa cage thoracique, c'était comme si une supernova venait d'exploser. Elle se pencha en avant, leurs lèvres sur le point de se toucher.

Bugz s'arrêta. Elle ressentait soudainement quelque chose de plus profond que le désir. Une soif grondait et montait en elle, depuis les profondeurs ;

la sensation monta jusqu'à venir crever la surface. C'était une soif de réconciliation, une soif d'arranger les choses, de régler ce qui devait être réglé, de terminer ce qu'elle avait commencé. C'était un appel du destin. Elle regarda son téléphone.

— Je ne peux plus revenir en arrière, maintenant.

Disant cela, Bugz s'était adressée tant à elle-même qu'à Feng. Elle leva le téléphone devant ses yeux et activa le mode visière. D'un petit hochement de tête, elle indiqua à Feng d'en faire autant. Il l'imita donc, et tous deux replongèrent dans le Floraverse.

En immersion totale dans le Monde des esprits, Feng suivit Bugz jusqu'au bord d'un précipice surplombant Castle Rock. Un coucher de soleil à couper le souffle décorait le ciel derrière elle. Bugz se tourna face à Feng, dans sa nouvelle versona : au lieu de la version léchée et trop parfaite à laquelle s'étaient habitués les fans, elle arborait dorénavant une tenue d'avatar qui ressemblait en tous points à elle dans la vraie vie. Sa beauté, ses imperfections, tout. La jeune femme sourit à Feng. De ses deux mains, elle forma un cœur à son intention. Et lentement, elle leva ses deux pouces qui, placés au centre du cœur, vinrent former le « huit » horizontal, symbole de l'infini.

— Voilà. Ça, c'est la *vraie moi*, dit Bugz en ôtant une mèche de cheveux qu'elle avait en travers des yeux. Je suis enfin capable de l'assumer et de l'apprécier.

Bugz ouvrit les bras et attira Feng à elle. Ils s'embrassèrent. Feng avait les yeux fermés – il s'abandonnait tout entier au moment – et Bugz l'agrippa par la peau du cou sans qu'il s'y attende, pour le pousser dans le précipice. Puis elle bondit dans les airs, le corps arqué dans un gracieux saut de l'ange. Plongeant dans le vide vers l'armée SANS:Clan, elle dégaina ses deux fusils et tira sur l'ennemi une pluie de projectiles. Feng reprit son sang-froid, dégaina à son tour et se plaça assez près derrière Bugz, qui accélérait sa descente vers les troupes au sol. Un torrent de plantes grimpantes et d'animaux se mit à dévaler le flanc rocheux : Bugz avait appelé à elle toutes les formes de vie du Floraverse afin qu'elles combattent de nouveau à ses côtés. Des blocs rocheux de toutes tailles se détachèrent même de l'escarpement pour rouler à la suite de la jeune héroïne. Le tout donnait l'impression d'un chaos s'organisant en une symphonie.

À l'heure même où elle esquivait les tirs ennemis et plongeait au cœur de la bataille, Bugz n'avait qu'une idée incertaine de la tournure que prendraient les choses. Elle ne savait pas si elle allait gagner ou perdre. Elle ne savait pas si elle avait en elle ce qu'il fallait… ou pas. Elle ne savait pas si Feng et elle formeraient un couple dans la durée.

Au-delà du moment présent, elle ignorait tout.

Et pourtant, pour la première fois depuis longtemps, elle se sentait en paix.

« Je suis celle que je suis, dans un monde comme dans l'autre. »

REMERCIEMENTS

Gichi-miigwech, un grand merci, à ma merveilleuse épouse, Lisa, qui a toujours su m'épauler. À Dominik, Bezh et Tobasonakwut, nos enfants si enjoués, si gentils et si brillants : j'ai écrit ce livre pour un lectorat de l'âge que vous avez maintenant ou que vous aurez bientôt. J'espère qu'il vous aura plu. *Miigwech* également à ma sœur Shawon, qui a servi d'inspiration et d'éclaireuse pour le personnage de Bugz. À ma mère et à mon défunt père, que je porte toujours dans mon cœur et dans mon esprit, tout comme mes sœurs Diane, Kiizh et Pat, ainsi que tous les membres de notre famille élargie.

Ginanaakomininim, mille fois merci à vous, lecteurs et lectrices des premiers manuscrits, qui avez toléré les différentes versions du présent roman et avez véritablement contribué à le bonifier, notamment Ayat Mneina, Lisa, David Robertson, Waubgeshig Rice, Xiran Jay Zhao, Nahanni Fontaine, Sylvia Davis, Emily Coutts, Mark Rosner et Tasha Spillett.

Merci aussi à Lynne Missen et Peter Phillips, qui m'ont offert tant de précieux commentaires, d'idées et de suggestions consciencieuses au cours de nos conversations pendant le processus de révision. Merci à Linda Pruessen pour son œil attentif et ses suggestions utiles lors de la correction des épreuves, et à Sarah Howden pour la relecture finale. Ma profonde gratitude va à mon agente littéraire, Jackie Kaiser, qui a tout mis en place afin que mon livre soit publié, ainsi qu'à Michael Levine et à toute l'équipe de chez Westwood Creative Artists pour leur aide tout au long de ma démarche. Merci à Jack Leslie de m'avoir donné l'occasion de clarifier ma pensée au sujet du récit et des thèmes de mon roman. Merci à Jay Soule pour l'œuvre magnifique qui sert de couverture au livre.

Gichi-miigwech à feu Gregory Younging d'avoir écrit *Elements of Indigenous Style*, dont nous avons tenté d'observer les principes dans l'élaboration de ce livre. *Miigwech* à Niigaan Sinclair et, ici aussi, à Tasha Spillett pour certaines de nos discussions qui donnaient suite à ces aspects. *Mársi cho* à T'áncháy Redvers pour son aide formidable à la compilation des ressources culturellement spécifiques pour la jeunesse et pour tout ce qu'il a accompli en tant que leader dans ce milieu. Et bien sûr, merci au sénateur Murray Sinclair pour tout ce qu'il a fait afin de montrer la voie à suivre et pour ses paroles de sagesse, dont est extraite la citation en exergue. J'aimerais également remercier Mehmet Tohti pour son important travail dans le cadre du Projet de défense des droits des Ouïghours.

Merci mille fois à toutes les personnes d'exception avec qui j'ai pu travailler jusqu'ici dans le milieu du livre et qui ont favorisé la naissance de mon projet d'écriture : Nicole Winstanley, Diane Turbide, Stephen Myers, Evan Munday, Patrick Crean, Tara Mora, Erin Balser, Ann Jansen, Shelagh Rogers et les auteurs et panelistes de Canada Reads, pour ne nommer qu'eux.

Aux élèves de l'école secondaire de Pelican Falls, à qui j'ai dédié ce livre, sachez que c'est après avoir rencontré quelques-uns et quelques-unes d'entre vous, il y a quelques années, que me sont venues mes premières idées pour un roman. J'avais remarqué que plusieurs d'entre vous – et surtout les jeunes femmes – lisaient des romans «jeune adulte». Je voulais créer un récit dans lequel vous pourriez facilement vous projeter, mais aussi qui vous permettrait de vous imaginer comme étant meilleurs que ses personnages. Nous vivons dans un monde merveilleux et vous habitez des communautés qui possèdent un grand pouvoir; il y a là de quoi vous tenir la tête haute. Soyez fiers de chaque pas que vous faites, dans ce monde-ci ou ailleurs. J'espère que ce livre vous y accompagnera et vous sera d'un bon soutien dans la poursuite de vos rêves.

À tous et à toutes les autres – ceux et celles qui s'émerveillent, se questionnent, s'inquiètent ou continuent de rêver de ce que serait le monde si les humains étaient un peu plus parfaits –, j'espère que ce livre vous servira d'une manière ou d'une autre. La vie est fantastique et je souhaite à chacun et à chacune de vivre la sienne pleinement.

Sur une note plus personnelle, je suis immensément reconnaissant d'avoir eu la chance de publier mon premier roman et j'aimerais réitérer mes remerciements à chaque personne qui a apporté de l'eau au moulin.

Miigwech !

À PROPOS DE L'AUTEUR

Touche-à-tout aux multiples talents, **Wab Kinew** s'est fait remarquer à chacune des étapes de son étonnant parcours.

Wabanakwut Kinew naît en 1981 et grandit au sein de la Première Nation ojibwée d'Onigaming, dans le nord-ouest de l'Ontario. Il déménage avec sa famille à Winnipeg alors qu'il est à l'âge de fréquenter l'école primaire. Au moment de s'inscrire à l'école secondaire, il choisit le Collège Béliveau, une école secondaire d'immersion où il apprend le français, en plus de l'anishinaabemowin et de l'anglais, qu'il maîtrise déjà. Il complétera son parcours universitaire en sciences économiques à l'Université du Manitoba.

À la fin des années 1990, il fonde avec des amis le groupe de hip-hop Dead Indians. Le groupe ne produit pas de disque, mais effectue des tournées et acquiert une certaine renommée au sein de la jeunesse autochtone. Après cette aventure, Wab Kinew sortira deux albums de hip-hop en solo, *Live by the Drum* (2009) et *Mide-Sun* (2010).

Entre-temps, à partir de 2005, le jeune artiste intervient dans les médias, notamment à la radio et à la télévision de CBC au Manitoba, et acquiert de nouvelles expériences d'animateur et de militant. Il anime entre autres l'émission artistique hebdomadaire à la radio intitulée *The 204*, puis la série documentaire *8th Fire*, qui traite des relations entre les Canadiens autochtones et non autochtones et qui est diffusée sur le réseau national, ce qui contribue à le faire connaître.

En 2012, Wab Kinew est approché par l'Université de Winnipeg pour devenir le premier directeur responsable de l'inclusion des Autochtones au sein de cette institution, où il sera plus tard nommé vice-recteur adjoint aux affaires autochtones.

En 2015, alors que son père, qui a été un survivant des pensionnats autochtones et un chef régional du nord de l'Ontario, se meurt d'un cancer, il écrit un essai autobiographique sur sa relation avec lui, marquée par plusieurs moments très tendus. Cet essai, *The Reason You Walk* (traduit en français sous le titre *La force de marcher*), se révèle à la fois poignant et essentiel dans le contexte canadien de réconciliation avec les Premières Nations.

En 2019, Wab Kinew publie avec l'illustrateur Joe Morse un nouvel ouvrage : *Go Show The World : A Celebration of Indigenous Heroes* (publié en français sous le titre *Héros autochtones – Anishinaabewi-ogichidaag*). Deux ans plus tard, paraît l'édition originale anglaise du présent roman, *Walking in Two Worlds*.

À partir de 2016, la vie de Wab Kinew prend un nouveau tournant, celui de la politique. Il est d'abord élu sous la bannière du NPD dans la circonscription de Fort Rouge, à Winnipeg. L'année suivante, il devient le chef du NPD manitobain.

En octobre 2023, les Manitobains écrivent une page d'histoire en élisant Wab Kinew à titre de premier ministre. Il s'agit du premier membre d'une Première Nation à occuper la tête d'une province au Canada.

Marié et père de trois enfants, Wab Kinew est membre de la Midewiwin, la société anishinaabe des guérisseurs et chefs spirituels.

Note – Ce texte est basé en grande partie sur l'article consacré à Wab Kinew dans l'*Encyclopédie canadienne* : www.thecanadianencyclopedia.ca/fr.

À PROPOS DE LA TRADUCTRICE

Eva Lavergne naît en 1981 à Montréal. Elle grandit entre la ville et la grande nature laurentienne, où s'étaient enracinés ses ancêtres français dès le 17e siècle. Son amour des lettres va de pair avec celui de la musique et des arts visuels. Elle explore très jeune la bibliothèque paternelle, étudie la musique classique, les arts plastiques et l'herboristerie. Diplômée de français écrit à l'UQAM et de traduction à l'Université McGill, elle-même continue de marcher dans deux mondes : celui du Québec francophone d'une certaine branche de ses racines et celui, cosmopolite, des cultures croisées. Entre la vie « hors-réseau » et l'urbanité, entre l'héritage européen et celui pré- ou postcolonial, de l'Amérique au sens large, elle travaille amoureusement à des textes de nature variée, gravitant autour d'érudits et d'universitaires comme autour d'organismes non gouvernementaux et de « boîtes » spécialisées, sans parler du monde littéraire. Employée chez un éditeur puis démarrant à son compte dans le domaine langagier en 2011, elle traduit en 2016 un premier roman, qui sort finaliste du Prix de traduction littéraire John-Glassco. Elle enchaîne avec plusieurs romans et essais chez divers éditeurs du Québec comme de l'Ontario, où elle a notamment résidé avant de vivre au Pérou. Elle revient s'installer au Québec en 2015, où sa familiarisation avec des rituels ancestraux lui permet d'embrasser avec un enthousiasme redoublé la vague actuelle de réhabilitation et de réémergence des cultures autochtones au pays. Elle s'intéresse entre autres à l'environnement, au mysticisme, au septième art, à la biologie, à la contre-culture et aux sciences sociales. Elle remercie son fils unique pour l'empuissancement qu'il lui a permis de vivre en période de confinement et de crise mondiale. Elle remercie le Centre international de traduction littéraire de Banff, le Conseil des arts du Canada, les gens des Éditions David ainsi que tous ses alliés amis des livres qui savent l'importance d'offrir au lectorat jeune la plus forte, la plus enlevante et la plus édifiante des littératures, comme s'il en allait de la vie et de la mort. Les histoires partagées sont des marqueurs entre lesquels se tracent nos vies, qui deviennent à leur tour des histoires. Merci à Wab Kinew de l'avoir compris !

COLLECTION 14/18

BÉLANGER, Pierre-Luc

24 heures de liberté, 2013.
Ski, Blanche et avalanche, 2015.
Disparue chez les Mayas, 2017.
L'Odyssée des neiges, 2018.
Dany à la dérive, 2021.
Prise Deux, 2023.

CANCIANI, Katia

178 secondes, 2015.

DUBOIS, Gilles

Nanuktalva, 2016.

FORAND, Claude

Ainsi parle le Saigneur, 2021 [2007].
On fait quoi avec le cadavre? (nouvelles), 2009.
Un moine trop bavard, 2011.
Le député décapité, 2014.
Cadavres à la sauce chinoise, 2016.
Le pire vampire, 2019.

KINEW, Wab

Un pied dans chaque monde (traduction de *Walking In Two Worlds* par Eva Lavergne), 2023.

LAFRAMBOISE, Michèle

Le projet Ithuriel, 2012.
Le secret de Paloma, 2021.
Rose du désert, 2023.

LAHAIE, Claudia

Les voies du slam, 2022.

LAROCQUE, Jean-Claude et Denis SAUVÉ

Étienne Brûlé. Le fils de Champlain (Tome 1), 2010.
Étienne Brûlé. Le fils des Hurons (Tome 2), 2010.
Étienne Brûlé. Le fils sacrifié (Tome 3), 2011.
John et le Règlement 17, 2014.

MALLET-PARENT, Jocelyne

Le silence de la Restigouche, 2014.

MARCHAND, Micheline
Perdue au bord de la baie d'Hudson, 2020.

MARCHILDON, Daniel
La première guerre de Toronto, 2010.
Otages de la nature, 2018.
Les guerriers de l'eau, 2021.

MATTEAU, Michèle
Entre ici et là-bas, 2019.

MUIR, Mathieu
L'ère de l'Expansion, 2019.
Les héritiers de l'Expansion, 2021.

OLSEN, Karen
Élise et Beethoven, 2014.
La rançon d'Atahualpa, 2018.

PAILHOUS, Maïlys
L'épopée de Lô. 1. Le plus grand des voleurs, 2022.

PÉRIÈS, Didier
Mystères à Natagamau. Opération Clandestino, 2013.
Mystères à Natagamau. Le secret du borgne, 2016.
Mystères à Natagamau. Sur la voie du sang, 2019.

RENAUD, Jean-Baptiste
Les orphelins. Rémi et Luc-John (Tome 1), 2014.
Les orphelins. Rémi à la guerre (Tome 2), 2015.

ROYER, Louise
iPod et minijupe au 18e siècle, 2011.
Culotte et redingote au 21e siècle, 2012.
Bastille et dynamite, 2015.
Téléportation et tours jumelles, 2018.
L'exilé du temps, 2022.

TAYLOR, Drew Hayden
Le rôdeur de nuit (traduction de *The Night Wanderer, a Native Gothic Novel* par Eva Lavergne), 2020.

VIENS, Mylène
Pourquoi pas?, 2018.